SON INFIRMIÈRE AUX COURBES GÉNÉREUSES

UNE ROMANCE DE PETITE VILLE AVEC UNE HÉROÏNE AUX COURBES VOLUPTUEUSES

À LA RECHERCHE DU HÉROS LITTÉRAIRE PARFAIT
TOME SEPT

MARY E THOMPSON

ISBN version imprimée: 978-1-967463-49-7

ISBN version imprimée discrète: 978-1-967463-50-3

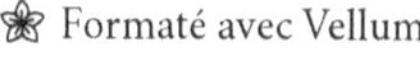 Formaté avec Vellum

À LA RECHERCHE DU HÉROS LITTÉRAIRE PARFAIT

Rebonjour, cher ami ! Êtes-vous prêt pour cette histoire ? Moi, je le suis. Je suis si heureuse que vous ne l'ayez pas manquée. Vous devez être abonné. Non ? Inscrivez-vous maintenant. J'attendrai.

LIVRE 7

Son Infirmière aux Courbes Généreuses

Nico

Je devais rester concentré. Sur mes patients, sur l'expansion de mon entreprise... Pas sur Laura.

Chaque jour était un combat pour moi. J'étais son patron. Je ne pouvais pas agir selon mon attirance pour elle. Mais tout ce qu'elle faisait pour prendre soin de nos patients me donnait encore plus envie d'elle. Sa gentillesse, sa compassion et son rire rendaient leurs jours sombres un peu plus lumineux.

Ma seule option était de garder mes distances. C'était plus facile quand elle était en colère contre moi. J'étais doué pour ça. Peut-être trop doué. Au lieu de s'extasier sur les autres hommes qu'elle fréquentait, elle se fermait quand j'étais proche.

C'était mieux. C'était ce dont j'avais besoin.

Mais je la désirais toujours.

Laura

J'en avais fini d'attendre que Nico me voie comme autre chose que son employée. Je devais passer à autre chose. Trouver quelqu'un qui me verrait comme je le méritais. Quelqu'un qui voudrait partager avec moi plus qu'un lieu de travail. Nos patients mouraient avec leurs regrets. Je ne pouvais plus vivre avec les miens.

Dès que j'ai commencé à fréquenter d'autres hommes, Nico est devenu jaloux. Il a dit qu'il me voulait. Qu'il voulait être plus pour moi. Ce n'était pas si simple. Il devait faire des efforts. Un baiser, une caresse et un mot à faire fondre ma culotte à la fois.

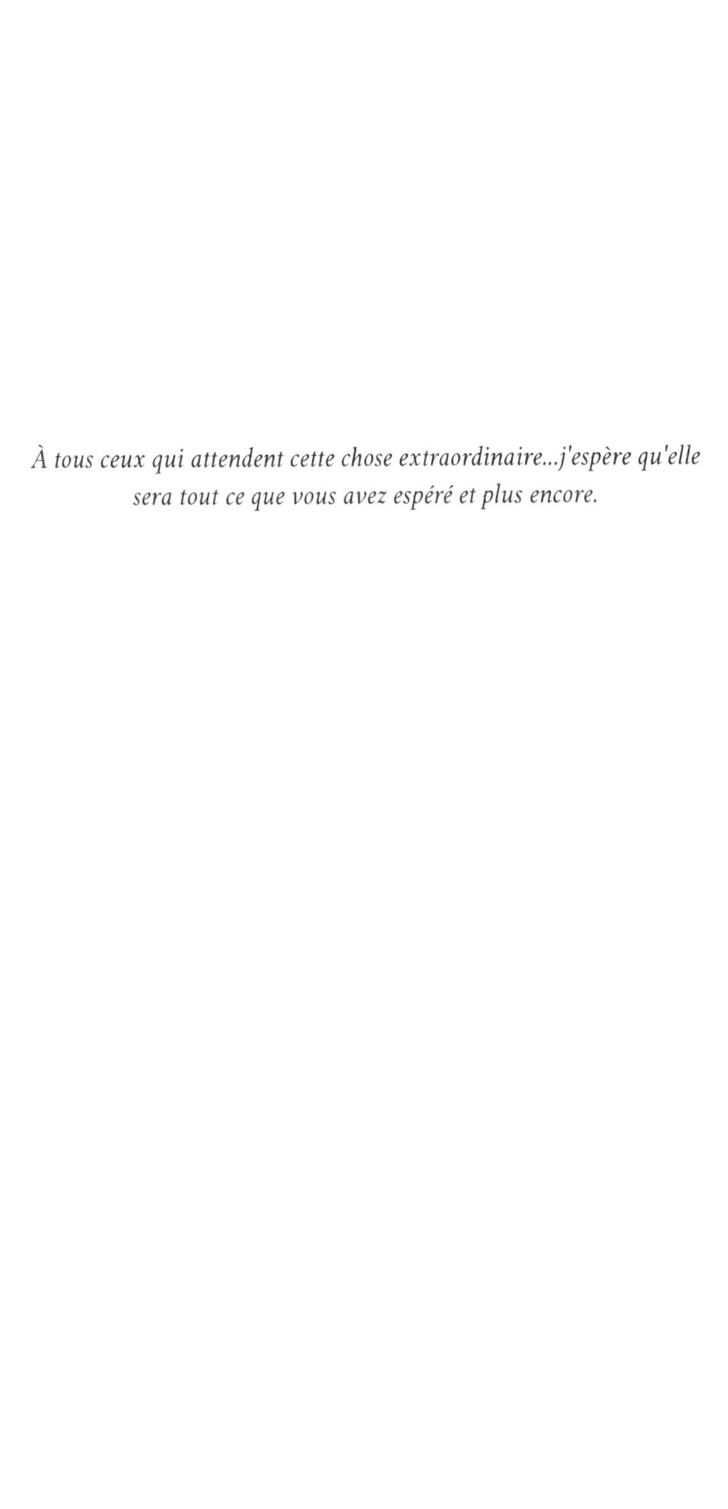

À tous ceux qui attendent cette chose extraordinaire...j'espère qu'elle sera tout ce que vous avez espéré et plus encore.

LAURA

Je fixais l'homme assis en face de moi, me demandant combien de temps je devais rester avant de pouvoir partir sans me sentir comme une garce. Il continuait à jacasser sans fin sur lui-même et sur à quel point il était intelligent, drôle et merveilleux. Sérieusement. Cet homme ne réalisait-il pas à quel point il était ennuyeux et égocentrique ?

J'ai hoché la tête et sirotait mon vin, essayant de lui accorder le bénéfice du doute. Peut-être était-il nerveux. Je comprenais cela. Les rendez-vous galants, c'était nul. Je détestais ça. Le seul problème, c'est que j'aimais vraiment les hommes, alors je devais endurer cette partie des rencontres. La vie serait tellement plus simple si je trouvais ce gars parfait pour moi, mais...

Non, je n'allais pas m'aventurer par là.

J'ai forcé un sourire alors que mon rencard faisait une pause et attendait ma réaction. J'ai ajouté un hochement de tête, et il m'a souri en retour comme si c'était tout ce qu'il attendait pour continuer à parler.

Mon Dieu, il n'y avait pas assez de vin au monde pour un rendez-vous comme celui-ci.

Notre serveuse s'est approchée et m'a offert un sourire compatissant. C'était grave quand le personnel semblait chercher des moyens pour me sortir de là. Peut-être que je devrais simuler une urgence.

Non. Ça ne ferait que les encourager. J'avais déjà vécu ça. Une urgence, un mot murmuré sur mon métier, et ils pensaient tous que j'étais une sainte. Et ils voulaient tous ramener une sainte chez leur mère.

J'étais bien trop vieille pour ces conneries.

L'honnêteté brutale ferait l'affaire, mais j'*aimais* bien ce type. Je voulais m'entendre avec lui. Nos conversations en ligne étaient bonnes, excellentes même. Il était intelligent, drôle et... pas du tout comme l'homme ennuyeux et égocentrique assis en face de moi.

—Je suis désolée, mais es-tu en train de me catfisher ? ai-je lâché.

—Catfisher ? a-t-il demandé. Il a cligné lentement des yeux comme s'il essayait de situer le terme.

—Oui. Une personne en ligne et une autre en vrai. Prétendre être quelqu'un que tu n'es pas. Tu ne sembles simplement pas être le même gars avec qui j'ai parlé.

Il a secoué la tête. —Non, c'est bien moi. C'est avec moi que tu as parlé.

—Hmm. D'accord. J'ai attrapé mon verre de vin, et il a repris exactement où il s'était arrêté.

Harry. Son vrai nom était Harry, pas MoneyMan comme il s'appelait en ligne. Il était dans l'immobilier. Je n'étais même pas sûre de ce que cela signifiait car il n'était pas agent immobilier. Il avait même ri quand je l'avais demandé. Alors, j'ai laissé tomber. Mais je n'avais aucune idée de ce qu'il faisait réellement.

J'ai essayé de l'écouter, mais il était tellement ennuyeux.

Avec ses capitaux propres, ses transactions et ses investissements. Mes yeux auraient pu gagner l'or olympique pour tous les tours qu'ils faisaient.

—Plus de vin ? a demandé la serveuse. Elle avait une autre bouteille à la main. Bénie soit-elle.

—Oui, ai-je dit avant que Harry ne puisse s'y opposer. Je ne savais pas s'il le ferait, mais je ne prenais aucun risque.

La serveuse a rempli mon verre, presque jusqu'au bord. Elle m'a fait un clin d'œil et a laissé la bouteille ouverte à côté de mon assiette.

...capitaux propres... J'ai pris une gorgée. ...investissements... Une autre gorgée. ...capitaux propres... Hmm, peut-être que la conversation était intéressante.

J'ai pouffé, ce qui a fait faire une pause à Harry de deux virgule sept secondes. Je lui ai adressé un sourire éclatant qui prétendait que j'étais investie—ha !—dans ce qu'il disait et il a repris.

Et moi aussi.

J'ai bu mon vin et fait semblant d'écouter Harry pendant que nous finissions de dîner. J'ai proposé de payer l'addition, ou du moins de la partager, mais il a insisté pour payer. Pendant que Harry examinait le reçu pour s'assurer qu'ils ne lui avaient pas surfacturé tout le vin que j'avais bu, j'ai envoyé un message à Elise pour qu'elle vienne me chercher.

Tu as encore inventé un jeu à boire ?

Elle me connaissait trop bien.

Oui. Meilleure partie du rendez-vous.

MDR. Et aïe. Désolée. On arrive bientôt.

Merci.

J'ai rangé mon téléphone pendant que Harry remettait sa carte de crédit et le reçu.

—Ils ne m'ont pas surfacturé. Je n'étais pas sûr puisque la serveuse n'était pas super attentive.

—Vraiment ? Je l'ai trouvée géniale.

Il a ricané. —Elle a à peine demandé si nous avions besoin de quelque chose. Elle n'était pas souvent là. Elle déposait des choses et partait.

—Je ne pense pas qu'elle pouvait placer un mot, ai-je marmonné.

Sa tête s'est inclinée sur le côté comme un chien stupide qui ne trouve pas la balle que son maître n'a jamais lancée. Wow.

—Alors, tu vas me suivre jusque chez moi ou tu veux que je te suive ?

—Pourquoi ? J'étais vraiment déconcertée qu'il pense que j'étais partante pour autre chose qu'un dîner.

—On vient de dîner. C'était coûteux. Tu as bu presque deux bouteilles de vin. J'ai supposé...

—Wow. J'ai pris un moment pour rassembler mes pensées avant de m'en prendre à lui. Est-ce que tu sais ce que je fais comme métier ? Est-ce que tu sais d'où je viens ? Est-ce que tu sais quoi que ce soit à mon sujet ? Tu as passé les deux dernières heures à parler de toi. Deux heures. Peut-être que si tu'avais posé ne serait-ce qu'une question sur moi, je serais ouverte à...Non. En fait, non. C'est notre premier rendez-vous. Je ne te connais pas. Je ne vais pas coucher avec toi.

—Sérieusement ? Pourquoi sortir avec quelqu'un si tu ne vas pas avoir de relations sexuelles ?

Je suis restée assise, sans rien dire. Il représentait tout ce qui rendait les rencontres si pénibles. Ces hommes qui pensent avoir droit à une place entre mes jambes simplement parce qu'ils ont payé le dîner. Euh, non.

—Je sors avec des gens parce que je cherche quelqu'un

avec qui partager ma vie. Quelqu'un qui s'intéresse autant à ce qu'il y a dans ma tête qu'à ce qu'il y a dans mon pantalon. Si tu'es là juste pour le sexe, tu aurais dû le dire et nous épargner quelques heures à tous les deux.

Je me suis levée et je suis partie, espérant qu'Elise et Colin arriveraient avant que la serveuse ne revienne avec la carte de Harry et qu'il ne s'en aille.

J'étais presque à la porte quand la serveuse s'est précipitée vers moi. —Vous allez bien ?

Je me suis arrêtée et lui ai souri. —Oui. Et je suis vraiment désolée.

—Désolée ? Pourquoi diable seriez-vous désolée ?

—Il a été grossier et va probablement vous donner un mauvais pourboire. Laissez-moi- J'ai fouillé dans mon sac à main.

—Non, je vous en prie. Ce n'est pas grave. Je voulais juste m'assurer que vous'allez bien. Avez-vous un moyen de transport ? Ses yeux bruns étaient gentils et inquiets, plus que ceux de mon rendez-vous ne l'avaient été de toute la soirée.

J'ai hoché la tête. —Des amis sont en route.

—Sont-ils déjà là ?

J'ai jeté un coup d'œil à mon téléphone. —Je ne crois pas.

—Je vais sortir avec vous. Le propriétaire est très à cheval sur la sécurité. J'attendrai avec vous jusqu'à ce que votre transport arrive, puis je lui rendrai sa carte pour que vous n'ayez pas à vous inquiéter qu'il vous suive.

J'ai soupiré. —Merci. Vous êtes géniale. Sérieusement, Jane, puis-je vous donner un pourboire ? Il'va vous arnaquer.

Elle a secoué la tête. —J'en ai déjà parlé à mon responsable, qui l'a dit au propriétaire. Il'a accepté de couvrir ce que mon pourboire devrait être si ce n'est pas suffisant. Je vais bien.

Mon téléphone a vibré dans ma main. J'ai baissé les yeux dessus. —Mes amis sont là.

—Très bien. Faites attention à vous.

—Merci. Je ne pense pas qu'il'soit violent, mais je ne pensais pas non plus qu'il s'attendrait à avoir des relations sexuelles au premier rendez-vous, alors soyez prudente.

—Je le serai. Profitez bien du reste de votre soirée.

—Vous aussi. Sur une impulsion, je l'ai prise dans mes bras, puis j'ai couru retrouver Colin et Elise. Elise a pris mes clés et a conduit ma voiture jusqu'à chez moi pendant que je lui racontais tout au sujet de mon rendez-vous avec Horrible Harry.

Argh. Les hommes.

J'ÉTAIS TELLEMENT prête à retourner au travail lundi matin. Quand je travaillais, toute mon attention se concentrait sur mon métier. Je ne m'inquiétais pas du monde à l'extérieur des quatre murs du Centre de Cancérologie de L'anse MacKellar. J'étais focalisée sur mon travail et les patients que je traitais, et je n'avais pas à penser aux rendez-vous ou aux relations ou au fait que mes chances d'avoir des enfants diminuaient plus vite que les tumeurs dans nos cas de réussite les plus fous.

J'ai chassé toutes les pensées concernant ma vie amoureuse de mon esprit en arrivant au travail. Dans le salon, j'ai mis mon sac à main dans mon casier et j'ai ramené mes ondulations blondes indisciplinées en queue de cheval, puis j'ai lissé ma tenue d'infirmière d'une main. Dr Allison ne les exigeait pas, mais elles étaient confortables. De plus, celles que je portais avaient un tas de citations mignonnes et me donnaient un sujet de conversation avec les patients.

—Salut, Laura, a dit Ally derrière moi. Comment s'est passé ton week-end ?

J'ai haussé les épaules. —C'était correct.

—Ça n'a pas l'air prometteur. Je croyais que tu avais quelques rendez-vous de prévus.

J'ai hoché la tête et ajouté du baume à lèvres, puis fermé mon casier. —J'en avais trois, mais bof.

—Désolée. Tu trouveras quelqu'un.

J'ai souri à sa perfection et demandé : —Comment était ton week-end ? Avez-vous fait quelque chose d'amusant ?

Ally avait épousé son amour de lycée deux ans plus tôt. Ils étaient adorables d'une manière qui rendait impossible de les détester, même si je le voulais par principe. Son mari travaillait à l'épicerie locale, comme il l'avait fait depuis le lycée. Ils étaient tous les deux douloureusement gentils et les personnes les plus positives que j'aie jamais rencontrées de ma vie. Ils étaient parfaits l'un pour l'autre.

—Nous sommes allés au cinéma puis avons dîné avec ma sœur. Je devrais te la présenter. Elle'est célibataire aussi. Vous pourriez sortir ensemble ou être l'acolyte l'une de l'autre, a dit Ally en me poussant du coude.

J'ai souri et j'ai secoué la tête. —On verra. Ally m'encourageait constamment à élargir mon cercle social. C'était assez drôle venant d'une femme qui passait tout son temps avec sa famille et ne semblait pas avoir beaucoup d'amis elle-même.

—Je pense que vous en auriez besoin toutes les deux, a continué Ally. —Ma sœur est gentille, mais elle est un peu...distante. Et toi, tu es si amicale et sociable. Je pense que vous vous compléteriez bien toutes les deux. Enfin, je suppose que je ne vous connais pas très bien ni l'une ni l'autre, mais je crois qu'il est important d'avoir des personnes qui comptent dans sa vie.

—J'en ai, lui ai-je dit, essayant d'adoucir le coup sans demander comment elle pouvait ne pas connaître sa propre sœur. —J'ai un groupe d'amis, et ils sont formidables. J'aimerais bien trouver quelqu'un comme Spencer l'est pour toi, mais je n'ai tout simplement pas beaucoup de chance avec les hommes.

—Hum.

J'ai levé les yeux pour voir Dr. Allison debout dans l'embrasure de la porte. Mes joues ont chauffé sous son regard sévère.

—Bonjour, Dr. Allison, a dit Ally d'un ton enjoué. —Comment s'est passé votre week-end à Syracuse ?

Syracuse. Là où vivait sa petite amie ou son aventure ou qui qu'elle fût. Oui, j'étais jalouse.

—Bien, a-t-il dit, me fixant toujours d'un regard sévère. —Nous avons une nouvelle patiente dans la salle d'attente. Allez-vous la chercher ?

Ally s'est glissée hors de la pièce, nous laissant seuls. J'ai essayé de ne pas le dévorer des yeux, mais il était impossible à ignorer, et impossible à résister pour moi. Sa peau brun foncé luisait sous l'éclairage doux. Ses yeux presque noirs me transperçaient. La façon dont son costume s'étirait sur ses larges épaules et sa poitrine me donnait envie de m'y blottir et de ne jamais le lâcher. Je ne l'avais jamais vu porter autre chose que le costume qu'il mettait quotidiennement, mais je pouvais imaginer, et je l'avais fait, ce qu'il cachait sous ces vêtements.

—Infirmière Kempis, a-t-il dit plus fort, brisant ma rêverie. —La patiente ?

—Ah, oui, Dr. Allison. J'y vais tout de suite.

Il n'a pas bougé tandis que je marchais vers lui, ses yeux fixés sur les miens jusqu'à ce que je me tienne à côté de lui. Il m'a regardée avec cette même expression irritée qu'il avait toujours dernièrement.

—Excusez-moi, ai-je dit doucement. Je n'étais pas minuscule comme Ally. J'étais une femme plantureuse avec beaucoup de courbes. Et lui était un homme imposant. Debout à côté de lui, le sommet de ma tête atteignait son menton. Son menton obstiné, dur et barbu. J'avais envie d'y faire courir mes doigts. De le lécher. De le plaquer contre le mur derrière lui et de passer mes mains dans ses cheveux sombres pour savoir s'ils étaient aussi doux qu'ils en avaient l'air.

Mais il s'est simplement retourné et est parti, m'ignorant encore une fois.

J'ai soupiré en essayant de ne pas le prendre personnellement. J'étais une employée, ce qui signifiait que je n'étais là que pour le servir, lui et ses patients. Il était temps de m'y mettre.

—QU'EST-CE QUE CELA SIGNIFIE, Dr. Allison ? Marie Kaufman avait été adressée à notre clinique par son médecin de famille. Elle habitait à 30 minutes au nord de L'anse MacKellar, était jeune, dans la mi-vingtaine, et seule.

Dr. Allison a fait rouler son tabouret près de Marie. Ses jambes étaient croisées et ses mains entrelacées. Tout allait changer quand il le ferait. Dr. Allison était sur le point de devenir Nico. Dr. Allison était fort, intelligent et dur, mais Nico débordait de compassion, de compréhension et de gentillesse. Il avait une façon extraordinaire de faire sentir aux patients qu'il n'y avait rien qu'il ne puisse faire, et durant les quatre années où j'avais travaillé ici, je savais que c'était la vérité. Les traitements n'étaient pas toujours efficaces, mais nous faisions tout notre possible pour donner à chaque patient les meilleures chances d'obtenir un bon résultat. Et l'homme qui rendait cela possible n'était pas le Dr. Allison froid et distant. C'était Nico.

Nico était la raison pour laquelle j'avais déménagé à L'anse MacKellar il y a quatre ans. J'avais été attirée par lui la première fois que j'avais entendu parler du Centre de Soins Contre le Cancer de L'anse MacKellar. Le travail qu'il faisait m'avait émerveillée et inspirée. L'homme lui-même m'émerveillait et m'inspirait.

Peu de temps après mon arrivée, mon engouement pour les compétences du Dr. Allison s'était transformé en un engouement pour bien plus que simplement le travail qu'il faisait. Le voir devenir Nico encore et encore était ce qui m'avait fait craquer pour lui. Dr. Allison pouvait être un crétin, mais Nico...Nico était tout ce que je désirais chez un homme.

—Marie, je sais que c'est terrifiant pour vous. Je ne vais pas vous dire de ne pas vous inquiéter. Le cancer est une bête horrible. C'est le genre de chose qui se bat comme un diable pour vous détruire. Mais nous allons nous battre aussi. L'infirmière Kempis et moi allons élaborer un plan pour vous. Nous allons examiner chaque option. Je vais appeler des collègues pour m'assurer que nous n'avons rien manqué. Nous ne vous abandonnons pas. Nous avons un taux de réussite très élevé, et j'ai toute confiance que vous serez un autre de ces succès. Ce ne sera pas facile. Vous aurez besoin de personnes pour vous aider. Mais nous ferons partie de cette équipe.

Marie a hoché la tête et s'est mordu la lèvre. Ses mains ne s'entortillaient plus l'une avec l'autre.

Nico s'est penché en arrière sur son siège et a sorti une carte de sa poche. —Voici mon numéro de téléphone personnel. Je ne le donne pas à tout le monde, mais je veux que vous l'ayez. Vous pouvez m'appeler à tout moment. Vous n'êtes pas seule.

Elle lui a souri et a pris la carte tandis que des larmes coulaient sur ses joues. —Merci, Dr. Allison.

Il a hoché la tête et lui a adressé un sourire qui faisait ressembler cela plus à un rendez-vous galant qu'à une consultation médicale. —Nous ferons tout ce qui est en notre pouvoir pour vaincre cela, Marie. Ce n'est pas la fin de votre histoire.

Marie a acquiescé. J'ai lutté pour me ressaisir, mais j'ai réprimé mes émotions pour qu'elle puisse exprimer les siennes. Elle était plus importante que moi, et je le savais. Je savais aussi que si Nico lui donnait son numéro de téléphone personnel, cela signifiait que les choses allaient être difficiles pour Marie. Elle allait avoir plus de mauvais jours que de bons. Elle allait avoir besoin de soutien. Et il était prêt à le lui donner.

Une fois Nico parti, j'ai expliqué les prochaines étapes à Marie et lui ai demandé s'il y avait autre chose dont elle avait besoin de notre part avant de partir.

—Puis-je vous poser une question ? Elle m'a regardée comme si j'avais toutes les réponses.

—Bien sûr.

—Est-ce qu'il donne vraiment son numéro à tout le monde ?

J'ai secoué la tête. —Non. Ce n'est pas le cas. Je n'ai même pas son numéro personnel. C'est un homme très privé, et il ne donne son numéro qu'aux patients avec qui il ressent une connexion. Des patients qu'il sait être spéciaux.

—Vraiment ?

J'ai hoché la tête. —Oui. Vous êtes entre d'excellentes mains.

—Merci. Tout cela est un peu bouleversant. Je pensais que mon médecin de famille plaisantait quand elle m'a dit que je devais venir ici. Je n'aurais jamais imaginé... Elle prit une inspiration tremblante.

J'ai tapoté son épaule et l'ai doucement serrée. —Personne ne l'imagine. C'est l'une des choses qui rend le cancer si horrible. Il surgit de nulle part. Les personnes qui semblent en parfaite santé, celles qui pensent savoir pourquoi elles sont malades, et même celles qui savent qu'il y a un risque élevé sont toutes choquées. Le cancer se moque de qui vous êtes. Mais le Dr Allison est le meilleur de la région, et il va faire tout ce qu'il peut pour vous aider à traverser cette épreuve.

Marie a souri. —Merci. Je suis vraiment...merci.

—Je vous en prie. Nous vous reverrons bientôt.

J'ai accompagné Marie à l'accueil et j'ai informé Tina à la réception qu'elle devait revenir à la fin de la semaine pour son premier rendez-vous de perfusion.

J'ai pris un déjeuner rapide puis j'ai enchaîné avec les rendez-vous de perfusion de l'après-midi. Mon premier patient était un père célibataire dont les parents fumaient quand il était jeune. À quarante-quatre ans, Lucas luttait contre un cancer du poumon, un combat que je ne connaissais que trop bien.

—Vous avez bonne mine aujourd'hui, Laura, a-t-il dit une fois installé dans son fauteuil.

—Et vous êtes toujours aussi charmant. Comment vont les filles ?

Lucas a ricané comme il le faisait toujours quand je lui demandais des nouvelles de ses trois filles. Elles étaient tout pour lui. L'aînée était en première année d'université mais restait à la maison pour aller dans une école locale afin de pouvoir aider ses sœurs au lycée et au collège.

—Carly me rappelle sa mère chaque jour. C'est elle qui mène la barque. Elle garde tout le monde en ligne et nous dit ce que nous devons faire. Et en tant que benjamine, ses sœurs n'adorent pas vraiment ça, a dit Lucas.

J'ai ri avec lui et attaché ma blouse. J'ai ajusté mon masque et ouvert mon kit. —Nous avons tous besoin de quelqu'un comme ça dans nos vies. Quelqu'un pour nous maintenir sur le droit chemin.

—C'est elle pour moi, a dit Lucas, tournant la tête

pendant que j'accédais à son cathéter de chimiothérapie. Il a grimacé puis inspiré profondément et s'est détendu.

J'ai vérifié l'accès et fixé l'aiguille avec du ruban adhésif. —J'ai une amie comme ça. Elle est médecin, spécialiste de la fertilité. Elle dirige son entreprise comme un officier supérieur, et sa maison fonctionne à peu près de la même façon. C'est une vraie dure à cuire.

Lucas a ricané et hoché la tête. —Ça ressemble à Carly.

—Et les deux aînées ? Comment vont-elles ?

J'ai travaillé pendant que Lucas me racontait que son aînée avait cartonné pendant sa première année d'université et que la cadette commençait à réfléchir à ce qu'elle voulait faire après le lycée. Quand il a terminé, il avait pris ses médicaments et sa première dose de chimiothérapie coulait.

—J'arrive à peine à m'occuper de moi-même. Je ne sais pas comment vous gérez trois filles.

Lucas a ricané. —La plupart du temps, ce sont elles qui me gèrent. La dernière nouveauté, c'est qu'elles veulent que je commence à sortir avec quelqu'un.

—Oh, non. C'est dangereux.

Il a ri. —N'est-ce pas ? Je leur ai dit que ça ne m'intéressait pas, mais je ne sais pas. Ça fait six ans que ma femme est décédée. Les filles avaient six, neuf et treize ans. J'ai été absorbé par leur éducation et je n'ai jamais pensé à autre chose. Mais tout ça... Il a fait un geste vers la salle dans laquelle nous nous trouvions, une salle avec neuf autres fauteuils occupés par des personnes recevant un traitement. —La vie est trop courte pour la laisser simplement passer.

—C'est très vrai, ai-je dit. J'ai tapoté son bras. —Mon amie a conçu une application de rencontres, À la Recherche du Héros Littéraire Parfait. Vous devriez y jeter un coup d'œil. Même si vous ne trouvez personne d'autre, sortir et rencontrer de nouvelles personnes peut être amusant. Vos filles grandissent, et quand elles seront toutes parties, vous pourriez vouloir au moins une amie.

—Une amie avec des avantages ? Il a levé les sourcils d'un air suggestif.

J'ai ri en secouant la tête. —Vous êtes incorrigible, Lucas.

—Mais vous m'aimez quand même, a-t-il dit.

J'ai hoché la tête. —Vous savez que oui. Je dois mettre à jour votre dossier et m'occuper de mon prochain patient. Je reviendrai vous voir dans quelques minutes.

Lucas a acquiescé et fermé les yeux tandis que je me levais. Il faisait habituellement une sieste pendant une partie de son traitement. La plupart des patients le faisaient. Les médicaments qu'ils prenaient étaient puissants et les assommaient, donc nous gardions la pièce calme avec une musique douce en fond pour étouffer toute conversation qui pourrait les distraire.

—Infirmière Kempis. Un mot, a dit le Dr Allison dès que je me suis détournée de Lucas.

Mon cœur battait dans ma poitrine et mon pouls s'est emballé. Il n'était pas content de moi, mais je n'avais aucune idée pourquoi.

J'ai acquiescé et dit : —Donnez-moi juste un instant.

Il a levé un sourcil irrité et croisé les bras, me dévisageant pendant que je jetais mon équipement de protection. J'ai rapidement noté de mettre à jour le dossier de Lucas, puis j'ai suivi le Dr Allison jusqu'à son bureau.

—Fermez la porte.

J'ai fait comme il me l'avait demandé et je suis restée juste à l'intérieur pendant qu'il contournait son bureau en bois foncé et s'asseyait dans le grand fauteuil en cuir noir. Des bibliothèques l'entouraient et ses diplômes étaient accrochés au-dessus de sa tête. Son bureau aurait pu être celui d'un professeur d'université, d'un avocat ou de n'importe quel professionnel. Rien n'indiquait qui il était vraiment. Pas de photos, pas de tableaux, aucune marque de personnalité.

— Pourquoi flirtiez-vous avec ce patient ?

— Pardon ? ai-je lâché.

— Le patient, a-t-il grogné. — Alliez-vous aussi lui faire une danse sur les genoux ? Parce que même si notre clinique offre peut-être un service complet, je m'attends à ce que vous restiez professionnelle.

J'ai reculé en essayant de comprendre ce que j'avais fait de si peu professionnel. — Je vous prie de m'excuser, Dr Allison, mais je ne l'ai pas traité différemment des autres patients. Et je pense avoir été très professionnelle.

— Ah, donc vous parlez d'applications de rencontres à tous vos patients et vous leur proposez d'être leur plan cul ?

— Quoi ? Je n'ai jamais dit ça !

— Vous avez dit que vous l'aimiez.

J'ai pris une profonde inspiration et l'ai lentement relâchée avant que mon attitude ne me cause des ennuis. Comment osait-il ? Je n'étais pas déplacée avec mes patients. J'étais respectueuse et attentionnée. Je m'intéressais à leur vie et faisais la conversation. Je n'avais jamais franchi la ligne. Je n'avais donné mon numéro personnel à aucun d'entre eux. Pas depuis Mme Georgia. Mais c'était différent.

— J'aime mes patients, Dr Allison. J'aime travailler ici. J'aime voir les gens aller mieux. Et vous savez qu'un état d'esprit positif est primordial quand on traverse ce que chacun de ces patients endure. Je leur parle, je ris avec eux et je m'intéresse à leur vie personnelle. J'ai besoin de savoir qui sont ces personnes pour qu'elles me fassent confiance.

— Non, ce n'est pas nécessaire. Ils doivent vous faire confiance parce que vous êtes compétente dans votre travail, mais aujourd'hui...

— Qu'essayez-vous de dire ? lui ai-je demandé, stupéfaite.

— Deux fois aujourd'hui, j'ai dû vous parler de questions

personnelles sur le lieu de travail. Deux fois aujourd'hui, je vous ai entendue parler à quelqu'un de vos... relations. Ne laissez pas cela se reproduire.

— Êtes-vous en train de me dire que je ne peux pas m'intéresser à la vie personnelle de mes patients ?

— Non, je vous dis que vous ne pouvez pas coucher avec eux ! a-t-il hurlé.

Je me suis figée. J'étais paralysée de fureur. Je n'avais jamais été aussi en colère de ma vie. J'avais envie de traverser la pièce et de le frapper. J'ai dû me faire violence pour ne pas le faire.

Quatre ans que je travaillais pour cet homme. Quatre ans que je m'épuisais à suivre ses directives et à soigner les patients qui venaient de partout pour le consulter. Quatre ans. Et il pensait que j'utilisais la clinique comme mon bordel personnel.

J'ai réprimé ma colère, ma douleur et mon *va te faire foutre*.

— Oui, monsieur, ai-je dit avec un hochement de tête sec. — Y a-t-il autre chose ?

Il a secoué la tête.

J'ai pincé les lèvres, tournée les talons et quitté son bureau. Qu'avais-je bien pu voir chez ce connard ?

2

NICO

Putain de merde. J'ai fermé les yeux et j'ai respiré pour la première fois depuis que je suis entré et que je l'ai vue flirter avec le patient. Un putain de patient. Rouge. Tout était putain de rouge.

M'emporter contre elle...je n'ai pas pu m'en empêcher. Dès que les mots sont sortis, j'ai su que j'avais dit la mauvaise chose. Qu'est-ce qui m'a pris de me dévoiler autant ? J'étais certain qu'elle allait me recadrer, mais elle ne l'a pas fait. Elle s'est presque effondrée. J'ai voulu tendre la main vers elle. La réconforter. La serrer contre moi. Dieu merci, mon bureau était entre nous, sinon je l'aurais peut-être fait. Mais ensuite son visage, ce magnifique visage en forme de cœur que je voyais dans chacun de mes fantasmes, a changé d'expression. La colère. La haine. Et ça m'a excité encore plus.

Sauf que ces émotions étaient dirigées contre moi.

J'ai envisagé de la rattraper, mais à quoi bon ? Je ne voulais pas qu'elle couche avec les patients. Je ne voulais pas qu'elle couche avec qui que ce soit. Et après avoir surpris des conversations sur ses rendez-vous du week-end, pendant des mois, puis l'avoir écoutée flirter avec un patient, j'ai perdu les pédales.

J'ai pris une profonde inspiration et j'ai pensé à appeler ma thérapeute pour une séance d'urgence, mais je pouvais gérer. D'habitude, je lui parlais de mon travail, mais récemment j'avais partagé de plus en plus de choses concernant Laura. Elle devenait un problème pour moi, et cela devait cesser.

J'ai dirigé mes pensées vers d'autres sujets, comme un nouveau patient que je devais recevoir sous peu, et j'ai réussi à chasser Laura de mon esprit. J'ai respiré profondément et me suis concentré sur mon travail. Je devais compartimenter. J'étais un expert en la matière, et cela m'a été utile maintenant.

La consultation s'est bien déroulée. La patiente était compréhensiblement bouleversée, mais elle plaisantait et parlait au lieu de pleurer. Elle était prête à se battre et avait le système de soutien nécessaire pour le faire. Elle serait l'une de mes réussites.

J'ai passé le reste de ma journée à rattraper la paperasse et à rencontrer les clients restants. Mon emploi du temps devenait plus chargé que je ne pouvais gérer et j'avais vraiment besoin de mettre en place des plans pour embaucher un autre médecin. Cela signifiait également concrétiser enfin les projets que j'avais pour transformer le deuxième étage du bâtiment en un centre de perfusion dédié.

La Clinique Commémorative Margaret Allison.

Ma mère aurait adoré Laura. Laura était exactement le genre de femme que ma mère voulait que je trouve. Gentille, compatissante, forte. Elle aurait aussi aimé que Laura ne corresponde pas à la définition conventionnelle de la beauté, bien que je ne puisse pas comprendre pourquoi. Elle était magnifique. Ses courbes, son sourire, ses longs cheveux blonds qui suppliaient mes doigts de les parcourir.

Je me suis éclairci la gorge et me suis réajusté. Je ne pouvais pas laisser mon esprit vagabonder alors que j'étais encore au travail.

— Je rentre, Dr Allison, dit Ally en frappant à ma porte ouverte. Avez-vous besoin de quelque chose avant que je parte ?

J'ai secoué la tête. Non, Ally. Tout est en ordre. Tout le monde est parti ?

Elle a acquiescé. Je pense que oui. Je n'ai vu personne. Je préparais simplement les documents pour demain. C'est encore une journée chargée.

— Malheureusement, oui. Le cancer ne s'arrête pas.

Elle a souri tristement. Nous avons tous de la chance que vous soyez prêt à le combattre. Bonne soirée.

— Vous aussi. À demain, Ally.

— Au revoir.

J'ai attendu d'entendre la lourde porte métallique se refermer derrière Ally pour me lever de mon bureau. J'ai parcouru les bureaux et me suis assuré que l'endroit était vide, puis j'ai éteint les lumières et je suis monté à l'étage.

L'espace ouvert résonnait sous mes pas. Des panneaux de plafond pendaient des endroits qu'ils auraient dû remplir. Des fils serpentaient à travers le sol en vinyle. Des chaises renversées et des bureaux cassés étaient éparpillés de façon désordonnée, comme s'ils y avaient été jetés lors d'une bagarre.

L'espace de bureau abandonné avait connu des jours meilleurs. Il y avait des moments où je pensais que la ville entière aussi. J'aimais L'anse MacKellar, mais c'était un peu rugueux sur les bords. Un peu usé, ou usé jusqu'à la corde selon comment on le regardait. Je ne me suis jamais senti à ma place, mais je ne pouvais pas me résoudre à partir.

J'ai entendu le rire de ma mère dans ma tête. Elle riait toujours, jusqu'à la fin. Elle me disait que je ne m'intégrais pas parce que je ne donnais jamais leur chance aux autres. Je lui disais que c'était parce que personne ne voulait me connaître. Elle m'aurait réprimandé pour la façon dont j'ai traité Laura, pour l'avoir embarrassée. Elle aurait dit que cela prouvait son point de vue. Peut-être que c'était le cas. Peut-être que je n'étais pas juste avec elle. Mais je ne pouvais pas m'en empêcher.

Dès le premier jour où elle est apparue dans ma clinique, elle m'a captivé. Tellement que je pouvais à peine lui parler. Elle était éblouissante. Et la façon dont elle traitait les patients, même avant que sa formation ne soit terminée, me faisait me demander qui elle avait perdu pour comprendre leur douleur avec tant d'acuité.

Ally m'en a plus appris sur Laura que Laura elle-même. La mère de Laura est morte d'un cancer du poumon quand elle était plus jeune. Elle connaissait la douleur que ressentaient les patients. Et elle connaissait la douleur que ressentaient leurs aidants. C'était un ensemble de compétences uniques. Un que j'aimerais qui n'existe pas.

J'ai traversé l'espace et l'ai aménagé dans ma tête. Trois fois plus de lits pour la perfusion. Quatre chambres privées pour les patients qui avaient besoin d'un accès spinal ou ne pouvaient pas s'asseoir droit dans un fauteuil. Je voulais ajouter de grandes fenêtres le long du mur ouest pour que les patients puissent regarder l'eau pendant leur traitement. Quelque chose de beau pour qu'ils ne se sentent pas piégés.

J'avais enfin l'argent pour tout faire et je mettais cela en mouvement. Je n'en avais parlé à personne sauf à Veronica. Elle savait tout de moi, mais c'était son travail en tant que ma thérapeute. Elle m'aidait à voir des choses que je ne pouvais pas voir, et l'une de ces choses était que ne pas faire cela signifiait que je me retenais. J'avais besoin d'un nouveau défi, d'un nouvel objectif. Quelque chose pour me distraire de toutes les choses qui manquaient dans ma vie.

Comme une femme avec qui le partager.

J'ai pris une profonde inspiration et fermé les yeux une fois de plus. Je pouvais le voir, et je me suis accroché à cette vision en quittant le bureau et en rentrant chez moi pour la nuit. Seul, comme toujours.

J'EN ÉTAIS VENU à redouter le jeudi autant que le lundi, mais ce jeudi était particulièrement pénible. Laura ne me parlait pas, ce que je ne lui reprochais pas. Elle ne parlait même pas en ma présence. Quand j'entrais dans la pièce ou même près d'elle, elle fermait la bouche. Le son de sa voix me manquait. Le son de son rire.

Elle travaillait avec moi pour l'après-midi. Chaque infirmière voyait des patients avec moi un matin et un après-midi chaque semaine. Elles s'occupaient de la perfusion de ces mêmes patients pour que leurs soins soient cohérents. Ça me convenait, jusqu'à ce que je doive passer du temps avec elle. Alors c'était une torture.

Ma matinée est passée rapidement avec quelques nouveaux patients et quelques-uns qui avaient terminé leur traitement. C'était le cycle. Nous avions des patients à chaque étape du parcours. C'était toujours bon de voir certains avancer, mais il ne manquait jamais d'autres patients en attente de commencer.

J'ai déjeuné dans mon bureau, en prenant un plat surgelé dans le mini congélateur sous mon bureau. Il m'a brûlé la bouche quand j'ai pris la première bouchée, et la deuxième était à peine assez chaude pour ne pas être gelée. Je détestais ces trucs, mais la plupart du temps je ne prenais pas le temps de cuisiner, alors je les supportais. Une autre chose que ma mère me reprocherait si elle était là.

L'alarme de mon téléphone a sonné et j'ai utilisé ma salle

de bain privée pour me brosser les dents, puis je suis allé dans la salle d'examen pour voir notre premier patient de l'après-midi.

—Bonjour, Robert, ai-je dit en entrant dans la pièce. Comment allez-vous aujourd'hui ?

—Je me sens bien, Dr Allison. J'espère recevoir de bonnes nouvelles.

J'ai hoché la tête et accepté la tablette que Laura me tendait. Nos doigts se sont frôlés quand elle me l'a passée. Une décharge de conscience m'a traversé, mais elle a retiré sa main si vite que nous avons failli laisser tomber l'appareil. J'ai froncé les sourcils et l'ai redressé, m'éclaircissant la gorge avant de tourner l'écran vers Robert.

—Voici votre dernier scanner. Nous en avions parlé il y a quelques mois. Nous n'étions pas sûrs du type d'amélioration que nous verrions après les deux premiers cycles, mais ceci... je suis passé à la deuxième image, est votre scanner le plus récent.

Robert m'a regardé, les larmes aux yeux. —C'est bon, n'est-ce pas ? Ça a l'air bien, mais je ne sais pas vraiment comment lire ces images.

—C'est très bon, Robert. Le traitement fonctionne. L'infirmière Kempis prend excellent soin de vous.

—Merci, Dr Allison. Et vous, Laura. Merci beaucoup.

—Bien sûr. Maintenant, nous allons vous maintenir sur le même plan de traitement et continuer. Nous ferons un autre scanner dans deux mois. Je suis très satisfait de l'évolution, cependant. Comment vous sentez-vous ?

—Bien. Aussi bien qu'on peut l'espérer. Je suis fatigué le jour du traitement et j'ai une journée difficile le troisième jour, généralement. Ma femme essaie toujours de me faire reposer, mais je ressens le besoin de bouger. Nous faisons des promenades tous les jours juste pour prendre un peu d'air frais.

—C'est toujours une bonne chose à faire. Montez ici et laissez-moi faire un examen rapide, puis nous vous laisserons partir. Laura va vous organiser vos rendez-vous pour le mois prochain. À bientôt.

Robert s'est allongé sur la table d'examen et a suivi mes instructions. Quand il a eu terminé, Laura a repris la tablette et l'a tenue devant sa poitrine comme une armure. Elle ne m'a pas regardé. Je n'étais pas surpris.

Le reste de la journée s'est déroulé à peu près de la même façon. Elle me tendait la tablette quand j'en avais besoin, mais me la lançait presque pour que nos mains ne se touchent pas à nouveau. Au fil de la journée, ma patience s'est érodée. Au moment où notre dernier patient sortait, je ne pouvais plus me retenir une seconde de plus.

—Puis-je vous parler, s'il vous plaît ? ai-je demandé, ma voix lui faisant comprendre que ce n'était pas une demande.

Elle m'a regardé, les yeux plissés et en colère. Elle a hoché la tête une fois, toujours sans parler.

Je suis entré dans mon bureau et me suis tenu derrière ma chaise. Elle a fermé la porte et est restée juste devant, à peine à l'intérieur de l'espace où je passais la plupart de mon temps. Elle m'a fixé, attendant que je parle en premier.

—Je voudrais m'excuser pour la façon dont je vous ai parlé l'autre jour.

Elle a continué à me fixer du regard.

—Allez-vous dire quelque chose ?

—C'était ça, vos excuses ? a-t-elle demandé.

—Vous réalisez que je suis votre patron, n'est-ce pas ? Et que je pourrais vous licencier pour insubordination ?

Elle s'est raidie et s'est redressée. —Je m'excuse. Je vais continuer à m'abstenir de parler pour ne pas dire quelque chose d'inapproprié à nouveau.

—Bon sang, Laura, ce n'est pas ce que je veux !

Elle s'est contentée de me fixer.

—Putain. Je suis en train de tout gâcher. Je suis désolé pour la façon dont je vous ai parlé l'autre jour. Et je suis désolé de vous avoir fait sentir que vous ne pouvez pas parler librement. Ce n'était jamais mon intention.

Encore une fois, elle s'est contentée de me fixer.

—Avez-vous quelque chose à dire ?

—Non, monsieur.

J'ai grogné. —Je ne suis pas un dictateur.

—Juste la première partie, a-t-elle marmonné, douce-ment, mais assez fort pour que je puisse l'entendre.

J'ai haussé un sourcil et elle a eu la décence de paraître honteuse. Ses joues ont rosi et la rougeur s'est étendue jusqu'à son cou et sous sa blouse d'infirmière. Sa poitrine s'est soulevée avec sa brusque inspiration. Ma queue s'est dressée à l'image imaginaire de ses tétons pressés contre ses vêtements.

Dommage que je ne puisse pas vraiment les voir. Et je ne les verrai jamais.

—Passez une bonne soirée, Infirmière Kempis.

Elle a hoché la tête et a quitté mon bureau en toute hâte. Elle pensait probablement que j'allais la licencier, mais alors je ne la verrais plus. Je pouvais mieux supporter qu'elle me déteste que de ne plus l'avoir dans ma vie.

La seule chose que je ne pouvais pas supporter était de la voir avec un autre homme.

—Combien de rendez-vous as-tu ce week-end ? a demandé Ally.

J'étais en train de passer devant la salle de pause et j'aurais continué mon chemin, sauf que j'ai entendu la voix de Laura. C'était une autre journée sans qu'elle ne m'adresse la parole, et j'étais désespéré d'obtenir tout ce que je pouvais d'elle.

—Trois, peut-être quatre. J'ai parlé à un type qui a dit quelque chose à propos de se voir, mais nous n'avons pas encore fixé de date.

Son ton désinvolte essayait de me faire croire que ces rendez-vous n'étaient pas importants, mais c'était Laura. Ma Laura. Et elle sortait avec d'autres hommes. Des hommes qui n'étaient pas moi.

—Trois ou quatre ? dit Liz. Où les rencontres-tu tous ? Quand j'étais célibataire, j'avais de la chance de trouver un seul homme avec qui sortir.

—À la Recherche du Héros Littéraire Parfait, répondit simplement Laura, comme si cela expliquait tout.

—L'appli ? Sérieusement ? demanda Bonnie.

—Oui. Il y a définitivement beaucoup de ratés là-dedans, mais j'en ai rencontré certains qui étaient assez gentils pour que je continue d'essayer. C'est une question de statistiques. Je suis trop vieille pour attendre éternellement une relation. J'adore mon travail et j'adore mes amis, mais j'aimerais bien avoir un orgasme qui implique une autre personne de temps en temps.

Je m'étouffai. Je pouvais entendre la panique dans la salle de pause à l'idée d'être surprises, et je sentais la tension émanant de Laura. Je devais partir d'ici au plus vite avant que quelqu'un ne sorte et ne me voie planté là comme un pervers.

Je tournai au coin et entrai dans une salle d'examen. Je n'avais aucune raison d'être là, mais peu importait. Je ne pouvais pas regarder Laura dans les yeux après ce que je venais d'entendre. Pas sans lui proposer de lui donner tous les orgasmes qu'elle voulait. Elle n'avait pas besoin de chercher des rencontres en ligne. Elle avait juste besoin de baisser son pantalon pour moi et je m'assurerais qu'elle n'ait plus jamais à se toucher elle-même.

Ma tête tournait de désir. Mon sexe était si dur que j'étais sûr qu'il allait faire exploser ma fermeture éclair. Même ma blouse de laboratoire ne faisait rien pour cacher la bosse qui tendait mon pantalon. Je devais juste attendre que tout le monde soit parti pour ne pas avoir à leur faire face pendant quelques jours.

Pas que cela ferait disparaître le désir.

—Je ne sais pas où il est. D'habitude, il est dans son bureau à cette heure-ci, dit Ally. Sa voix était juste devant la porte. Je vérifie toujours avec lui. Il n'est pas possible qu'il soit déjà parti.

Je ralentis ma respiration pour qu'elles ne m'entendent pas. Peut-être qu'elles partiraient.

—Laisse-moi lui envoyer un message. Pour s'assurer que tout va bien, dit Ally.

Je me précipitai pour sortir mon téléphone de ma poche et vérifiai qu'il était toujours en silencieux. Je n'activais jamais la sonnerie au cas où je recevrais un appel pendant que j'étais avec un patient, mais je vérifiai quand même. Il vibra dans ma main une seconde plus tard.

> Je m'en vais pour la journée. Avez-vous besoin d'autre chose avant que je parte ?

> Tout va bien. Merci. Bon week-end.

> À vous aussi.

—Il dit que tout va bien. Je ne sais toujours pas où il est, mais il a répondu donc au moins nous savons qu'il va bien. Allons prendre ce verre. Tu pourras nous conseiller sur la façon d'obtenir des rendez-vous, dit Ally.

—Tu n'as pas besoin de rendez-vous. Tu es mariée, argumenta Laura.

—Ouais, mais ça ne fait jamais de mal d'avoir des idées pour des sorties avec mon mari. Après tout...

Leurs voix s'estompèrent alors qu'elles s'éloignaient. Je

restai caché jusqu'à ce que la porte arrière claque derrière elles et que je sache que j'étais seul.

—Putain de merde, soufflai-je.

Je quittai enfin la salle d'examen et me dirigeai vers mon bureau. Je passai une autre heure à examiner les dossiers des patients et à lire les rapports des séances de chimio de la journée. Mon téléphone vibra avec une alerte et je le retournai. Un rappel de rendez-vous pour un appel avec Veronica. Elle avait suggéré que nous essayions les appels téléphoniques au lieu de me demander de conduire jusqu'à Syracuse quand nous avions une séance. J'avais accepté d'essayer.

J'ajoutai la réunion à mon calendrier sur mon ordinateur de travail pour qu'Ally ne programme pas autre chose dans ce créneau horaire et j'étais sur le point de ranger mon téléphone quand je fis une pause.

—À la Recherche du Héros Littéraire Parfait, dis-je à voix haute en tapant les mots. Je parcourus les avis et fus surpris par le nombre de commentaires positifs. Ils louaient la facilité d'utilisation, le succès des correspondances et la créativité de l'application.

—Suis-je vraiment en train de m'inscrire sur une application de rencontres ? marmonnai-je pour moi-même.

Je tapai sur Installer et soupirai. Oui.

C'était officiel. J'avais perdu la tête. Et tout ça à cause de mon infirmière magnifique, pulpeuse et exaspérante.

Quelles étaient les chances que nous finissions par matcher ? Élevées, j'espérais.

3

LAURA

— C'est vraiment un connard. J'ai roulé des yeux et grogné pour masquer ma blessure.

— Tu t'attendais vraiment à autre chose ? a demandé Elise.

Je me plaignais de Nico auprès de mes amies. Ce qu'il m'avait dit sur ma façon d'être avec les patients me préoccupait et je pensais que mes amies seraient de mon côté. Je me trompais.

— Tu penses que j'agissais comme une putain ? lui ai-je demandé.

Elise a ri doucement et secoué la tête. — Non. Bien sûr que non. Je te connais, et je sais que tu es amicale, affectueuse et gentille. Tu es le genre de personne qui met les autres à l'aise. C'est en partie pour ça que tu es une infirmière extra-ordinaire. Mais je peux aussi comprendre pourquoi ça dérange Nico. Il n'est pas comme ça d'après ce que tu m'as dit. Il est stoïque et presque impoli.

— Ce n'est pas qu'il soit impoli, a interrompu Karissa. — Il n'est simplement pas aussi chaleureux que toi, Laura. Et pour quelqu'un comme lui qui sépare toujours le travail et la vie personnelle, il ne comprend pas qu'on puisse être amical avec quelqu'un sans devenir intime avec cette personne.

— Tout ce que j'ai fait, c'est recommander ton application à un patient. Je ne lui ai pas donné mon nom en lui disant de me chercher, ai-je argumenté.

— Et même si tu l'avais fait, je ne pense pas que ce serait mal, a dit Blake. — Je crois que le problème, c'est que Nico ne comprendra jamais qui tu es ni pourquoi tu fais les choses comme tu les fais. Te laisser stresser et contrarier par ça n'arrangera rien.

J'ai soupiré et me suis adossée à mon siège. J'ai tiré mes cheveux de derrière mon dos pour les laisser tomber par-dessus le bord de la chaise. J'ai regardé autour de moi les visages bienveillants de mes amies. Je ne savais pas ce que je ferais sans elles.

— Vous avez raison. C'est un connard, et il est grand temps que je passe à autre chose. Je suis trop vieille pour perdre mon temps avec des gens qui ne veulent pas faire partie de ma vie.

— On l'est toutes, a dit Sofia avec un sourire. Elle a levé son gobelet en plastique en signe de salut, et j'ai hoché la tête.

— As-tu eu des rendez-vous récemment ? Comment ça se passe ? m'a demandé Trinity.

— J'en ai eu deux ce week-end. J'étais censée en avoir trois, mais l'un d'eux m'a posé un lapin. Je pensais qu'un autre type avec qui je parlais voulait qu'on se voie, mais c'est le silence radio de son côté aussi. Les rencontres, c'est difficile, ai-je déclaré.

Tout le monde a ri en signe d'approbation.

— Je ne suis pas ouverte aux rencontres en ce moment, a dit Finley. — Je suis contente d'avoir quelques minutes avec un mec, mais m'asseoir et avoir une vraie conversation, ce n'est pas dans mes projets.

— Tout va bien ? ai-je demandé.

Finley a haussé les épaules. — En grande partie. J'ai quelques difficultés avec la boutique et je ne dors pas bien. Je n'ai pas le temps de me consacrer aux rencontres. Je me suis éloignée des quelques gars avec qui je discutais pour me concentrer sur la survie de mon commerce.

— Pourquoi tu ne m'as rien dit ? a demandé Karissa. Karissa et Finley vivaient ensemble depuis avant mon arrivée en ville. Elles étaient toutes proches, mais Finley, Karissa et Blake étaient amies depuis des années et comme des sœurs.

Finley a haussé les épaules. Elle a regardé le sol, ses cheveux bruns cachant son visage. — Je ne veux pas que tu t'inquiètes que je ne puisse pas assumer ma part des choses. Ni qu'aucune de vous se sente obligée de faire quoi que ce soit pour moi.

— Ce n'est pas de la charité que de demander des idées à tes amies, a argumenté Blake. Elle et Finley étaient meilleures amies depuis des décennies. Après que Blake ait épousé Ian, elles sont effectivement devenues sœurs. Par alliance, mais c'était suffisant. — On veut toutes t'aider. On pourrait peut-être réfléchir à des façons de faire de la publicité pour la boutique. Ou tu pourrais proposer d'autres produits. Des trucs en rapport avec les livres. Pas des choses génériques, mais des produits qu'un lecteur adorerait.

— J'y ai pensé, mais je ne sais pas. C'est écrasant. Et on parlait de la vie amoureuse de Laura, pas de ma vie profes-sionnelle. Voilà l'équilibre que Nico semble maîtriser. Finley a souri, mais son sourire n'a pas atteint ses yeux sombres. Elle était inquiète.

—Ça ne me dérange pas, lui dis-je. Ma vie amoureuse sera toujours un désastre. Cet endroit est notre maison. Nous devons faire tout ce que nous pouvons pour le sauver.

Finley secoua la tête et força un nouveau sourire. On trouvera une solution. Comment se sont passés tes deux rendez-vous ?

Je voyais bien qu'elle essayait de changer de sujet et je me suis laissée faire. Les rendez-vous étaient corrects. J'ai discuté avec les deux gars et ils sont plutôt sympas, mais ils n'ont pas éveillé ce désir du genre je-te-veux-tout-de-suite.

—Est-ce vraiment nécessaire ? demanda Sofia. La passion c'est génial, mais est-elle indispensable dans une relation ?

—Je pense que oui, dit Blake. Quand j'étais avec William, il était assez gentil, mais la passion n'était pas là. C'était fade. Le sexe était toujours pareil, notre routine était toujours la même. Je ne savais pas à quel point ça pouvait être différent jusqu'à ce que Ian et moi nous mettions ensemble, et puis je me suis demandé pourquoi diable j'étais restée si longtemps avec William.

—N'y a-t-il pas un juste milieu ? Je ne sais pas si je peux supporter le bouleversement émotionnel qui accompagne la passion du genre te-plaquer-contre-le-mur-pour-t'embrasser, mais l'ennui semble... ennuyeux. Il n'y a rien entre les deux ? demanda Sofia.

—Je pense qu'il y a différents degrés de passion, mais ça dépend de ce qui t'excite, dit Elise. Je ne suis pas du genre plaque-moi-contre-le-mur. Si Colin faisait ça, je partirais, et il le sait. Mais j'adore quand il a ce regard et qu'il me poursuit dans toute la maison. On finit par tomber dans le lit en riant.

—C'est peut-être pour ça que je ne sors avec personne, dit Sofia. Je ne veux pas de relations très émotionnelles et envahissantes. Je veux quelque chose de simple et prévisible.

—Comme Sebastian ? lui demandai-je.

Sofia renifla et secoua sa queue de cheval blonde. Pas du tout. Il est comme un frère pour moi. Nous parlons la même langue, mais je ne le vois pas comme ça. De plus, je ne pense pas qu'il ait tourné la page avec Zoey. Et si elle déménage ici dans quelques mois comme elle en parle, Sebastian va s'effondrer.

—Tu tiens beaucoup à lui, dit Trinity avec un sourire.

Sofia secoua à nouveau la tête. Ça n'arrivera pas, les filles.

—Comment sait-on si un gars va inspirer ce genre de passion je-te-veux-maintenant ? demanda Karissa. J'ai connu ça, mais ça s'est construit lentement avec le temps. Et ça fait un moment.

Nous avons toutes ri. Le petit ami universitaire de Karissa était presque légendaire. Nous la taquinions en disant qu'il n'existait même pas et qu'elle l'avait inventé puisqu'aucune d'entre nous ne le connaissait. Karissa était une personne discrète. Je ne pouvais pas me rappeler la dernière fois qu'elle était sortie avec quelqu'un, même si elle était la créatrice de À la Recherche du Héros Littéraire Parfait, l'application de rencontres que nous utilisions toutes.

—Je dois rencontrer un gars pour le savoir, avouai-je. Je pense que certaines personnes sont vraiment douées par écrit, et d'autres sont meilleures en personne, mais j'ai besoin de connaître les deux côtés avant de pouvoir décider.

—Je suis d'accord, dit Sofia. Je suis meilleure par écrit. J'ai besoin de temps pour réfléchir à ce que je vais dire. Je ne suis pas très spontanée.

—C'est pareil pour moi, dit Blake. J'ai mes moments, mais je préfère vraiment réfléchir à mes mots. Ian n'est pas comme ça. Il peut trouver une réponse à n'importe quoi en un instant. J'aimerais avoir un peu de ce talent.

Sofia rit et acquiesça. Moi aussi.

—Je pense que je suis meilleure en personne, avouai-je. Je sais faire rire les gens et les mettre à l'aise. Du moins, je le crois. Elles acquiescèrent toutes. À l'écrit, je réponds parfois trop vite, sans réfléchir à mes réponses. Sans ton et contexte, je peux paraître méchante au lieu de drôle.

—Alors ils ne te comprennent pas et ne sont pas faits pour toi, dit Finley.

—C'est vrai.

—Je crois que je veux cette passion dont vous parlez, dit

Finley. Je n'ai simplement pas le temps pour ça en ce moment. Je n'ai pas le temps pour que quelqu'un me plaque contre un mur et me fasse tout oublier. J'adorerais que ça arrive, mais seulement s'il peut s'adapter à mon emploi du temps.

Nous avons toutes éclaté de rire.

—Ce n'est pas facile d'être une femme forte et indépendante, dit Karissa.

—Je pense toujours que je suis indépendante, dit Blake avec une moue.

—Tu l'es, dit Karissa. Je ne pense pas qu'être dans une relation te rende dépendante. Toi et Ian vous vous complétez. Vous fonctionnez bien ensemble. Mais vous pouvez être séparés l'un de l'autre et continuer à fonctionner. Nous sommes toutes des femmes fortes et indépendantes.

—Oh que oui, nous le sommes, j'ai acquiescé.

—Mais j'aime quand même être plaquée contre un mur de temps en temps. Ou poursuivie. Ou peu importe, dit Blake.

Nous avons toutes ri et hoché la tête.

Peut-être qu'un jour je saurais ce que ça fait.

QUAND JE SUIS RENTRÉE chez moi ce soir-là, j'ai remarqué que j'avais un nouveau match. Il disait que ce type n'était sur À la Recherche du Héros Littéraire Parfait que depuis deux jours et son pseudo était un peu rebutant, alors j'ai hésité à l'accepter, mais j'ai finalement décidé de dire oui au match.

Je lui ai envoyé un message pour dire bonjour, comme je le faisais avec tous mes matchs, et j'ai été surprise quand il a répondu immédiatement.

DICTATEUR

Bonjour, Aucun regret. J'apprécie ce sentiment.

AUCUN REGRET

Bon à savoir. Je ne suis pas sûre de pouvoir
apprécier le tien. Je ne sais pas si je peux
trouver du bon chez un dictateur.

DICTATEUR

C'est la première chose qui m'est venue à
l'esprit quand je me suis inscrit. On m'a déjà
accusé de l'être.

AUCUN REGRET

Et l'es-tu ?

DICTATEUR

Je ne pense pas l'être. J'essaie d'être gentil
et juste.

AUCUN REGRET

Mais... ?

DICTATEUR

MDR. Tu sais creuser. J'aime que les choses
soient d'une certaine façon. Si elles ne le
sont pas, j'ai tendance à me frustrer.

AUCUN REGRET

Je ne suis pas sûre que les rencontres en
ligne soient une bonne idée pour toi. Les
gens mentent généralement sur qui ils sont.

DICTATEUR

Est-ce que tu mens ? Ton profil dit que tu
aimes aider les gens et passer du temps
avec des amis. Et aussi que tu sais que la vie
est trop courte pour ne pas la vivre
pleinement.

AUCUN REGRET

Pas des mensonges. Tout est très vrai. Mais
je ne suis pas typique. Je cherche vraiment
quelque chose ici. Je ne suis pas là juste
pour une aventure passagère.

DICTATEUR

C'est ce que la plupart des gens font ?

AUCUN REGRET

Tu n'as vraiment jamais essayé les
rencontres en ligne ?

DICTATEUR

Non. Est-ce que je suis en difficulté ?

AUCUN REGRET

MDR ! Tu vas avoir un réveil brutal. À moins
que tu ne sois l'une de ces personnes qui
mentent. Dans ce cas, tu sais probablement
tout ça et tu essaies de m'appâter.

DICTATEUR

Crois-moi. Je ne suis pas si malin.

AUCUN REGRET

Je ne suis pas sûre que je vais te croire. Mais
tu dois définitivement déterminer ce que tu
cherches ici. Ça t'aidera à décider si tu veux
quelqu'un comme moi qui va discuter un
moment avant d'accepter de te rencontrer,
ou quelqu'un qui va te voir dès le premier
jour et ne plus jamais te revoir.

DICTATEUR

Je pense que je préfère ta façon de faire. Ça
me semble bien mieux.

AUCUN REGRET

Alors dis-moi quelque chose que tu n'as
jamais dit à personne d'autre.

DICTATEUR

Wow. Tu entres vraiment dans le vif du sujet.
Hmm, d'accord. Eh bien, la plupart des gens
qui me rencontrent ne m'aiment pas au
premier abord.

AUCUN REGRET

Tu sais vraiment comment te vendre.

DICTATEUR

N'est-ce pas ? Difficile à croire que personne
ne m'ait encore mis le grappin dessus.

AUCUN REGRET

Peut-être que ton pseudo te va bien.

DICTATEUR

Aïe. Et c'est juste.

AUCUN REGRET

MDR ! Désolée. Je plaisante juste avec toi.

DICTATEUR

Je sais. Et merci. Je ne me sens pas à l'aise
avec beaucoup de gens.

AUCUN REGRET

On dirait que les rencontres en ligne sont
faites pour toi. Est-ce que tu vis dans la cave
de ta mère ? Dis-moi que tu ne gardes pas
des bouteilles de lotion pour que les gens se
frottent avec.

DICTATEUR

Aïe ! Non pour les deux.

AUCUN REGRET

Ouf. C'est bien.

DICTATEUR

Dis-moi quelque chose sur toi. Quelque
chose qui te rend unique.

AUCUN REGRET

J'ai financé mes études en travaillant comme
opératrice de téléphone rose.

DICTATEUR

Tu plaisantes, n'est-ce pas ?

AUCUN REGRET

Pas du tout. Le salaire était fantastique et j'avais besoin d'argent. Ça voulait juste dire que je restais assise dans une pièce à parler avec quiconque appelait. La plupart du temps, ils voulaient surtout écouter. J'ai commencé à lire beaucoup de romans d'amour pour avoir des idées et j'ai fini par devenir accro. Tout est vrai.

DICTATEUR

C'est... follement intelligent. J'aurais aimé avoir pensé à faire quelque chose comme ça.

AUCUN REGRET

C'était bizarre au début, mais je m'y suis habituée après quelques essais. Et ils me laissaient étudier quand je n'étais pas en ligne. C'était l'un des meilleurs jobs que j'ai jamais eus.

DICTATEUR

Et ton travail maintenant ? Tu l'aimes toujours ? Es-tu toujours opératrice de téléphone rose ?

AUCUN REGRET

Je ne suis plus opératrice, mais j'adore mon travail. La plupart du temps en tout cas. Aucun emploi n'est parfait.

DICTATEUR

C'est bien vrai.

AUCUN REGRET

En parlant de ça, je dois aller dormir. Je commence tôt demain. Mais c'était sympa de te parler.

DICTATEUR

Toi aussi. J'espère qu'on reparlera bientôt.

AUCUN REGRET

Certainement.

Je me suis déconnectée de l'application avec un sourire. Peut-être devrais-je reconsidérer mes déclarations précédentes. Peut-être qu'il était possible de ressentir cette étincelle avant de rencontrer quelqu'un. Et peut-être que je venais juste de la ressentir.

J'AI LAISSÉ la conversation avec Dictateur défiler dans mon esprit sur le chemin du travail. Au moins, cela m'aiderait à être moins agacée par Dr. Allison. Du moins, je l'espérais.

Je suis entrée et me suis dirigée vers la salle du personnel. J'ai rangé mes affaires et je suis sortie pour consulter les dossiers et commencer ma journée avant qu'il ne vienne me chercher. Surtout que je n'étais toujours pas sûre de ce qu'il avait entendu vendredi avant que je ne quitte le travail. Je m'attendais à une autre conversation avec lui à ce sujet.

—Salut, Laura, a dit Ally quand je suis entrée dans le bureau d'accueil. Comment s'est passé ton week-end ?

—C'était bien. Et le tien ?

—C'était super. Comment se sont passés tes rendez-vous ?

J'ai jeté un coup d'œil autour de moi, cherchant Dr. Allison. Ils étaient corrects. Rien de très mémorable.

Ally a plissé le nez. Désolée pour ça. Je souhaite vraiment que tu trouves quelqu'un de spécial.

—Merci, ai-je dit. J'ai tapé sur l'écran de la tablette et je suis allée dans la salle d'attente chercher mon premier patient.

La matinée est passée rapidement, ce qui était une bonne chose. J'étais polie et gentille avec Dr. Allison, mais je n'étais pas amicale envers lui. Normalement, je souriais quand il disait quelque chose, mais je n'étais pas d'humeur. Peut-être que je commençais enfin à l'oublier.

J'ai mangé mon déjeuner rapidement et j'ai eu juste assez de temps pour aller aux toilettes avant mon premier rendez-vous de perfusion.

J'ai vérifié mon téléphone en sortant des toilettes, espérant un message de Dictateur. Je n'étais pas surprise qu'il n'ait pas pris contact, mais j'étais un peu déçue. J'ai rangé mon téléphone et me suis tournée pour aller dans la salle d'attente quand je suis rentrée en plein dans Dr. Allison.

—Infirmière Kempis, a-t-il dit fermement.

—Dr. Allison.

—Êtes-vous distraite par votre téléphone ?

J'ai secoué la tête et ai soutenu son regard. Je ne le craindrais pas et je ne m'inquiéterais plus de ce qu'il pensait de moi. Plus maintenant. Non, je ne le suis pas.

— Vous êtes sûr ? Parce que vous ne m'avez pas vue debout ici puisque vous étiez sur votre téléphone.

— Je vérifiais si j'avais un message. Et maintenant, si vous voulez bien m'excuser, je vais faire mon travail.

Je l'ai contourné et j'ai levé les yeux au ciel en m'éloignant. Je ne comprends pas pourquoi je n'ai jamais réalisé à quel point il était désagréable.

J'ai rappelé Damien au centre de perfusion et j'ai tout préparé pour lui. Je lui ai demandé comment il se sentait, comme je le fais avec tous mes patients, avant de commencer.

— Ça va, je suppose.

— Qu'est-ce qui ne va pas ? Quelque chose vous fait mal ? Vos analyses étaient bonnes.

Il a secoué la tête. — Non. Je suis... Vous vous souvenez de Beth ? Ma petite amie qui m'a accompagné à mon dernier rendez-vous ?

J'ai hoché la tête. Elle ne m'avait pas réservé un accueil

chaleureux quand nous nous étions rencontrées. Certaines femmes sont comme ça, alors je n'y avais pas prêté attention, mais je n'étais pas déçue qu'elle ne soit pas revenue cette fois-ci.

— Beth m'a quitté hier.

— Oh, Damien, je suis vraiment désolée, ai-je dit. J'ai posé ma main sur son bras et souri. — Ça va aller ?

Il a haussé les épaules. — Ça ira. Je pensais la connaître, mais ce n'était visiblement pas le cas. Elle a dit qu'elle ne s'était pas engagée à être avec quelqu'un de malade. Elle n'est pas intéressée à devenir une aidante.

Je me suis redressée en essayant de ne pas laisser transparaître ce que je pensais. J'ai clairement échoué.

Damien a ri doucement. — Oui, c'est à peu près ce que je ressens. Mais je l'aime, vous savez, alors j'oscille entre être furieux comme vous l'êtes et souhaiter qu'elle revienne.

J'ai respiré profondément et tout préparé pour commencer sa perfusion. C'était la seule chose que je pouvais faire pour lui, et j'avais besoin d'être occupée pour ne pas dire quelque chose que je ne devrais pas. Il était un patient, pas un ami.

— Je suis désolée, ai-je finalement dit.

Il a ri doucement. — Merci. Je ne pense pas l'être. Elle m'a montré qui elle était vraiment. Je déteste avoir gaspillé deux ans avec elle. J'ai une bague. J'allais la demander en mariage dans quelques semaines, mais tout ça est arrivé.

Il a tourné la tête pendant que j'accédais à son cathéter. Il a inspiré profondément et expiré lentement.

— Hier soir, je me suis surpris à souhaiter ne jamais avoir eu de cancer. Pas parce que le cancer est horrible, mais parce qu'elle serait toujours là si je ne l'avais pas eu. C'est complètement tordu, non ?

Je lui ai souri et j'ai accroché sa première poche. — Je

pense que c'est normal de souhaiter ne jamais avoir eu de cancer.

— Oui, mais à cause de ma petite amie ? Mon ex-petite amie ? C'est une personne égoïste, et je suis un idiot de l'aimer.

J'ai soupiré et me suis assise à côté de lui. J'ai souri et j'ai pris sa main. — Vous n'êtes pas un idiot. Les gens nous montrent ce qu'ils veulent que nous voyions. Elle était douée pour ça. Je suis déjà tombée amoureuse d'hommes comme ça. Qui m'ont fait croire qu'ils étaient différents. On ne veut pas toujours voir le mauvais chez les gens. Mais vous êtes un homme bien. J'aimerais que vous n'ayez jamais eu de cancer, mais je pense que vous êtes mieux sans Beth.

Il a souri et m'a serré la main. — Merci, Laura. Ça... j'avais besoin d'entendre ça.

J'ai hoché la tête et j'ai frotté son avant-bras avec mon autre main. Il a inspiré profondément et expiré, puis a relâché ma main. J'ai noté la rupture dans son dossier pour pouvoir assurer un suivi avec lui et m'assurer qu'il avait un bon système de soutien en place, puis j'ai documenté sa première dose.

Je me suis tournée pour aller voir un autre patient et j'ai trouvé le Dr Allison qui m'observait avec un regard furieux. Il m'a pointée du doigt puis a fait un signe de la main avant de tourner les talons et de s'éloigner.

Bon sang.

4

NICO

Je me suis assis derrière mon bureau pour maintenir une barrière entre nous. J'avais besoin de quelque chose pour me protéger d'elle. Pour garder cette distance. Son regard disait qu'elle craquerait si je m'approchais d'elle, mais les pulsations dans mon corps me disaient que j'en avais besoin. J'avais besoin de lui montrer exactement l'effet qu'elle avait sur moi.

Je ne le ferais pas. Je ne pouvais pas. Elle ne saurait jamais à quel point je la désirais.

Elle est entrée dans mon bureau, laissant la porte ouverte. J'avais envie de lui dire de la fermer, mais c'était son acte de défi. C'était son moment à elle. Une petite victoire. Un défi.

—Infirmière Kempis, n'avons-nous pas discuté la semaine dernière de votre comportement personnel avec les patients ?

—Oui. Un seul mot. J'ai gémi intérieurement.

—Et ne vous ai-je pas demandé de cesser la nature trop personnelle de vos conversations ?

—Oui.

—Alors qu'est-ce que je viens de voir, bon sang ?

Elle a incliné la tête sur le côté et inspiré profondément. Sa poitrine s'est soulevée avec ce mouvement. Mes yeux étaient rivés sur elle tandis qu'elle redescendait lentement à la fin de son expiration prolongée.

—Mon patient a partagé quelque chose de profondément personnel avec moi. Sans provocation. Il traverse une période difficile. Mon travail, Dr Allison, est de mettre mes patients à l'aise. De m'assurer qu'ils sachent qu'ils ne sont pas seuls dans leur combat. Que je suis à leurs côtés pour tout. Et ce patient a besoin de quelqu'un.

—Pourquoi ?

—Pourquoi quoi ?

—Pourquoi a-t-il besoin de quelqu'un ? Pourquoi vous ? Ils ont tous besoin de quelqu'un, mais vous êtes leur infirmière, pas leur amie. Que pouvez-vous faire ?

—Ce patient a besoin de quelqu'un à qui parler. Quelqu'un pour lui faire comprendre que non seulement il peut traverser cette épreuve, mais qu'il est bien mieux sans cette garce d'ex-petite amie qui l'a quitté parce qu'elle n'avait pas signé pour une vie de traitements contre le cancer. Sa poitrine se soulevait sous l'effet de la colère. Son visage et son cou avaient pris une teinte rose sexy. Ses mains étaient crispées sur ses côtés.

J'ai éclairci ma gorge et essayé de me concentrer sur ses paroles plutôt que sur mon envie folle de l'embrasser. Elle se souciait vraiment des autres. C'était quelque chose de magnifique. J'avais embauché trop d'infirmières qui ne s'en souciaient pas, ou seulement jusqu'à un certain point. Ce que j'aimais chez Laura était également ce qui me rendait fou chez elle. J'étais jaloux, selon Veronica, et ça ne faisait qu'empirer. Au cours de la dernière année, Laura avait changé. Elle était plus détendue au bureau, et elle sortait avec des hommes. Et ces deux choses combinées me rendaient complètement fou quand j'étais près d'elle.

—Si vous vous contentez de parler, c'est bien. Mais si vous faites quoi que ce soit d'autre—

—Les lap dances sont donc exclues ? a-t-elle demandé avec un regard furieux.

J'ai pris une profonde inspiration. Elle me provoquait. Et ça marchait. —Veuillez garder un comportement professionnel.

—C'est toujours le cas.

J'ai hoché la tête pour la congédier. Elle a hésité une seconde, puis a pivoté sur ses talons et quitté mon bureau. J'ai attendu quelques secondes supplémentaires jusqu'à ce que je sois sûr qu'elle était partie et j'ai relâché un long soupir. Cette femme pouvait me rendre fou de tant de façons différentes en même temps.

J'AI FAIT de mon mieux pour garder mes distances avec Laura le reste de la journée. J'ai vu des patients, elle a administré des perfusions, et la journée s'est terminée sans autre interaction. La maison était silencieuse et avant que je ne m'en rende compte, j'étais de retour au bureau à attendre un appel de Veronica.

—Bonjour, a dit Veronica tandis que son visage remplissait l'écran de mon bureau.

—Bonjour.

Elle a plissé les yeux et incliné la tête. —Ce sera différent pour moi, et probablement difficile. Tu as l'air en colère, mais je ne peux pas te voir triturer tes ongles pour en être certaine.

J'ai arrêté cette habitude dont je n'avais pas conscience et j'ai fusillé Veronica du regard. Ses yeux bruns brillaient de plaisir de m'avoir démasqué. Elle adorait pouvoir faire ça. Nous nous sommes rencontrés à la faculté de médecine, deux personnes qui avaient l'impression de ne pas être à leur place. Elle est devenue une bonne amie presque instantanément. Nous parlions de tout dès le début. Ce n'est que lorsque nous avions presque terminé nos études que j'ai réalisé que je faisais la plupart de la conversation et qu'elle écoutait. Parce qu'elle était douée pour ça.

Demander à Veronica d'être ma thérapeute était une évidence. Elle avait bâti un cabinet vaste et prospère avec d'autres psychiatres travaillant sous sa direction. La plupart des clients que Veronica recevait elle-même étaient des personnes influentes, des gens qui valorisaient leur vie privée par-dessus tout.

Elle avait utilisé le terme narcissique à quelques reprises.

—Qu'est-ce qui ne va pas ? m'a-t-elle demandé.

Veronica avait une façon de me faire parler qui me donnait l'impression que nous bavardions simplement. Comme si nous étions de retour à l'université dans notre appartement, partageant bières et pizzas.

— Rien, ai-je dit.

Elle a pouffé. — Qu'est-ce que Laura a encore fait ?

— Elle flirte avec les fichus patients.

— Et alors ? C'est une femme belle et célibataire. Pourquoi ne flirterait-elle pas ?

— Parce que c'est contraire au règlement.

— Nous savons tous les deux que tu n'as jamais fait respecter ce règlement jusqu'à ce qu'elle commence à travailler pour toi et que tu deviennes jaloux. Tu ne voulais pas la voir avec d'autres hommes.

J'ai grommelé et me suis adossé à ma chaise. J'ai croisé les bras et l'ai fusillée du regard. Je détestais quand elle me confrontait à mes conneries.

— Ne boude pas, a-t-elle dit en riant. Elle a rejeté ses longs cheveux bruns derrière ses épaules et s'est penchée en avant. Son haut rouge bâillait sur le devant, mais la seule raison pour laquelle je l'ai remarqué était que je ne voulais pas qu'elle montre tout à chaque personne à qui elle parlait.

J'ai bloqué l'écran de ma main et j'ai secoué la tête. — Recule-toi. Je n'ai pas besoin de voir ça.

— On voit tout ? a-t-elle demandé. Elle s'est redressée et a ajusté son haut. — Merde. Je vais devoir me changer avant mon prochain appel. Merci. Jeff va péter un câble si je montre trop.

J'ai souri. Jeff était le mari de Veronica et l'amour de sa vie. Ils s'étaient rencontrés lors d'une collecte de fonds des années auparavant. Elle l'avait épousé après seulement quelques mois. Je lui avais dit que ça ne durerait pas et j'avais presque ruiné notre amitié. Je n'avais jamais été aussi heureux d'avoir tort. Voir Veronica heureuse m'avait fait réaliser tout ce qui manquait à ma vie.

Puis j'ai embauché Laura.

— D'accord, donc Laura flirte avec les patients. Es-tu sûr qu'elle flirte et ne fait pas simplement la conversation ? Certaines personnes donnent l'impression de flirter alors que ce n'est pas le cas.

— Elle a dit à un type qu'elle était sur une application de rencontres et qu'il devrait s'y inscrire.

Les sourcils de Veronica se sont levés, et je me suis senti victorieux. Jusqu'à ce qu'elle dise, — L'a-t-elle invité ou a-t-elle simplement transmis l'information ?

J'ai fait la moue, et elle a pincé ses lèvres à mon attention.

— Tu dois trouver un moyen de dépasser ça. Soit tu dois l'inviter et découvrir s'il y a vraiment quelque chose entre vous, soit tu dois passer à autre chose. Ce n'est pas sain pour toi. Elle a parfaitement le droit de sortir avec quelqu'un. Et elle devrait le faire. Aucune femme, ou homme, ne devrait rester assis à se morfondre. Toi y compris.

— J'ai rencontré quelqu'un, ai-je lâché.

— Vraiment ? Veronica était plus que sceptique.

— En ligne. Je me suis inscrit sur une application de rencontres...

— Celle dont Laura a parlé au patient ?

J'ai haussé les épaules et évité son regard.

Veronica a ri. — Tu es un chef-d'œuvre. J'adore t'avoir comme client car c'est un revenu garanti à vie. Tu trouveras toujours des moyens de tout foutre en l'air.

— Devrais-tu vraiment me parler comme ça ?

Elle a ri et secoué la tête. — Premièrement, nos conversations sont privées. Deuxièmement, toi et moi savons que si tu avais des amis, tu ne te plaindrais pas de Laura auprès de moi. Tu m'as engagée parce que perdre des patients t'affectait. Parce que voir quelqu'un mourir a tout fait remonter. Sa voix était douce. Ses yeux remplis d'une émotion à laquelle je ne voulais pas penser. — Je t'aime, Nico, mais je veux que tu sois entier. Il y a des années, cela signifiait trouver un moyen de faire face à la perte encore et encore. Maintenant, ça signifie autre chose. Je pense que tu t'es tellement coupé de la perte et de la vie que tu as oublié comment vivre réellement. Comment te connecter à une autre personne.

— Je peux me connecter, ai-je protesté.

— Vraiment ? Parce que nous nous connaissons depuis longtemps. Je sais que nous avons un lien. Je ferais n'importe quoi pour toi, et je sais que tu ferais n'importe quoi pour moi. Mais ça fait un moment que tu n'as pas laissé une autre personne entrer dans ta vie. Je pense que tu voudrais laisser Laura entrer, mais ça te fait peur. L'amour est terrifiant, mais ça en vaut la peine. Surtout quand c'est avec la bonne personne.

— Tu as Jeff. Tu penses que tout le monde peut trouver ça. Je ne sais pas si je suis fait pour une relation.

Veronica sourit. —Tu es l'une des personnes les plus extraordinaires que j'ai jamais rencontrées de ma vie. Tu es gentil, attentionné, tellement drôle, doux et passionné. Tu es un être humain formidable, mais tu ne montres pas cette facette aux autres. Tu te retiens. Tu aboies et tu les fais fuir. Je serais prête à parier que tu as aboyé sur Laura un peu plus que d'habitude dernièrement.

Je grommelle à nouveau, ce qui la fait rire encore une fois.

—OK. Parlons de cette nouvelle personne que tu as rencontrée. Raconte-moi cette application de rencontres.

Je soupire. Je ne suis pas sûr si elle se moque de moi ou non, mais nous sommes là pour parler, alors je vais parler.

—L'application a été conçue par quelqu'un du coin, la fille d'une ancienne patiente en fait. Elle n'autorise pas les photos, donc il n'y a aucun moyen de savoir vraiment avec qui tu discutes. J'ai matché avec trois femmes pendant le week-end et j'ai commencé à discuter avec l'une d'entre elles. Elle est drôle, intelligente et c'était amusant.

—C'est bien, dit Veronica. —Tu as besoin de quelqu'un à qui parler en dehors de Laura. Quelqu'un à qui penser. Continue à parler avec cette femme. Mais je veux que tu fasses autre chose.

—Quoi ? je demande avec appréhension. Elle me donne toujours des missions qui me poussent hors de ma zone de confort. J'aime ma zone de confort.

—Parle à un ami. Ça n'a pas besoin d'être quelqu'un avec qui tu passes du temps habituellement, mais aie une conversation avec quelqu'un que tu pourrais considérer comme un ami.

Mon esprit devient vide. Je travaille, je lis des publications sur la recherche contre le cancer et je travaille encore plus. Je ne socialise pas. Je reste dans mon coin.

—Tu n'as pas une seule personne à qui parler là-bas ? demande Veronica face à mon silence.

—Je...

—Tu es un bourreau de travail. Sors boire une bière. Assieds-toi dans un bar et engage la conversation avec quelqu'un. Oh, non. Et le gars des bateaux ? Tu n'as pas dit que vous vous entendiez bien ?

—Je ne vais pas aller parler au gars qui a construit mon bateau et lui demander d'être mon ami, dis-je.

Veronica secoue la tête. —Je n'ai pas dit qu'il devait être ton ami. Je veux que tu aies des gens dans ta vie. Tu vis là-haut depuis des années. Je sais pourquoi tu as déménagé là-bas, mais tu n'as pas construit une vie. Tu as construit un cabinet, mais tu as besoin d'une vie. Parle au gars des bateaux. Ou va dans un bar. Fais quelque chose qui t'amène à parler à une personne qui ne travaille pas pour toi et qui ne te parle pas via le chat d'une application de rencontres.

Je fais la grimace en réalisant à quel point elle me fait paraître pathétique. Je ne peux pas argumenter, pourtant. Elle a raison. Je n'ai personne dans ma vie. Personne avec qui socialiser. Du tout. Et ce, depuis que j'ai déménagé loin d'elle. Ça fait longtemps que je n'ai pas eu d'ami.

—D'accord, j'accepte finalement.

Veronica sourit et dit : —OK, parfait. On se reparle dans une semaine, mais tu sais qu'on parlera avant. Je t'aime.

—Je t'aime aussi. Je crois.

Elle m'envoie un baiser et se déconnecte. Femme intelligente. Elle sait que si elle était restée en ligne, j'aurais essayé de nous convaincre tous les deux d'abandonner cette mission.

Merde alors.

J'AI REPOUSSÉ ma visite chez Ian Jameson pendant deux jours de plus. Tout ce que ça a fait, c'est prolonger l'inévitable. Et me rendre plus anxieux. C'était comme demander à sortir à une fille au lycée. Je savais qu'elle allait dire non, mais je le faisais quand même. Chacune d'entre elles a dit non.

J'essaie de me convaincre que ce n'est pas pareil avec Ian. C'est un type bien de ce que je sais. Il est diablement talentueux, et il est toujours sympathique. Je me sens quand même comme un idiot en me rendant à son atelier alors que je ne l'ai jamais fait auparavant.

La grande porte de garage au bout est ouverte. La musique résonne depuis l'intérieur. Quelqu'un chante en accompagnant la mélodie, sa voix se mêlant au bruit d'une ponceuse ou d'une meuleuse ou quelque chose comme ça. Les outils, ce n'est pas mon truc.

J'entre et regarde autour de moi. Je ne vois personne, mais je suis le chant jusqu'à ce qu'il me conduise au bord d'un grand bateau. Des pieds dépassent de dessous, les orteils bougeant au rythme de la musique.

J'attends. Tout comme en chirurgie, il n'est pas judicieux de surprendre une personne quand elle a un outil dans les mains.

Il ne faut pas longtemps avant qu'Ian ne se roule hors de dessous le bateau et rencontre mon regard. Il recule, visiblement surpris que je sois son visiteur. Il pose l'outil et se lève, tendant la main pour serrer la mienne.

—Dr Nico Allison. Qu'est-ce qui vous amène ?

J'invente une histoire, une bonne. Parce que débarquer chez un homme avec qui je n'ai jamais été ami est bizarre. — J'envisage de faire quelques améliorations sur mon bateau. Je voulais avoir ton avis. Peut-être échanger quelques idées.

Ian se frotta le menton et hocha la tête. —Ouais, bien sûr. Ton bateau aurait probablement besoin de quelques améliorations maintenant. Il a quoi ? Sept ans ?

J'ai hoché la tête, surpris qu'il s'en souvienne.

—La cabine est petite, mais je ne pense pas que tu aies besoin de beaucoup puisque c'est principalement pour faire l'aller-retour à Doc Rock.

—Doc Rock ?

Ian sourit. —Ouais. Tu n'as jamais entendu ça ?

J'ai secoué la tête.

Ian haussa les épaules. —La plupart des gens en ville appellent ton île Doc Rock puisque tu y vis et que l'île est essentiellement faite de rochers. Je pense que c'est aussi parce qu'on est totalement jaloux de toi et qu'on adore les jeux de mots.

J'ai ri avec Ian. J'avais acheté un appartement quand je me suis installé dans la région, mais j'ai constaté qu'il ne m'offrait pas assez d'intimité. Surtout quand j'ai commencé à avoir du mal à séparer la santé de mes patients et ma propre vie. Vivre dans les Mille-Îles signifiait qu'il y avait beaucoup d'îles qui offraient toute l'intimité que je pouvais souhaiter. Une s'est mise en vente et j'ai sauté sur l'occasion. J'ai gardé mon appartement pour les mois d'hiver et pour quand je travaillais tard, mais je me rendais sur mon île les week-ends et chaque fois que je le pouvais. C'était le seul endroit où je me sentais vraiment à l'aise.

—Bref, le bateau. Alors, qu'est-ce que tu veux faire ? Il a jeté un coup d'œil à son téléphone, puis m'a regardé à nouveau.

—Est-ce que je te retiens de quelque chose ? ai-je demandé.

Ian a secoué la tête. —Non, c'est bon. Il s'est arrêté et m'a examiné pendant un long moment. Je n'étais pas sûr de ce qu'il cherchait, mais je voulais réussir quel que soit le test que je ne savais pas que je passais. —En fait, que fais-tu maintenant ?

—Euh, rien ?

—Pourquoi ne viendrais-tu pas avec moi prendre une bière et dîner ? Je retrouve des amis chez O'Kelley's.

—Oh, non, je ne suis pas venu ici pour m'imposer.

—Non, j'insiste. Tu travailles trop, et je ne t'ai jamais vu là-bas. Et comme j'ai l'impression d'y vivre parfois, ça veut dire que tu ne te détends pas assez. Une bière. Peut-être un burger. Des frites. Ils ont un jeu de fléchettes. Et des amis. Ils peuvent tous t'aider à décider quoi faire à ton bateau. Allez. Viens.

Je résistais à tout ce qu'il disait, mais j'entendais la voix de Veronica dans ma tête me disant d'avoir une conversation avec un ami. Ou d'aller dans un bar prendre une bière. Peut-être que si je faisais les deux, elle me laisserait tranquille. C'était déjà jeudi. Encore un jour en ville et puis je pourrais disparaître à Doc Rock et personne ne me dérangerait pendant quelques jours.

Je pouvais le faire. Je pouvais m'asseoir et parler avec d'autres hommes, boire une bière. Veronica serait fière.

J'ai hoché la tête. —D'accord, allons-y.

Ian a souri. —Super. Ça va être amusant. Et puis, il y a toujours de jolies femmes là-bas. Je ne sais pas quel est ton type, mais peut-être que tu rencontreras quelqu'un puisque tu sors.

J'ai pouffé de rire. —Peu probable. De toute façon, je suis déjà...Euh...

Les sourcils d'Ian se sont levés alors qu'il appuyait sur un bouton pour abaisser l'énorme porte. —Tu vois quelqu'un ?

—Non. Je veux dire, pas vraiment. J'ai juste commencé à parler à quelqu'un l'autre jour.

—Ah bon ? Comment est-elle ?

—Elle est drôle et intelligente. Elle m'a fait rire.

—Sympa. Où vous êtes-vous rencontrés ?

—Oh, euh, eh bien...En ligne. J'ai murmuré le dernier mot comme si c'était un gros mot. Comme si je devais avoir honte.

Ian a ri. —Sans blague ? J'ai rencontré Blake en ligne.

—Je pensais que tu connaissais Blake depuis toujours.

Il a haussé les épaules et acquiescé. —C'est vrai, mais elle ne s'intéressait pas à moi. Nous avons été mis en relation sur

Petits Amis Littéraires Recherchés et nous avons appris à nous connaître d'une toute nouvelle façon. Je ne pense pas que nous nous serions mariés sans cette application. Laquelle utilises-tu ?

Je l'ai regardé fixement, me demandant s'il se moquait de moi. —La même.

Ian a ricané. —Fais attention. Je crois que Karissa a des pouvoirs magiques. Presque tous les gars qu'on rencontre ont trouvé quelqu'un sur cette appli. Celle avec qui tu parles pourrait bien devenir ta future Mme Doc."

—Tu sais que j'ai un nom de famille, n'est-ce pas ?"

Ian a ri et a ouvert la porte d'O'Kelley's. —Bien sûr, mais c'est assez amusant de te voir te tortiller un peu."

J'ai haussé un sourcil et secoué la tête. Je ne pouvais pas m'empêcher de rire. Peut-être que Veronica avait raison à propos de parler à une amie. Au moins, je pourrais lui dire que j'avais essayé.

5

---

 onnêtement, je ne me souvenais plus de la dernière fois où j'avais mis les pieds dans un bar. Je préférais généralement boire sur ma terrasse avec vue sur l'eau, entouré de silence. Pas de gens ivres qui crient et de barman à qui donner un pourboire.

Mais j'essayais.

Ian me conduisit au bar et s'assit. Il me fit signe de prendre le tabouret à côté de lui quand j'hésitai.

—Les gars, voici le Docteur Allison. C'est lui qui a soigné Mme Georgia, si vous ne l'avez pas encore rencontré. Ian arborait un sourire si large qu'il aurait pu avaler un canari. Petit malin.

—Vous pouvez m'appeler Nico, dis-je aux autres. —Ian pense qu'il est drôle.

—Il le pense toujours. C'est rarement vrai, dit Ramsey Holland.

—Mais ça, c'est vrai, ajouta Hudson Grant avec un signe de tête à Ramsey. —Qu'est-ce que je peux te servir à boire ?

—Juste une bière, ce serait parfait.

Hudson m'examina longuement avant de demander : — Tu es sûr ? Tu n'as pas l'air d'un homme à bière.

Je haussai les sourcils. N'était-il pas le barman ? Son travail n'était-il pas de servir des verres aux clients ? Comment gagnait-il de l'argent s'il passait son temps à argumenter avec eux ?

—Hudson se considère comme un psychologue amateur. Et il pense savoir ce que les gens boivent, sans qu'ils le lui disent, expliqua Ian pour l'homme silencieux de l'autre côté du bar.

Je regardai Hudson. Je ne le connaissais pas vraiment. Je l'avais vu en ville, tout comme Ramsey et les autres. Vivre dans une ville aussi petite que L'anse MacKellar rendait facile de savoir qui étaient les gens, mais je n'étais pas ami avec eux. Je n'étais pas non plus ami avec Ian, mais j'avais eu quelques conversations avec lui. Les autres ? Jamais. Alors, pourquoi Hudson pensait-il savoir ce que je boirais ?

—D'accord, quel est mon verre selon toi ? demandai-je, soutenant le regard évaluateur de Hudson. J'essayai de ne pas sourire narquoisement.

Hudson se pencha en arrière et m'examina. Il prit note de mon costume coûteux, de ma posture bien droite sur le tabouret, et du regard confiant que je lui lançais. J'attendais. Je n'allais pas lui donner d'indices. J'étais aussi assez certain qu'il ne trouverait jamais ma boisson préférée.

—Tu bois de la bière, du whisky, ou peut-être un rhum coca parce que tu penses que c'est ce que les gens attendent de toi, mais en réalité, tu préférerais quelque chose de plus sucré. Mixé. Une margarita à la pêche. Hudson se pencha en arrière et attendit que je dise quelque chose.

Je n'étais pas sûr de pouvoir. Comment diable savait-il ça ?

—J'ai raison, n'est-ce pas ?

—Euh...comment diable as-tu deviné ça ?

Hudson haussa les épaules. —C'est un don. Tu en veux une ou tu vas te forcer à boire une bière parce que c'est ce que les autres boivent ?

Je ris et secouai la tête. —Eh bien, puisque tu l'as déjà dit à tout le monde, autant en prendre une.

Hudson hocha la tête. —Quelqu'un d'autre ?

—Je vais essayer, dit Colin Jones. —Elise aime les pêches.

—Fais la mienne à la fraise, dit Ramsey.

—Ouais, la mienne aussi, approuva Ian.

—Je vais m'en tenir à la bière, dit James Rucker.

—Pêche, dit Gavin Holbrook.

—Et puis merde. Je vais essayer fraise, dit Rowan Masterson.

—Tu es sûr que tu n'en veux pas ? demanda Hudson à James.

—Non. Les trucs sucrés me donnent mal à la tête.

Je regardai le groupe et ris. Je m'attendais à des moqueries, pas à un accord.

—Qu'est-ce qui se passe ? demanda Sebastian Parks en prenant place à côté de Ramsey. —Je peux avoir une bière ?

—Tu connais Nico ? demanda Ramsey avec un signe de tête vers moi. —On boit tous des margaritas ce soir. Pêche ou fraise.

Sebastian secoua la tête. —Une bière pour moi. C'est pas cher. Je n'ai pas besoin de prendre goût à quelque chose de coûteux.

—C'est moi qui régale, lui dis-je. Je croisai le regard de Hudson. —Tout est pour moi ce soir.

Hudson acquiesça. Les autres gars rirent et me remercièrent. Pas Ian, cependant.

—Tu n'es pas obligé de faire ça, dit Ian assez bas pour que les autres ne puissent pas entendre.

Je haussai les épaules. —Ce n'est pas grave.

—Peut-être pas, mais ce n'est pas pour ça que je t'ai invité à sortir avec nous.

Je soutins son regard. Nous n'étions pas amis, mais j'étais aussi un assez bon juge de caractère. Il ne cherchait pas à m'arnaquer. —Je sais.

—J'espère bien.

J'acquiesçai et me tournai vers Hudson pendant qu'il préparait les boissons.

—Nico envisage de faire quelques améliorations à son bateau. Il est déjà magnifique, si je peux me permettre, mais ça fait quelques années. Des suggestions ? demanda Ian aux autres.

—Un bar, dit Gavin.

—Tu ne peux pas faire l'aller-retour jusqu'à une île sans un verre ? lui demanda James. —C'est une bonne chose que tu vives sur la côte.

—Tu vis sur une île ? me demanda Gavin.

J'acquiesçai, mais les autres gars répondirent pour moi.

—Doc Rock.

—Sans déconner ? dit Gavin.

Je ricanai et acquiesçai. —Bien que je ne l'appelle pas comme ça. Ian m'a dit ce nom aujourd'hui.

—C'est génial. Qu'est-ce que tu fais en hiver ? demanda Gavin.

—J'ai un appartement où je reste. Parfois je peux encore faire l'aller-retour, mais une fois qu'il commence à faire froid, je ne me donne plus la peine d'essayer. La traversée devient pénible.

—À qui le dis-tu, dit Sebastian. Je redoute les trajets jusqu'au phare en hiver, mais je n'ai pas le choix.

J'étais un crétin. Je me plaignais de devoir conduire un bateau jusqu'à mon île privée en hiver, et les hommes à qui je parlais étaient des hommes ordinaires avec des emplois dont ils avaient besoin pour survivre.

—Ne te sens pas mal, dit Ian doucement. Nous avons tous des difficultés différentes.

J'ai hoché la tête, ne sachant pas comment je devais me sentir moins crétin après m'être plaint des avantages de ma vie. Peut-être qu'aller dans un bar n'était pas une si bonne idée.

—Nico est sur l'application de Karissa, dit Ian, éloignant mon esprit de ma vie privilégiée.

—Ce n'est pas grand-chose, leur ai-je dit alors que Hudson posait mon verre devant moi. Je lui ai fait un signe de tête pour le remercier.

—Bonne chance, dit Ramsey. J'étais presque divorcé quand j'ai rencontré ma femme sur l'application. La meilleure chose qui nous soit jamais arrivée.

—Trinity et moi nous sommes rencontrés là-bas.

—Nous tous. On les a rencontrées dans la vraie vie, mais l'application nous a donné ce petit coup de pouce dont on avait besoin pour changer les choses. Avec qui es-tu jumelé ? a demandé Colin.

—Elle s'appelle SansRegrets. Elle est facile à aborder, lui ai-je dit.

Colin a secoué la tête. «Je n'ai jamais été jumelé avec elle. Je ne peux pas t'offrir d'informations. Il a regardé autour de lui et les autres ont secoué la tête. «Tu as une idée de qui elle est ?»

J'ai secoué la tête et me suis interrogé sur elle. Sa confession d'avoir été opératrice de téléphone rose me rendait curieux, mais je ne connaissais personne qui avait déjà fait ça. Ces gars pourraient connaître quelqu'un, mais je ne voulais pas vraiment partager cette partie d'elle avec eux. Ça semblait trop personnel. Comme un secret entre nous.

—Finalement, tu la rencontreras. Si ça continue à bien se passer. Beaucoup de femmes rencontrent leurs rendez-vous ici. C'est sûr pour elles, a dit Ian avec un signe de tête vers le coin du bar.

Je me suis tourné pour voir ce qu'il indiquait et j'ai trouvé Laura à une table avec deux autres femmes. Sa tête était renversée en arrière dans un éclat de rire, ses boucles blondes sauvages autour de son visage. Ses yeux bruns pétillaient d'amusement face à ce que l'autre femme avait dit. Elle a levé son verre et bu, son regard ne quittant jamais la femme à qui elle parlait.

Je ne la voyais pas souvent détendue. Elle était guindée et rigide au travail. Elle ne riait pas, pas comme ça, et elle gardait ses cheveux attachés. Ça me donnait envie d'aller vers elle et de passer mes doigts dans ses cheveux. De regarder dans ses yeux. De-

—Allô la Terre à Nico. Tu veux quelque chose à manger ? a dit Hudson.

Je me suis retourné brusquement vers le bar et j'ai éclairci ma gorge. J'ai ignoré les sourires et les regards autour de moi et je me suis concentré sur Hudson. «Ouais, un burger ?»

—On en a. Qu'est-ce que tu veux dessus ? a demandé Hudson.

—Bacon, cheddar et ketchup.

—Frites, pommes de terre rissolées ou rondelles d'oignon ?

—Frites. Merci.

Hudson a hoché la tête, son sourire indiquant qu'il comprenait que c'était pour plus que simplement prendre ma commande.

J'ai siroté ma margarita et j'ai essayé de faire comme si rien ne s'était passé, même si je savais que les hommes autour de moi échangeaient des regards complices et parleraient probablement de moi une fois que je serais parti.

Pendant que je buvais, le poids de la soirée pesait sur moi.

Je n'aurais pas dû sortir avec eux. J'aurais dû simplement appeler Ian au lieu d'aller à son magasin. Cela aurait toujours impliqué d'avoir une conversation, mais je n'aurais pas été traîné dans un bar où j'étais exposé.

J'ai subi des moqueries toute mon enfance. Je ne me suis jamais intégré nulle part. J'ai appris à être moi-même, à cesser d'essayer de m'intégrer et à me démarquer si nécessaire. Je me suis tenu à l'écart parce que les autres ne m'ont jamais compris. Ils n'ont jamais voulu me comprendre. Je pensais qu'Ian était différent, mais peut-être que je me trompais. Peut-être qu'il m'a invité simplement parce que j'étais là, et que j'étais une cible facile.

J'ai changé de position sur mon siège et j'ai fait un geste vers mon portefeuille.

—Ne fais pas ça, m'avertit Ian. S'il te plaît, reste.

Je l'ai regardé, furieux qu'il m'ait choisi comme divertissement pour la soirée et frustré qu'il ait deviné que je m'apprêtais à partir. —Pourquoi ?

—Parce que nous ne rions pas de toi pour les raisons que tu imagines. Nous reconnaissons tous ce regard dans tes yeux. Nous sommes tous passés par là.

—Je ne sais pas de quoi tu parles. J'ai tiré sur mes manches et me suis redressé.

Ian a laissé échapper un petit rire. —J'ai dit la même chose à propos de ma femme. J'ai prétendu ne pas être amoureux d'elle pendant des années. Je savais que je n'étais pas assez bien pour elle, alors je me suis convaincu, ainsi que tout mon entourage, que je ne l'aimais pas. C'était plus facile que de prendre un risque et de finir seul parce que j'avais raison et qu'elle ne voulait pas être avec moi.

—Mais vous êtes mariés.

—Oui, maintenant. Ça n'a pas été facile d'y arriver. J'ai vu ce même regard que tu viens d'avoir dans mon miroir pendant longtemps. Pourquoi ne l'invites-tu pas à sortir ?

J'ai ricané. —Non. Elle travaille pour moi. Et elle pense que je suis un connard.

—Alors prouve-lui que tu n'en es pas un.

—Ce n'est pas si simple.

—Pourquoi pas ? a demandé Colin.

Je me suis retourné et j'ai réalisé qu'ils écoutaient tous.

—Rien de tout cela n'est facile. Les relations, c'est la galère. Mais se réveiller le matin à côté de la femme que tu aimes, c'est mieux que tout au monde, a dit Gavin.

—Suis-je ici pour votre amusement ? Les mots ont jailli avant que je puisse les retenir.

Ils ont tous secoué la tête.

—Je ne savais pas que tu venais jusqu'à ce que tu sois là, a dit James. Mais nous ne ferions pas ça. Nous adorions tous Mme Georgia, et elle t'aimait. Même si tu n'étais pas un médecin respecté qui travaille à sauver des vies, nous ne serions pas assis ici à nous moquer de toi juste à cause de Mme Georgia.

—Ça ne veut pas dire qu'on ne va pas te taquiner un peu, quand même, a dit Ian. C'est ce que font les amis.

J'ai regardé les hommes et j'ai vu la même expression ouverte sur tous leurs visages. J'avais appris à lire les gens avec le temps. Je devais le faire dans ma profession. J'avais besoin de savoir si mes patients me disaient la vérité sur leur douleur ou leurs habitudes. Je connaissais les signes de quelqu'un qui ment. Je n'en voyais aucun sur les visages des hommes autour de moi.

—Si ça peut te rassurer, Masterson peut payer le dîner et les boissons ce soir pour prouver qu'on ne profite pas de toi, a dit James.

—Hé ! Qu'est-ce que c'est que ça ? s'est écrié Rowan.

James a haussé les épaules. —Tu es le nouveau.

—Je suis là depuis plus longtemps que Gavin, a protesté Rowan.

—Peu importe. Je suis ton supérieur, a dit James.

—Bon, messieurs. Arrêtons cette compétition de qui pisse le plus loin, dit Hudson.

Rowan lança un regard noir à James qui lui répondit par un sourire narquois. Ramsey secoua la tête devant leurs pitreries, pas surpris du tout. Après un moment, je me suis contenté de rire et de me réinstaller dans mon siège.

—Je n'aurais pas fait ça, insista Ian. —Tu avais juste l'air d'avoir besoin d'une sortie pour changer les idées.

J'ai croisé son regard et j'ai hoché la tête. —Merci. C'est exactement ce que le docteur a prescrit.

Ian sourit. Il n'avait pas besoin de savoir que je le pensais littéralement.

LE RESTE de la soirée s'est déroulé sans incident. Je me suis forcé à ne pas observer Laura toute la nuit et j'ai discuté avec les hommes. Quand nous sommes tous partis, ils m'ont invité à les rejoindre de nouveau la semaine suivante.

—Masterson va payer, dit James avec un signe de tête vers l'autre homme.

—Je ne serai pas là la semaine prochaine, dit Rowan sans hésiter.

—Hudson peut le mettre sur ton ardoise. Tu régleras quand tu reviendras, dit James.

Rowan lui fit un doigt d'honneur.

—Est-ce que tu fais des gestes obscènes envers un représentant de la loi ? demanda James, se rapprochant du visage de Rowan.

Rowan ricana. —Tu préférerais que j'utilise des mots ?

James rit et recula. —À demain. James s'éloigna avec un signe de la main, les autres se dispersant avec lui. Sauf Ian.

—Écoute, je suis désolé si tu as eu l'impression qu'on se moquait de toi. Ce n'était vraiment pas mon intention. Nous sommes tous passés par là. Nous voulons aider.

J'ai hoché la tête. —Merci, mais il n'y a rien à faire.

—Je pense que tu pourrais te tromper, mais je ne vais pas m'immiscer dans ta vie personnelle. Je sais que les gens doivent être prêts à faire le grand saut.

—Quel saut ?

—De là où ils commencent vers quelque chose de plus. Je vais te dire une chose, cependant. Si tu l'aimes autant que tu en as l'air, ne reste pas les bras croisés à la regarder trouver quelqu'un d'autre. J'ai fait ça avec Blake et j'ai gâché des années, pour nous deux. Elle a failli épouser un autre homme.

—Je ne suis pas... J'ai tendance à l'énerver. Elle m'a à peine adressé la parole depuis une semaine.

—Tu t'es excusé ?

—J'ai essayé.

—Elle est peut-être moins en colère après une semaine. Sinon, tu dois lui faire comprendre que ce que tu as fait qui l'a mise si en colère n'est plus un problème maintenant. Que tu as tourné la page.

—Et si ce n'est pas le cas ?

Ian haussa un sourcil. —Que s'est-il passé ?

—Elle flirtait avec un patient.

Ian haussa les épaules. —C'est comme ça que Laura parle à tout le monde. Elle flirte avec moi, mais ça ne veut rien dire. Elle sait que je suis marié.

—Je n'aime pas ça, crachai-je.

Les lèvres d'Ian se relevèrent aux commissures. Il secoua la tête. —Désolé, mais si tu l'aimes, tu dois accepter qui elle est. Si elle flirte quand elle parle, tu vas devoir passer au-dessus de ça. Je n'imagine pas qui serait Laura si elle n'était pas amicale, bavarde et flirteuse. Elle serait une personne différente. Et ce ne serait plus Laura.

—Je... Je pensai à la femme que je connaissais. Cette femme intelligente, amicale et bavarde que j'avais embauchée. J'aimais sa gentillesse et sa compassion, mais j'étais attiré par elle en tant que personne pour les mêmes raisons. Et Ian avait raison. J'avais été tellement obsédé par l'idée qu'elle ne flirte pas avec les patients que j'avais perdu de vue le fait qu'elle avait changé au cabinet ces dernières semaines. Elle n'était plus cette même femme. Et c'était moi qui avais provoqué ce changement.

—Je dois y aller, lâchai-je brusquement. —Merci de m'avoir invité ce soir. J'ai passé un bon moment. Merci.

Ian hocha la tête et me laissa partir. Ses mots résonnaient dans ma tête tandis que je parcourais la courte distance jusqu'à mon véhicule. Je rentrai à mon appartement puisque je devais retourner à la clinique dans beaucoup trop peu d'heures. Il était temps d'apporter quelques changements au travail. Et le premier était prévu pour commencer à la première heure.

—Je ne savais même pas que cet endroit existait, dit Eddie en faisant le tour des lieux.

Je ne l'avais pas beaucoup vu durant les presque deux ans et demi qui s'étaient écoulés depuis que nous avions perdu Mme Georgia. Eddie était son monde à la fin. Eddie et sa fille. Tous deux étaient présents à chaque rendez-vous, chaque traitement, absolument tout. Ils étaient là pour elle. Nous avions tous essayé de la sauver.

—C'était l'une des raisons pour lesquelles j'ai acheté le bâtiment. Je voulais avoir la possibilité de m'agrandir éventuellement. Je l'ai loué pendant un moment, mais j'ai arrêté il y a quelques années quand c'est devenu trop difficile à gérer, lui expliquai-je.

—Eh bien, ça a l'air d'être un endroit magnifique. Georgia aurait adoré cet étage.

—Bonjour, dit une autre voix depuis l'ascenseur.

Je me tournai et saluai Peter. Eddie me l'avait recommandé comme quelqu'un capable de réaliser le genre de travail que j'avais en tête. Sa carrure suggérait qu'il pourrait probablement le faire sans aucun équipement.

—Peter. Merci d'être venu, dit Eddie en s'approchant de l'autre homme. Ils échangèrent une accolade qui témoignait de leur proximité. Eddie lui donna une tape dans le dos et le guida vers moi.

—Voici Nico. Il était le médecin de Georgia. Et il va aider davantage de personnes en agrandissant ce magnifique endroit qu'il possède, expliqua Eddie.

—Ravi de vous rencontrer, dis-je à Peter. Je lui tendis la main pour la serrer.

—Moi de même. Mme Georgia et Eddie ont toujours parlé de vous en termes élogieux. C'est un endroit formidable. Peter regarda autour de lui, absorbant tous les détails.

—Merci. Il a clairement besoin de beaucoup de travaux pour le rendre fonctionnel, mais je veux que ce soit fait correctement. Il paraît que vous êtes l'homme qu'il faut pour ce travail.

Peter hocha la tête. —Je peux le faire. J'ai juste besoin de connaître votre calendrier et votre budget. Une fois que j'aurai ces informations, nous pourrons commencer à parler des plans. Je vous proposerai plusieurs options d'aménagement. Je suppose que le personnel du rez-de-chaussée fera partie de ce projet. Je recommande toujours d'impliquer au moins une personne qui travaillera dans l'espace. Ils pourraient avoir des suggestions auxquelles vous n'auriez pas pensé.

—Dr Allison ? dit Laura depuis la direction de l'ascenseur.

Je n'avais même pas entendu l'ascenseur, mais quand je levai les yeux, elle se tenait là avec une expression confuse sur le visage.

—Que se passe-t-il ?

—On dirait que nous avons notre volontaire, dit Peter.

6

LAURA

— Eddie ? Tu vas bien ? ai-je demandé. Ma voix tremblait. Mes mains tremblaient. Tout mon corps tremblait. Eddie ne pouvait pas être malade. C'était impossible. Nous avions déjà perdu Mme Georgia. Nous ne pouvions pas perdre Eddie aussi.

— Non, ma chérie. Je ne suis pas malade. Je suis juste ici avec Peter, a dit Eddie avec un sourire. Il m'a tendu ses mains et je les ai prises. Je lui ai souri à mon tour tandis que ses paroles faisaient leur chemin dans mon esprit.

— Peter ? Que se passe-t-il ? Pourquoi êtes-vous ici au lieu d'être à la clinique ? Je peux vous prendre comme patient. Laissez-moi vous aider, a insisté Laura.

— Je ne suis pas malade non plus, a dit Peter en riant.

J'avais la tête qui tournait. Je voyais des patients malades tous les jours. Des patients mourants. Des patients qui perdaient leur volonté de se battre. Des patients qui n'en avaient plus pour longtemps. Mais je gardais mes distances avec eux tout en faisant tout mon possible pour les sauver. C'étaient des patients, et il y en aurait toujours d'autres. Mais ces deux hommes, des hommes que je connaissais et aimais et que je devais voir en bonne santé, je ne pouvais pas le supporter.

— Viens ici, ma chérie, a dit Eddie. —Nous allons bien.

Je me suis blottie dans ses bras et j'ai laissé sa présence apaisante me réconforter. Il me frottait le dos tandis que j'essayais de contrôler ma respiration pour pouvoir me redresser et regarder les trois hommes autour de moi sans trembler.

— Peter va aider le Dr Allison avec ses plans d'expansion, a expliqué Eddie.

Je me suis reculée. Les yeux plissés, j'ai demandé : —Des plans d'expansion ?

Le Dr Allison s'est éclairci la gorge. —Oui, je, euh, n'en ai encore parlé à personne.

Eddie l'a regardé avec regret. —Désolé, Dr Allison. J'ai supposé...

— Ce n'est pas grave, Eddie. Tout le monde sera bientôt au courant. Le Dr Allison a pris une profonde inspiration et s'est tourné vers moi. —Je m'agrandis. Tout cet étage sera destiné aux perfusions. Je veux avoir de l'espace pour plus de patients afin que nous puissions aider plus de personnes. Peter et Eddie sont ici pour m'aider à démarrer.

— Wow, ai-je dit dans un souffle. Je n'avais aucune idée qu'il avait des projets d'expansion. Ni qu'il disposait de l'espace nécessaire. Je supposais que l'étage supérieur était vacant, mais je ne me rendais pas compte que c'était une page blanche. Ou qu'il allait en faire quelque chose. —Ce sera incroyable.

Le Dr Allison a hoché la tête. —Je l'espère. Vous aviez besoin de quelque chose ?

J'ai regardé autour de moi et j'ai imaginé l'espace. Nous pourrions traiter au moins trois fois plus de patients avec autant d'espace. Et nous pourrions aider des patients qui avaient besoin d'un type de traitement différent, des patients ayant besoin d'une ponction lombaire. Je-

— Infirmière Kempis ? La voix du Dr Allison a interrompu mes pensées et je me suis souvenue pourquoi j'étais montée ici.

— Oui, j'ai besoin de vous parler d'un patient.

Le Dr Allison a fait un signe de tête à Eddie et Peter. — Veuillez m'excuser, messieurs.

— Nous avons terminé en fait, a dit Peter. —Je peux établir ces estimations et vous les présenter à tous les deux d'ici la fin de la journée pour que vous les examiniez.

— Tous les deux ? Non. Ce n'est pas ma clinique, lui ai-je dit, me demandant pourquoi il pensait que j'avais mon mot à dire sur quoi que ce soit.

— Ouais, mais on a dit au Dr Allison qu'il serait judicieux de faire appel à quelqu'un qui travaillerait dans cette zone, l'une de vous, infirmières, a le plus de sens, pour aider à examiner les choses afin de s'assurer que c'est comme vous le souhaiteriez. Puisque vous êtes la seule à être au courant, maintenant, vous êtes le meilleur choix, a expliqué Peter.

J'ai secoué la tête. —Non. Je suis sûre que quelqu'un d'autre serait mieux.

Peter a haussé les épaules. —Bon, je suppose que c'est à vous de décider. On va y aller. Je vous ferai parvenir ces plans, Docteur. Peter a serré la main du Dr Allison, puis a donné une tape dans le dos d'Eddie. —Je crois que je te dois un petit déjeuner.

Eddie a souri. —Je suis toujours partant pour un petit déjeuner gratuit. Content de vous voir tous les deux. Il m'a fait un câlin et a serré la main du Dr Allison, puis ils sont sortis.

Je ne pouvais pas bouger. Je voulais lui poser des questions sur toute cette affaire, mais nous n'avions pas été en très bons termes. Nous n'avions pas été seuls depuis des semaines sans qu'il me crie dessus pour que j'arrête de flirter avec les patients. Rester là me mettait mal à l'aise, mais je ne pouvais toujours pas bouger.

— J'apprécierais votre aide, si vous le voulez bien. Je sais que je ne vous ai donné aucune raison de vouloir m'aider, mais c'est pour les patients.

Il était bon. Très bon. J'étais prête à dire non. À lui dire d'aller au diable. À sortir si nécessaire. Puis il a dit que c'était pour les patients.

— D'accord, ai-je murmuré.

— Voulez-vous me retrouver ici cet après-midi pour examiner les plans ? a-t-il demandé.

Il a demandé. Il me l'a vraiment demandé. Il ne me donnait pas d'ordres. Il me l'a demandé.

J'ai levé les yeux vers lui et l'ai trouvé en train de regarder par la fenêtre. Il avait l'air...blessé. Peut-être effrayé. Comme s'il y avait quelque chose de plus profond.

—Oui, ai-je murmuré.

Son regard s'est aussitôt fixé sur le mien. Il s'est approché de moi. Il a hésité, mais l'air entre nous crépitait de quelque chose que je n'avais jamais ressenti de sa part auparavant. J'ai inspiré profondément, donnant à mes poumons l'air dont ils avaient tant besoin, et le charme s'est rompu.

Il a reculé d'un pas et s'est éclairci la gorge. —Vous aviez besoin de me parler d'une patiente ?

Je me suis éclairci la gorge. —Oui. Euh, Marie Kaufman est là pour une perfusion aujourd'hui. Elle se plaint d'être épuisée et extrêmement fatiguée. Son cathéter est en bon état, et ses analyses sont à la limite mais acceptables. J'aimerais lui administrer des liquides aujourd'hui avec sa perfusion et prévoir qu'elle revienne en début de semaine prochaine pour plus de liquides et d'analyses. Je pense que nous devons la surveiller de près.

Dr Allison a acquiescé. —Je suis d'accord avec ce plan. Je

pense aussi que nous devons la surveiller. C'est pourquoi je lui ai donné mon numéro. Elle ne semble pas avoir beaucoup de soutien autour d'elle.

J'ai secoué la tête. —En effet. Ses parents habitent à quelques heures d'ici et travaillent tous les deux à temps plein. Elle a des amis, mais ils travaillent tous. Elle vit seule et jusqu'à présent, elle s'est présentée seule à ses rendez-vous.

Dr Allison a soufflé et a lentement acquiescé. —Surveillez-la étroitement. Dites-lui de m'appeler ou d'appeler le cabinet à tout moment si elle a le moindre problème. Merci.

J'ai acquiescé et me suis tournée pour partir. Je me suis arrêtée à l'ascenseur, regardant l'espace une dernière fois avant d'y monter. —Cet endroit va être incroyable. Vous allez aider beaucoup de gens.

Il a pressé ses lèvres en un sourire qui a atteint le fond de mon être et s'est emparé de mon cœur. —Merci.

J'ai appuyé sur le bouton pour redescendre et j'ai maintenu son regard jusqu'à ce que les portes se referment entre nous. Quand l'ascenseur a commencé à bouger, j'ai expiré profondément et me suis appuyée contre la paroi métallique. —Qu'est-ce que c'était que ça ?

MARIE SE REPOSAIT pendant que je me sentais comme une balle de ping-pong sur un sol en béton. Je ne savais pas quoi faire avec Dr Allison. Il y avait eu un moment. Un moment rempli de quelque chose qui ne devrait pas être là. Un moment où il m'a regardée comme s'il me voulait...moi.

Je devais être folle. Tout était dans ma tête. J'avais travaillé pour lui pendant des années et il ne m'avait jamais regardée comme ça. C'était juste...je ne savais pas ce que c'était, mais je me trompais.

Pendant que Marie se reposait, j'ai parcouru les dossiers des patients pour me préparer au reste de ma journée. Voir Eddie et Peter m'avait presque autant perturbée que ce moment imaginaire avec Dr Allison. Chacun de mes patients était important pour quelqu'un. Ils étaient tous spéciaux. Ils méritaient tous le meilleur. Travailler avec Peyton dans sa clinique de fertilité m'avait appris à faire ce petit effort supplémentaire pour que chaque patient se sente important, mais ces dernières semaines avec Dr Allison...

Quelque chose se passait avec lui. Je voulais comprendre et aider, mais ce n'était pas ma place. Il était mon patron, et sa vie personnelle ne me regardait pas.

J'ai vérifié l'état de Marie et suis allée chercher mon patient suivant. Tous les fauteuils étaient occupés une fois qu'il s'est assis, et mon esprit s'est évadé vers le deuxième étage.

Nous faisions de notre mieux pour accueillir autant de patients que possible, mais il y en avait toujours plus. Chaque infirmière de perfusion avait deux ou trois patients à la fois, de façon échelonnée pour que nous puissions assurer leurs soins. Je supposais que nous pourrions doubler notre capacité d'accueil avec le deuxième étage. Mais cela signifierait embaucher un autre oncologue et plus de personnel pour faire les examens et les analyses sanguines. Dr Allison devrait probablement aussi embaucher plus d'infirmières. Et plus de personnel administratif. Et-

—Ça va ? a demandé Gregory.

Je l'ai regardé et lui ai souri. —Désolée. Mon esprit s'emballe.

Il a haussé les épaules. —Je suis comme ça aussi. Surtout dernièrement. Je ne sais pas comment tu fais pour être entourée de malades tout le temps.

J'ai souri et lui ai tapoté le bras. Il était l'une des réussites. Il était presque à la fin de son traitement. Il se portait si bien

que Dr Allison envisageait de mettre fin à son traitement plus tôt. Il avait consulté un autre oncologue qui avait dit de ne pas le faire mais avait convenu que le cas de Gregory était exemplaire.

—Ça me donne de l'espoir, lui ai-je dit. —Une patiente m'a dit un jour que d'avoir un cancer, c'était comme gagner à la loterie mais sans le gros chèque. Elle disait que les gens sortent de nulle part pour te dire à quel point tu comptes pour eux. Je vois ça tous les jours. Ce travail n'est pas toujours facile, mais il me montre souvent le bon côté des gens.

—J'imagine que tu vois aussi des mauvais côtés, a dit Gregory.

J'ai acquiescé, en pensant à Damien. —Il y en a certainement.

Gregory a froncé le nez. —C'est ce avec quoi je lutte. Ce n'est pas comme si ça—il a levé son bras—faisait de moi une mauvaise personne. Je ne l'ai pas demandé. Je ne le souhaiterais pas à mon pire ennemi. Pourquoi juger quelqu'un pour ça ?

—Je pense que c'est une porte de sortie, a dit Marie. —Une façon pour les gens d'échapper à ce dont ils voulaient déjà se débarrasser.

—C'est possible, a dit Gregory. —À quoi échapperiez-vous si vous le pouviez ? À part l'évidence.

Marie sourit faiblement. —Je ne sais pas. J'aime mon travail, et j'ai des amis et une famille formidables. Je suis célibataire, donc peut-être ça, mais qui voudrait être avec une femme radioactive ?

Gregory pouffa de rire. —Je vois ce que tu veux dire. Je n'arrête pas de dire à mon mari que je vais aller à l'aéroport juste pour voir si je déclenche des capteurs. Ça le met en colère.

Marie éclata de rire. —C'est hilarant. Je pense qu'on a

besoin de trouver de l'humour dans tout ça. C'est déjà assez difficile comme ça.

Gregory acquiesça. —Je m'appelle Gregory, au fait.

—Marie.

—Enchanté. On a la même sentence ? Tous les vendredis ?

Marie hocha la tête. —Il semblerait bien. Marie bougea sur sa chaise pour mieux le regarder. —Ça aurait été beaucoup plus agréable de vous rencontrer n'importe où ailleurs, cependant. Elle me regarda. —Sans vouloir vous offenser.

Je souris. —Croyez-moi, je ne suis pas offensée. Je serais ravie de perdre mon emploi si cela signifiait ne rencontrer personne dans ces circonstances.

—Je disais justement à Laura que je ne sais pas comment elle fait, dit Gregory. —Je pense que souhaiter que son travail n'existe pas doit être difficile.

J'haussai les épaules. —C'est plutôt que je souhaite que le cancer n'existe pas. J'aurais toujours un emploi d'infirmière à faire quelque chose. Venir travailler ici était une extension de ça. Un nouveau défi en quelque sorte.

—Que faisiez-vous avant cela ? demanda Marie.

—Je travaillais dans une clinique de fertilité.

—Sérieusement ? Tu es passée de créer la vie à mettre fin à la vie ? Avec tout le chagrin qui va avec ? Es-tu maso ? demanda Gregory.

Je ris avec eux. —Je n'y avais jamais pensé comme ça, mais je le suis peut-être. J'imagine que j'aime être là pour les gens quand ils traversent les pires moments possibles. Ce n'est pas facile d'être assis dans ces fauteuils. Ce n'était pas facile pour ces couples d'être assis dans leurs fauteuils non plus. Mais dans les deux métiers, je voulais aider.

—Je pense que je n'ai pas ce gène. Celui qui dit que je devrais rendre aux autres. Je vais au travail, je fais mon boulot, et je passe du temps avec mes amis. Je ne fais pas de bénévolat, je ne donne pas d'argent, je ne fais rien pour aider les autres. Je ne suis pas une très bonne personne, dit Marie.

—Est-ce que tu souris aux inconnus ? Ou traites les serveurs avec respect quand tu sors ? Es-tu là pour tes amis ? lui demanda Gregory.

Marie hocha la tête.

—Alors tu es une bonne personne. Tu n'as pas besoin de donner tout ce que tu as pour être une bonne personne. Dire bonjour à un étranger peut avoir un énorme impact. Ça en a eu sur moi. Je déteste rester assis ici. J'aime bouger. Si je pouvais faire les cent pas dans cette salle, je le ferais, mais te parler, parce que tu as bien voulu me dire quelque chose, m'a rendu beaucoup moins agité.

Marie lui sourit comme s'il venait de lui offrir quelque chose qui lui manquait. Voir cela me rappela pourquoi je faisais ce que je faisais. Pour que des gens comme Gregory et Marie puissent vivre leur vie. Pour qu'ils n'aient pas à rester liés à ces fauteuils pour toujours.

—Dis-moi quelque chose de croustillant, dit Gregory. — Quelle est la première chose que tu vas faire quand tu en auras fini avec tout ça ?

—Prendre un verre, dit Marie en riant.

Gregory gloussa. —Je vais partir en vacances. J'ai toujours voulu voir l'Italie, et ça m'a rappelé que la vie est trop courte pour le faire demain. On doit la prendre à bras le corps et la vivre pleinement.

Marie sourit, le sourire le plus lumineux et le plus authentique que j'avais vu d'elle jusqu'à présent. —Je suis tellement heureuse de t'avoir rencontré aujourd'hui.

—Moi aussi.

MARIE ET GREGORY ont discuté pendant le reste de leurs traitements. Cela m'a fait penser à Damien. Il avait besoin de quelqu'un à qui parler. Un autre patient qui pourrait le sortir de sa déprime et lui faire voir qu'il se portait mieux sans Beth dans sa vie.

Mes amis essayaient de me faire voir la même chose à propos du Dr. Allison. Je détestais commencer à être d'accord avec eux. Quand j'ai commencé à sortir avec des hommes, je l'ai surtout fait pour me donner un peu de confiance. Je n'espérais pas que l'un de ces rendez-vous se transforme en quelque chose de plus sérieux. Mais j'espérais commencer à voir d'autres hommes comme des options.

Dr. Allison... Nico... c'était un homme incroyable, mais il n'était pas à moi. Et il était temps d'abandonner le fantasme qu'un jour il pourrait l'être. Cela faisait assez longtemps.

J'avais un rendez-vous prévu pour ce soir-là, et j'allais lui donner une vraie chance. Cela pourrait ne pas fonctionner, mais je ne m'étais pas ouverte aux autres. Je les avais tenus à distance. Ça n'a jamais fonctionné parce que je ne voulais pas que ça fonctionne.

Il était temps que cela change.

J'ai terminé mon travail pour la journée et je suis allée au salon. J'ai dit bonne nuit à tout le monde et j'ai vérifié mon téléphone. J'avais reçu un message de Nico me demandant de le rejoindre au deuxième étage pour examiner certaines options proposées par Peter. J'ai pris mes affaires et je suis montée. Il était temps d'abandonner mon fantasme.

Ou pas.

Putain. De. Merde.

Nico se tenait devant la fenêtre quand les portes de l'ascenseur se sont ouvertes. Le soleil de fin d'après-midi brillait à travers la vitre, le mettant en valeur et s'assurant que mes yeux ne quittaient pas sa silhouette. Son costume sombre lui allait parfaitement, drapé sur ses épaules comme s'il avait été confectionné spécialement pour lui. Ses cheveux noirs étincelaient dans la lumière du soleil et sa barbe resplendissait. Il contemplait l'eau à travers les fenêtres, soit inconscient de ma présence, soit indifférent.

J'ai pris une inspiration et me suis dit que ça n'avait pas d'importance. Nous n'allions pas être ensemble. Nous étions Roméo et Juliette si leurs parents avaient réussi à les séparer. Une occasion manquée.

—Dr Allison ? ai-je dit doucement pour ne pas le surprendre.

—Cette vue est incroyable. Je n'arrive parfois pas à croire à quel point elle est magnifique. Il s'est retourné et m'a regardée. J'aurais juré que ses yeux s'étaient assombris. Il a dégluti avec difficulté. Il a soutenu mon regard pendant un long moment puis a fait un geste vers la table de l'autre côté.

Je l'ai suivi et j'ai posé mes affaires sur une chaise. Il se tenait suffisamment proche de moi pour que je puisse sentir la chaleur de son corps. Faisait-il chaud ?

—Je veux tirer parti de cette vue, a dit Nico. —Pour offrir quelque chose d'agréable aux patients quand ils sont ici. Au moins quelque chose d'apaisant. Je veux qu'ils oublient pendant quelques minutes que leur vie est en suspens jusqu'à ce que nous sachions s'ils vont vivre ou non. Ils méritent cela.

La conviction dans sa voix indiquait qu'il y avait plus dans toute cette histoire que ce que je savais. Il se souciait des patients, mais ce n'était pas une surprise. Il était dévoué. Engagé. C'était personnel.

—Comme le bâtiment est large et peu profond, je pensais mettre quelques salles ici, au fond. Un moyen d'accéder aux colonnes vertébrales ou d'offrir de l'intimité aux patients qui ont besoin de s'allonger. C'est ce que propose ce premier plan. Des fauteuils à l'avant avec des séparateurs pour les patients qui le souhaitent. De l'espace au milieu pour les infirmières. Rangement, bureaux, tout ce qu'il faut. Qu'en pensez-vous ?

J'ai regardé les plans et j'ai haussé les épaules. Ça avait l'air bien. Ce n'était pas sophistiqué, mais ça n'avait pas besoin de l'être. C'était paisible et accessible. C'était ce qui comptait le plus.

—Je pense que c'est bien. J'ai du mal à l'imaginer. Je n'ai jamais lu de plans avant, mais je crois que j'en saisis l'idée.

Nico m'a regardée puis a baissé les yeux vers les papiers devant nous. Il a souri puis s'est déplacé au centre de la pièce et a ouvert grand les bras. —Cet espace serait pour vous, Laura. Votre espace. Comme vous le souhaitez. Il s'est dirigé vers les fenêtres. —Et ici, il y aurait des fauteuils. Nous devons décider comment nous voulons les installer, mais nous pourrions avoir des demi-cercles ou des lignes droites. Tout ce que vous pensez être confortable pour les patients. Peut-être une zone de collation ici puisque c'est un mur vide. Café, eau, options de collations saines dans et hors du réfrigérateur. Des choses que nous savons être utiles. Il est allé vers le fond. —Et voici les salles. Le plus d'intimité. Équipement supplémentaire. Rendons-les confortables pour les patients qui en ont besoin.

J'ai ri et secoué la tête. —Vous avez vraiment pensé à tout, n'est-ce pas ?

Il m'a fixée pendant un long moment puis a dit : —Pas du tout. J'ai besoin de vous, Laura.

7

NICO

Elle a retenu son souffle à mes paroles. J'avais envie de traverser la pièce vers elle, de la prendre dans mes bras et de l'embrasser. Mais elle était mon employée. Elle travaillait pour moi. Si ce n'était pas inapproprié, je ne savais pas ce qui l'était.

Quand elle a ri, j'ai presque perdu mes moyens. Elle ne se moquait pas de moi. Elle était amusée. Elle n'avait jamais vu ce côté de ma personnalité. Je le gardais enfoui au travail. Je voulais être professionnel. J'étais le patron. Je ne pouvais pas rire et plaisanter. Je devais m'assurer que tout le monde sache que j'étais aux commandes.

C'était un mensonge. C'était elle qui décidait. Si elle demandait de faire quelque chose, je le réalisais. Je restais subtil à ce sujet, mais je faisais toujours ce qu'elle disait. Mes projets d'expansion étaient dus à elle. Elle avait mentionné, il y a un mois, qu'un patient avait dû utiliser une salle d'examen pour un traitement parce que nous n'avions pas de lit pour lui. Elle avait défendu son patient et s'était arrangée avec le reste du personnel pour réorganiser les autres patients afin de donner à son patient ce dont il avait besoin.

Elle avait raison, mais il avait fallu son impulsion pour me faire bouger et commencer à réfléchir à la construction. Et encore une fois, c'était elle qui dictait les règles.

—Alors, que pensez-vous de la première option ?

Elle a souri. —Je pense que ça peut fonctionner.

—Mais ce n'est pas génial. D'accord. Voyons les autres.

Nous avons passé en revue les trois autres plans que Peter avait conçus. Pour chacun d'eux, Laura ne semblait pas convaincue. Elle hochait la tête de gauche à droite en plissant le nez. Rien ne disait « oui, c'est celui-là ».

—Quelle est votre vision pour cet endroit ? a-t-elle demandé.

—Ma vision ?

Elle a acquiescé. —Je sais que vous voulez aider les gens, mais quel est votre plan ? À quoi voulez-vous que ça ressemble, ou quelle atmosphère voulez-vous créer ?

J'y ai réfléchi et j'ai compris qu'elle avait raison. Il manquait quelque chose. Le design n'y était pas encore. Même si je savais ce que je voulais, nous aurions pu être en train d'installer n'importe quelle entreprise dans cet espace. Il manquait de personnalité, et c'était ce dont j'avais besoin. C'était aussi la dernière chose que je montrais à la plupart des gens.

—Venez chez moi, ai-je lâché.

—Pardon ? Elle a reculé d'un pas. Ses yeux se sont écarquillés tandis qu'elle me dévisageait. Très mauvaise approche. Je ne voulais pas que ça sonne comme ça l'a fait, mais sa réaction m'a indiqué qu'elle l'avait mal interprété et que ce n'était pas acceptable.

Retraite. RETRAITE !

—Je voulais dire venez dîner chez moi ce soir. Nous pourrons discuter de tout. Je sais ce que je veux et ce à quoi je pense, mais je ne l'articule pas correctement. J'espérais que vous pourriez m'aider. Dînez avec moi pour que nous puissions parler du travail. Juste pour le travail.

—Je, euh, je... je ne peux pas. J'ai des projets ce soir.

Des projets signifiaient un rendez-vous. Des projets signifiaient qu'elle voyait quelqu'un d'autre. Des projets signifiaient qu'elle n'avait aucun intérêt à passer du temps avec son patron parce qu'elle avait un autre homme.

Et cela signifiait que je m'étais exposé à un procès pour comportement inapproprié envers une employée.

—Je comprends. Je m'excuse si je vous ai mise mal à l'aise. Peut-être pourrons-nous en discuter la semaine prochaine ?

J'ai enroulé les plans tout en parlant, me préparant à m'échapper. Je ne pouvais pas rester là et lui demander des détails sur son rendez-vous ou prétendre être son ami. J'étais son patron et j'étais sur le point de franchir une ligne que je ne pourrais pas effacer. Je ne pouvais pas faire ça.

—Oui, bien sûr, a dit Laura. —Je, euh, je suppose que je vous verrai lundi. Bon week-end.

—Vous aussi, ai-je dit sans lever les yeux. Elle est sortie, me laissant seul avec ma stupidité. C'était mieux ainsi. Seul, je ne me ridiculiserais pas. Seul, je ne ferais pas d'erreur. Seul, je pouvais être moi-même.

Une fois certain que Laura était partie, j'ai rangé les plans et je suis descendu à mon bureau. J'ai terminé le travail que je devais faire et me suis préparé à rentrer pour le week-end. J'avais hâte de retrouver la solitude de mon île. Doc Rock. J'ai souri intérieurement à cette pensée.

Je ne m'attendais pas à apprécier ma soirée avec Ian et ses amis, mais Veronica avait raison. C'était bon de voir des personnes qui ne dépendaient pas de moi, et c'était bon d'avoir une conversation sur quelque chose de normal.

La traversée jusqu'à Doc Rock était paisible. La plupart des gens dînaient déjà, alors l'eau était calme et tranquille. J'ai pris mon temps, traversant lentement le chenal et profitant de la sensation de la brise sur mon visage sans les éclaboussures d'eau que j'aurais eues en allant plus vite. J'ai amarré le bateau à mon quai et me suis dirigé vers l'intérieur, passant devant l'unique arbre requis pour faire de mon île l'une des Mille Îles.

La maison avait été construite il y a des décennies et n'avait presque pas été rénovée depuis longtemps quand je l'ai achetée. J'avais progressivement apporté des améliorations, mais il n'était pas toujours facile de faire venir des entrepreneurs sur une île. La cuisine et la chambre principale étaient terminées. Un jour, je m'occuperais du reste de la maison, mais la clinique allait d'abord passer en priorité.

Après avoir troqué mon costume contre un survêtement, j'ai pris un sachet de margarita à la pêche et versé la boisson congelée dans un verre. Je suis sorti sur la terrasse et me suis assis. Le gril que j'avais acheté l'été précédent était encore brillant et semblait neuf, témoignant du peu de temps que je passais à l'utiliser.

Tout en savourant ma boisson, j'ai réfléchi à la clinique. Je voulais qu'elle soit paisible et apaisante, mais je ne voulais pas qu'elle ait l'air trop clinique. Je voulais que les patients se sentent comme dans un salon. Pas une pièce bruyante avec des télévisions ou quoi que ce soit, mais confortable et accueillante.

Je voulais qu'on s'y sente comme je me sentais à ce moment-là sur ma terrasse. Détendu. À l'aise. En sécurité.

À mesure que les idées me venaient, je suis entré pour les noter. Je pourrais prendre l'un des plans de Peter et y ajouter des éléments. Le rendre personnel. Le rendre parfait.

J'ai laissé mon esprit vagabonder en allumant le gril et en préparant mon dîner. Quand je me suis assis pour manger, je me suis demandé si Laura appréciait son rendez-vous.

J'ai grogné intérieurement. Je ne voulais pas qu'elle apprécie son rendez-vous. Je voulais qu'elle soit assise à côté de moi. Qu'elle me parle. Qu'elle apprenne à me connaître.

J'ai sorti mon téléphone et ouvert l'application À la Recherche du Héros Littéraire Parfait. Je n'avais pas beaucoup parlé à Aucun regret pendant la semaine, mais c'était le week-end. Je me demandais comment elle allait. Elle était facile à aborder. Et elle me faisait rire. Cela ne m'était pas arrivé depuis un moment. Et si je ne pouvais pas parler à Laura, au moins je pouvais parler à Aucun regret.

DICTATEUR

Es-tu libre pour le week-end et en mesure
d'en profiter ?

Je supposais qu'elle serait occupée un vendredi soir, mais elle a répondu seulement quelques minutes plus tard.

AUCUN REGRET

Oui. Heureusement. La semaine a été
longue.

DICTATEUR

La mienne aussi. Ce verre dans ma main est
bien mérité.

AUCUN REGRET

Je comprends. Je suis prête à mettre les
pieds en l'air et regarder un film.

DICTATEUR

Quel film vas-tu regarder ?

AUCUN REGRET

Je n'ai pas encore décidé. Je suis partagée
entre une comédie romantique qui me
donnera de l'espoir et une comédie qui me
fera rire.

DICTATEUR

Donc, des films super sombres. J'ai compris.

AUCUN REGRET

MDR. Oui, je suis une personne très sombre.

DICTATEUR

Ça s'entend.

AUCUN REGRET

Quels films regardes-tu ?

DICTATEUR

Je ne regarde pas beaucoup la télé. Je lis davantage.

AUCUN REGRET

Les livres sont comme la télé, tu sais. Mais avec un livre, le film se déroule dans ton esprit.

DICTATEUR

C'est une façon unique de voir les choses.

AUCUN REGRET

J'adore lire. La télé est plus facile après une longue semaine parce que je peux me détendre et ne pas réfléchir, mais normalement je préférerais lire.

DICTATEUR

Généralement, je ne regarde que des films ou des séries qui sont basés sur des livres que j'ai lus.

AUCUN REGRET

Comme quoi ?

DICTATEUR

Fantasy et science-fiction.

AUCUN REGRET

Donc tu aimes beaucoup d'action, un peu de romance, une magie limitée, mais des personnes incroyablement intelligentes qui ont trouvé comment créer des choses qui semblent magiques ?

J'ai ri et hoché la tête. Elle avait tout compris.

DICTATEUR

Je suis impressionné.

AUCUN REGRET

J'ai vu Game Of Thrones. Même si ça contient de la magie.

DICTATEUR

Tu pourrais être la femme de mes rêves. Dis-moi quelque chose qui me ferait ne pas t'aimer.

AUCUN REGRET

C'est une bonne question. Je dois y réfléchir.

DICTATEUR

Est-ce que tu te moques des gens ? Ou voles des bonbons aux enfants ? Ou détestes des inconnus sans raison ?

AUCUN REGRET

Non, non et non. J'ai toujours une raison.

DICTATEUR

MDR !

AUCUN REGRET

Je plaisante. J'aime bien les gens. Je suis plutôt amicale. Je pense que mon plus gros défaut, c'est que je suis parfois un peu directe. Je ne vais pas édulcorer quelque chose si je pense que quelqu'un a besoin de l'entendre. Ça et apparemment je flirte trop.

DICTATEUR

Être directe n'est pas une mauvaise chose dans mon monde. Les gens ont besoin de connaître la vérité pour savoir quoi faire. Et flirter peut être très amusant.

AUCUN REGRET

Tout le monde n'est pas d'accord avec ces
choses, mais merci. Et oui, flirter est
amusant. Mon travail est déjà assez difficile
et je ne pense pas flirter beaucoup, mais on
m'a dit que ma façon de parler aux gens est
du flirt. Je pense que je suis juste amicale.

DICTATEUR

Que fais-tu ? Comme métier, je veux dire.

AUCUN REGRET

Je ne pense pas que je devrais te le dire. Ça
rendrait probablement facile de découvrir qui
je suis.

DICTATEUR

Bon point. Désolé.

AUCUN REGRET

Pas de raison d'être désolé. Je suis prudente
avec qui je partage mes informations
personnelles. As-tu déjà rencontré quelqu'un
d'ici ? En personne ?

DICTATEUR

Non. Et toi ?

AUCUN REGRET

Oui. J'ai décidé qu'il est temps pour moi de
recommencer à sortir avec quelqu'un, alors
je me lance.

DICTATEUR

Rupture difficile ?

AUCUN REGRET

Non, je me suis juste perdu dans mon travail.

DICTATEUR

Je comprends parfaitement. Mon travail est
ma vie. Je n'ai pas grand-chose d'autre.

AUCUN REGRET

Pas de famille ou d'amis ?

DICTATEUR

Non. J'essaie de changer ça, je suppose,
mais ce n'est pas facile.

AUCUN REGRET

Très vrai. J'ai déménagé il y a quelques
années et rencontrer de nouvelles personnes
a été un défi. Maintenant, j'ai l'impression de
les connaître depuis toujours, mais ça a pris
du temps.

DICTATEUR

Je pense que les gens ne m'aiment pas.
Comme je l'ai mentionné avant, les gens ont
tendance à penser que je suis un con.

AUCUN REGRET

Alors, peut-être arrête d'être un con.

DICTATEUR

Pourquoi n'y ai-je pas pensé ?

AUCUN REGRET

MDR. Tu vois, c'est pour ça qu'on s'est
rencontrés. Pour que je puisse t'aider à
devenir une meilleure personne.

DICTATEUR

Je pense que tu as raison.

AUCUN REGRET

J'ai trouvé un film à regarder. Tu veux te
joindre à moi ?

Je fixais mon téléphone en me demandant ce qu'elle me proposait. Je ne la connaissais pas, alors comment...

AUCUN REGRET

Pas de venir chez moi, évidemment, mais si
ça t'intéresse de regarder on peut continuer
à s'envoyer des messages. Si c'est stupide,
tu peux me dire non.

DICTATEUR

Non, ça a l'air génial. Laisse-moi allumer ma
télé et je vais essayer de trouver le film.

J'ai souri en m'installant et en lançant le film. C'était presque comme être à un rendez-vous. Presque.

J'AI DISCUTÉ avec Aucun regret par intermittence tout au long du weekend. J'ai failli lui demander de me rencontrer plus d'une fois, mais je n'étais pas sûr du protocole à suivre. Je ne voulais pas précipiter les choses. Peut-être qu'Ian pourrait m'aider.

C'était étrange pour moi de considérer Ian comme un ami, ou du moins comme une connaissance. C'était quelqu'un que j'avais embauché il y a des années, et pendant tout ce temps, nous n'avions pas beaucoup parlé. Mais il était la seule personne avec qui j'avais partagé un repas en dehors de Veronica et Jeff depuis plus longtemps que je ne voudrais l'admettre.

En fin d'après-midi dimanche, je me préparais à faire le dîner quand mon téléphone a sonné. Peu de gens m'appelaient, alors quand un numéro que je ne reconnaissais pas s'est affiché à l'écran, chaque centimètre de mon corps s'est tendu comme un ressort.

— Dr Allison à l'appareil.

— Bonjour, Dr Allison. Je... Je suis vraiment désolée de vous appeler. C'est Marie Kaufman. Je suis une de vos patientes...

— Bonjour, Marie. Comment allez-vous ? Tout va bien ? La tension ne s'est pas dissipée. Si elle m'appelait, c'est qu'il y avait un problème. J'ai commencé à fermer la maison pour pouvoir partir dès que nous aurions raccroché.

— Euh, pas vraiment. Je ne me sens pas bien du tout. J'ai des... Elle a gémi —...douleurs et je me sens un peu étourdie.

— Est-ce que quelqu'un est avec vous, Marie ?

— Non. Je vis seule.

—D'accord. Marie, j'ai besoin que vous m'écoutiez. Appelez quelqu'un pour vous conduire. Ne prenez pas le volant vous-même. Appelez quelqu'un. Que ce soit un ami, très bien. Que ce soit un service de voiture, peu importe. Appelez juste quelqu'un et faites-vous conduire à mon cabinet. Je vous y retrouverai. Pouvez-vous faire cela, Marie ?

—Je suis désolée, Dr Allison. Je n'aurais peut-être pas dû vous appeler. Je ne voulais pas que vous veniez.

—Marie, c'est mon travail. Je veux m'assurer que vous alliez mieux. Appelez quelqu'un tout de suite. Si vous ne trouvez personne, rappelez-moi et je viendrai vous chercher s'il le faut.

—Non, je suis sûre que je peux trouver quelqu'un.

—D'accord. Tenez-moi au courant, Marie. Appelez maintenant. Je suis en route pour le cabinet. Je vous y verrai.

—Merci, Dr Allison.

Marie raccrocha. Je finis de préparer les affaires dont j'aurais besoin pour la semaine et m'assurai que la maison était bien sécurisée pendant que j'appelais mon service de répondeur pour les informer de contacter l'infirmière de garde afin que j'aie de l'aide avec Marie. J'activai l'alarme et montai sur mon bateau pour le court trajet vers le continent.

Le vent fouettait mon visage pendant la traversée rapide vers le continent. L'eau s'éclaboussait tout autour de moi, une fine couche se déposant sur mon sac de voyage alors que je filais à travers l'eau au lieu de prendre mon temps. Je conduisais machinalement, passant en revue toutes les possibilités concernant Marie. Laura avait dit que Marie était déshydratée et fatiguée quand elle était venue au cabinet quelques jours auparavant. Peut-être que c'était pire qu'elle ne l'avait laissé paraître. Ou peut-être que quelque chose d'autre se passait.

J'appréciais Marie. Son traitement allait être un défi, mais je lui avais donné mon numéro parce qu'elle me rappelait ma mère. Elle aurait dû consulter il y a des mois, mais son médecin traitant avait manqué tous les signes indiquant qu'elle avait des problèmes. C'était courant, je le savais, mais cela me mettait quand même en colère.

La clinique se dressait dans l'obscurité imminente, occupant presque un pâté de maisons entier au bord de la crique. J'allumai les lumières extérieures et laissai la porte d'entrée verrouillée pour que personne d'autre ne s'introduise. Je savais que l'infirmière de garde aurait les clés pour entrer par la porte arrière, mais j'allumai ces lumières aussi pour qu'elle n'entre pas dans un espace sombre.

J'ouvris le dossier de Marie et parcourus les notes de Laura du vendredi. Je guettais le bruit de quelqu'un à la porte et gardais mon téléphone sur mon bureau pour ne pas manquer l'appel de Marie.

Je venais de terminer la lecture du dossier de Marie quand j'entendis quelqu'un entrer par la porte arrière. Des pas menèrent au salon où la personne s'arrêta brièvement avant de continuer dans le couloir jusqu'à mon bureau.

—Bonjour, Dr Allison, dit Laura depuis l'embrasure de la porte. Qui est le patient ?

Je dus me retenir de gémir. Elle était en train d'attacher ses boucles sauvages en queue de cheval. Son t-shirt se souleva avec le mouvement et dévoila une bande de peau pâle. Ma bouche s'assécha à cette vue et je dus détourner le regard avant que ma retenue ne cède.

—Marie Kaufman.

—Merde. C'est bien ce que je craignais. Avez-vous examiné son dossier ? Je pense que j'ai été la dernière à la voir. Y a-t-il du nouveau depuis vendredi ?

—Rien de nouveau. Vous étiez la dernière, dis-je. Dieu merci, elle avait fini d'arranger ses cheveux et baissé les mains. Elle tira sur son t-shirt et le lissa sur son jean. Elle portait généralement une tenue d'infirmière, mais la voir en vêtements normaux était... une véritable torture.

—Voulez-vous vous changer ? Je suppose qu'elle aura besoin d'analyses et de liquides.

Laura secoua la tête alors que quelqu'un frappait à la porte d'entrée. Ce n'est pas nécessaire. Et on dirait que nous n'avons plus le temps de toute façon.

Laura se précipita vers la porte d'entrée et l'ouvrit pour Marie et son amie. Laura adressa un sourire aimable aux deux femmes et conduisit directement Marie à un siège dans la salle de perfusion.

—Que se passe-t-il, Marie ? demanda-t-elle en ouvrant un kit pour lui prélever du sang.

—Je me sens vraiment épuisée. J'allais mieux vendredi, mais j'ai été malade hier et aujourd'hui, je pouvais à peine sortir du lit. Heureusement, Janice était de repos et a pu m'accompagner jusqu'ici. Marie sourit à son amie.

—J'aurais aimé qu'elle m'appelle plus tôt. Je lui répète sans cesse que je peux rester avec elle ou la faire emménager chez moi si elle a besoin d'aide. Janice leva les yeux vers moi. A-t-elle besoin d'aide ?

—Voyons comment elle va. L'infirmière Kempis va faire quelques analyses pour le savoir. En attendant les résultats, nous allons vous administrer des liquides. Cela aidera contre la déshydratation. Nous verrons la suite, leur dis-je.

Les femmes acquiescèrent. Laura continuait de travailler, mais la façon dont son visage se crispait quand Marie et

Janice ne la regardaient pas indiquait qu'elle était inquiète. Elle leva les yeux vers moi, et je sus que la nuit serait longue.

Laura finit de prélever le sang de Marie à partir du port dans sa poitrine et accrocha une poche de sérum physiologique. Elle secoua les flacons et me fit signe de la suivre dans l'autre pièce.

—Nous revenons tout de suite, dis-je à Marie et Janice.

Elles sourirent, assises l'une près de l'autre. Marie était pâle, et Janice visiblement inquiète. Je l'étais aussi.

Laura plaça les flacons dans l'analyseur hématologique et jeta un coup d'œil derrière moi.

—Qu'est-ce qui ne va pas ?

Laura secoua la tête. Je ne suis pas sûre, mais ce n'est pas bon. Si elle n'avait pas de chambre implantable, je ne pense pas que j'aurais pu poser une perfusion. Elle semble vraiment épuisée, plus qu'il y a deux jours. Je suis inquiète. J'espère que quelque chose apparaîtra dans ses analyses sanguines, mais sinon, je ne sais pas ce que nous allons faire.

Je pris une profonde inspiration et hochai la tête. Nous devions la soigner.

8

Laura est allée voir comment se portait Marie pendant que nous attendions que l'analyseur fasse son travail. J'ai fixé la machine et j'ai demandé l'aide de ma mère. Je me tournais toujours vers elle quand quelque chose me paraissait insurmontable. Elle était mon roc, pour toujours. Elle avait toujours été celle qui me disait que tout irait bien.

Je me demandais comment tout pourrait s'arranger quand Laura est revenue avec un sourire pensif sur son visage.

—Quoi ? ai-je demandé.

Elle a secoué la tête. —Marie a le moral. Je me fie toujours à ça. Si elle est heureuse, alors elle a de bonnes chances. En ce moment, elle est heureuse.

J'ai acquiescé. C'était définitivement un bon signe qu'elle soit heureuse. —Se sent-elle mieux ?

—Oui, je pense. Elle a un peu plus de couleurs. Les gens ne réalisent pas à quel point ils sont épuisés, combien cela les vide. J'essaie de le leur dire, mais les gens sont tellement habitués à être fatigués qu'ils ne savent pas à quel point ils sont épuisés jusqu'à ce qu'ils puissent à peine fonctionner.

—Vous êtes une infirmière très talentueuse. Et très attentionnée.

Son regard a percuté le mien, et je me suis demandé si je l'avais déjà complimentée auparavant. La surprise sur son visage m'a fait comprendre que non. Cela devait changer.

—Avez-vous décidé quel plan pour la clinique vous allez mettre en œuvre ? a-t-elle demandé.

Je n'aimais pas qu'elle change de sujet, mais j'ai suivi le mouvement. —Aucun d'entre eux.

—Quoi ? Pourquoi pas ?

—Parce que vous aviez raison. Il manquait quelque chose. Le but de la nouvelle clinique était de mettre les patients à l'aise. De leur offrir un lieu relaxant pour guérir. Et c'était encore une clinique. C'était rigide et inconfortable. Quand j'étais chez moi, j'ai réalisé que je voulais qu'elle ressemble à ma maison. Je veux que les gens puissent se détendre, respirer profondément et se sentir bien.

—Ça a l'air vraiment génial. Elle a fixé l'analyseur un moment. —Puis-je vous poser une question personnelle ?

J'ai acquiescé, mais elle ne me regardait pas. —Oui, bien sûr.

—Pourquoi êtes-vous devenu oncologue ? Elle ne levait toujours pas les yeux, laissant son attention se porter sur tout sauf moi.

—Vous n'avez pas lu ma bio ? Je savais qu'elle l'avait fait. Le premier jour, elle avait mentionné quelque chose qui en venait.

Elle a haussé les épaules. —Eh bien, oui, mais il y a toujours plus que ce que quelqu'un met dans sa bio. C'est comme un CV. On enjolive un peu la vérité.

J'ai haussé un sourcil alors qu'elle levait enfin les yeux vers moi. —En tant que votre patron, je n'aime pas beaucoup cette affirmation.

Un rire lui a échappé. Putain, j'adorais ce son. —Je ne

veux pas dire mentir. Je veux juste dire polir. Arranger. Au lieu de dire réceptionniste, on dit spécialiste du service client. Au lieu de baby-sitter, on dit avoir géré les soins et le bien-être des autres. Des choses comme ça.

Elle était intelligente et pleine de surprises. —Vous rendez les choses intéressantes.

—C'est une part de mon charme. Et vous évitez la question.

J'ai soupiré et me suis appuyé contre le comptoir. Elle n'allait pas lâcher l'affaire, et ce n'est pas comme si personne ne connaissait mon histoire. Je ne la rendais pas publique, mais ce n'était pas un secret non plus.

—J'ai grandi dans un quartier difficile en périphérie d'Atlanta. Ma mère était noire et mon père portoricain, donc je ne me fondais dans la masse nulle part. J'étais constamment harcelé depuis l'école primaire, alors j'étais un solitaire. Je n'avais pas beaucoup d'amis.

—J'en suis vraiment désolée, a dit Laura. Son visage s'est crispé comme si elle ressentait réellement ma douleur.

J'ai haussé les épaules comme si ça ne me dérangeait pas. —Merci, mais je pense que c'était bon pour moi à certains égards. Je me suis attiré des ennuis et je me suis battu, mais j'ai aussi beaucoup étudié. J'ai appris qu'il est plus facile de vaincre un tyran quand on est plus intelligent que lui. J'ai étudié les arts martiaux et la philosophie. Je me suis formé en sciences et en mathématiques et j'ai lu des biographies de figures historiques exceptionnelles. J'ai obtenu des bourses pour l'université et j'ai contracté des prêts parce que mes parents travaillaient tous les deux à deux emplois.

—Wow, a soufflé Laura.

J'ai acquiescé. —C'étaient des parents extraordinaires. Ils m'ont donné tout ce qu'ils pouvaient.

—Ils vous ont inspiré pour aller à la fac de médecine ?

J'ai secoué la tête. —Malheureusement, non. Pas comme

vous le pensez. Quand j'étais en deuxième année d'université, ma mère est tombée malade. Elle est allée voir des médecins et a essayé d'obtenir de l'aide, mais aucun d'eux ne la croyait ou ne lui faisait confiance. Pendant un an, elle a été tellement malade qu'elle ne pouvait pas travailler. Quand elle est retournée chez son médecin, elle avait perdu presque trente pour cent de son poids corporel et pouvait à peine marcher sans aide. Ils ont finalement fait quelques tests.

—Qu'est-ce qu'elle avait ?

J'ai pris une respiration chargée d'émotion. —Un cancer du pancréas. Elle est partie le mois suivant, et le lendemain de son enterrement, j'ai changé ma spécialité pour la médecine.

—Comme Marie. Je suis vraiment désolée, Dr Allison, a murmuré Laura.

—Merci. Ce n'était pas facile, mais la perdre m'a appris que les femmes sont trop facilement écartées par les médecins, surtout les femmes noires. Le cancer du pancréas est de toute façon difficile à diagnostiquer jusqu'à ce qu'il soit à un stade avancé, mais le cancer chez les femmes noires est plus souvent mal diagnostiqué ou non diagnostiqué. C'est évitable si les médecins sont prêts à écouter.

—Vous êtes un médecin fantastique, a dit Laura. —Votre mère serait fière de vous.

Je souris. —Merci.

—Puis-je vous poser une autre question personnelle ?

J'ai acquiescé d'un signe de tête.

—Pourquoi êtes-vous allé au O'Kelley's l'autre soir ?

—Pardon ?

—Avec Ian Jameson. Je ne vous y avais jamais vu avant. Je ne savais même pas que vous et Ian vous connaissiez.

—Il a construit mon bateau il y a quelques années. C'est un type bien.

—Je sais qu'il l'est. Il est marié à l'une de mes bonnes amies. Je ne savais simplement pas que vous le connaissiez.

—Cela vous dérange ? ai-je demandé, me demandant où elle voulait en venir.

Elle a secoué la tête. —C'est juste que... nous nous retrouvons parfois tous ensemble. Si vous allez passer du temps avec Ian et les autres gars, je veux que vous sachiez que je pourrais être là. Que je suis amie avec lui.

—Je n'ai aucun problème avec ça. Pourquoi ? Ian vous a dit quelque chose ?

—À propos de quoi ? Elle s'est immédiatement mise sur la défensive. Ses yeux se sont plissés et ont parcouru la pièce. Elle pensait que je disais du mal d'elle. Elle pensait...

Peu importe. Je devais m'assurer qu'elle sache que je la tenais en très haute estime.

—Je ne dirais jamais rien de négatif sur vous, Laura. Vous êtes très talentueuse et excellente avec les patients. Je vous l'assure.

—Si c'est vrai, alors qu'est-ce que Ian aurait pu me dire ?

J'ai soupiré. —Je vous ai vue là-bas et je vous observais. Je ne me souvenais pas vous avoir vue en dehors du cabinet. En train de rire et vêtue autrement qu'en tenue médicale. J'étais... C'était agréable de vous voir heureuse.

—Pourquoi ? Pourquoi cela vous importerait-il ?

J'ai levé les yeux vers elle et je l'ai laissée me voir. L'ai vraiment laissée me voir. L'ai laissée voir toutes les choses que je ne pouvais pas dire mais que je voulais qu'elle sache.

L'inspiration saccadée de sa respiration suivante a aspiré tout l'air de la pièce. Ses yeux se sont écarquillés puis plissés. Son regard a glissé vers l'endroit où je m'agrippais au comptoir, m'empêchant de traverser la pièce pour la rejoindre. Elle a scanné mon corps, notant chaque muscle tendu.

—Dr Allison ? Sa voix tremblait.

Je ne pouvais pas bouger, si ce n'est pour hocher la tête l'invitant à continuer.

—J'ai besoin de vous poser une autre question personnelle.

Mon regard ne quittait pas son visage.

—Est-ce que Ian pense que vous... que nous... Lui avez-vous dit que vous vous intéressez à moi ?

J'ai secoué la tête et ses épaules se sont affaissées de façon presque imperceptible. —Je n'ai pas eu besoin de le lui dire. C'était assez évident pour lui et les autres. Cela a de nouveau attiré son attention. —Mais Laura, je ne vais jamais rien faire. Je suis ici pour que vous sachiez que vous pouvez quitter la pièce quand vous le souhaitez. Je ne vous forcerais jamais à quoi que ce soit. Je ne vous demanderais jamais rien. Je ne ferais jamais rien. Rien ne se passera entre nous à moins que vous ne le demandiez. Votre emploi sera toujours sécurisé ici.

Elle s'est tournée pour partir et tout mon corps s'est affaissé. Elle a atteint la porte et l'a lentement fermée puis s'est retournée vers moi. Ses yeux étaient brillants et pleins d'attente, et je me suis figé en attendant qu'elle s'explique. —J'ai une autre question personnelle.

J'ai hoché la tête pour l'inviter à continuer.

—Puis-je vous embrasser ?

J'étais dur. Partout. Instantanément. —Laura, vous n'avez pas à faire quoi que ce soit. Je sais que vous me détestez.

Elle a ri doucement comme si elle avait un secret et s'est avancée vers moi. —Non, je ne vous déteste pas. Je vous aime bien, Dr Allison. Mais vous me rendez folle.

—Vous ne pouvez pas m'embrasser, Laura... J'ai marqué une pause. J'avais besoin de savoir qu'elle m'écoutait, qu'elle décidait en fonction de ce qu'elle voulait, pas de ce qu'elle pensait devoir faire. —Pas avant que vous m'appeliez par mon prénom. J'ai l'impression de vous mettre la pression. Je ne veux pas que vous vous sentiez-

—Nico ?

—Oui ?

—Tais-toi.

Elle m'a regardé. Le feu a léché tout mon corps. J'avais besoin d'elle. Je la voulais. Je n'avais jamais été aussi proche d'elle. Je gardais mes distances pour ne pas franchir de limites. Je restais loin d'elle. Mais elle était juste là. Assez proche pour que si nous prenions tous les deux une profonde respiration, nos corps se frôleraient.

Je ne bougeais toujours pas. Je ne pouvais pas. Je l'aimais trop pour risquer de la mettre mal à l'aise. Peu importait à quel point j'étais inconfortable, c'était elle qui comptait.

—Nico ?

—Oui ?

—Embrasse-moi.

J'ai secoué la tête. —Je ne peux pas, Laura. Je ne le ferai pas à moins de savoir que c'est ce que tu veux.

—Crois-moi, c'est ce que je veux.

Elle s'est dressée sur la pointe des pieds et a pressé ses lèvres contre les miennes. Un gémissement m'a traversé. Mes mains se sont posées sur ses hanches, amenant son corps au contact du mien avant que la seconde suivante ne passe. Ma langue a demandé l'entrée de sa bouche, qu'elle m'a accordée avec empressement. J'ai fait un pas vers elle, puis j'ai pivoté et l'ai pressée contre le comptoir sur lequel je m'appuyais à l'instant.

Ses mains ont glissé le long de ma poitrine et se sont enroulées autour de mon cou, me rapprochant d'elle. Le baiser était désordonné et passionné. Comme deux personnes qui avaient attendu trop longtemps pour lâcher prise. Qui ne pouvaient pas se contrôler. Qui ne voulaient pas se contrôler.

J'ai soulevé le bord de son t-shirt et étalé ma main sur sa peau nue. Elle a gémi et gratté mon cuir chevelu avec ses ongles. J'ai pressé ma dureté contre son intimité. Je la voulais. Là, tout de suite, je la voulais. Je n'étais pas sûr de pouvoir me retenir.

Elle a poussé contre ma poitrine, me repoussant. Je n'étais pas sûr d'en avoir la force, mais j'ai fait un pas en arrière, lui donnant de l'espace. C'était fini. Tout était fini. Nous étions finis.

Elle s'est déplacée autour de moi et s'est dirigée vers l'analyseur d'hématologie. Le bip aurait dû attirer mon attention, mais je ne l'avais pas remarqué, trop absorbé par l'attraction de Laura dans mes bras.

Laura dans mes bras.

Mon Dieu, qu'ai-je fait ?

Je me suis à nouveau agrippé au comptoir, incertain de ce qu'elle ressentait à propos de ce qui venait de se passer. Elle a examiné les résultats des analyses sanguines de Marie puis s'est tournée vers moi.

—Euh...elle est, euh, voulez-vous voir ça ?

J'ai hoché la tête et lâché le comptoir. J'ai examiné les résultats, remarquant que Laura avait mis de la distance entre nous pendant que je le faisais. Je n'insisterais pas. Je me l'étais promis. Je n'avais aucun intérêt à la perdre. Peut-être qu'un seul baiser était tout ce dont j'avais besoin pour la sortir de mon système.

J'ai failli rire tout haut à cette pensée. J'étais tellement dur que je pouvais à peine marcher, et mes doigts fourmillaient encore de la sensation de sa peau douce. Mes lèvres et ma langue étaient en feu après l'avoir embrassée. Je voulais plus. J'avais besoin de plus. Je ne pouvais pas vivre sans plus. Mais j'allais tout verrouiller à nouveau et jeter la clé parce que Laura en avait fini.

J'ai éclairci ma gorge et gardé mon regard sur les chiffres

sur l'écran devant moi. —Elle est toujours à la limite pour beaucoup de ses valeurs. Sa numération de globules blancs est basse, mais pas en dehors de ce que nous voulons voir. Nous devons définitivement surveiller cela. Son CA19-9 est stable, ce qui n'est pas génial mais au moins il n'augmente pas. Si les perfusions l'aident, nous pouvons la faire venir plus souvent. Encouragez-la à en prendre plus par elle-même. Vous savez quoi faire.

J'ai posé la tablette et suis retourné à mon poste à l'autre bout de la pièce. Loin de Laura et de son doux parfum qui s'était infiltré en moi et me rendait fou.

—Nico ?

—Oui ?

—J'ai vraiment apprécié ça.

Mon regard a croisé le sien. Un sourire timide taquinait ses lèvres. —Moi aussi.

Elle s'est léché les lèvres et en a pris une entre ses dents. —J'ai voulu t'embrasser depuis longtemps.

—Vraiment ?

Elle a hoché la tête.

—C'est bon de savoir que je ne suis pas seul dans cette histoire.

Elle a secoué la tête. —Certainement pas.

Elle m'a souri puis est sortie de la pièce pour voir Marie. J'ai pris une longue minute pour me calmer, puis je l'ai suivie jusqu'au centre de perfusion. Elle était déjà en train d'expliquer tout à Marie et Janice.

—Elle doit être attentive à son corps, a dit Janice.

Laura a hoché la tête. —Absolument. Je sais que ce n'est pas toujours facile, mais la chimio vous épuisera. Elle vous assèche, littéralement, donc vous devez boire plus d'eau que d'habitude. Mangez des aliments qui contiennent de l'eau, comme des fruits et des légumes. Les patients peuvent avoir du mal avec certains aliments, alors si vous ne pouvez pas manger ceux-là, essayez autre chose, mais hydratez-vous. Nous vous ferons venir une ou deux fois par semaine pour des perfusions jusqu'à ce que vous vous sentiez mieux.

—Et ça va aider ?

—Ça devrait. Le cancer du pancréas est affreux. Ce n'est pas un combat facile. Nous ne voyons rien d'anormal dans vos analyses sanguines pour le moment. Il y a quelques points qui nous préoccupent, mais rien d'inattendu. Nous ferons des analyses de sang chaque fois que vous viendrez. Si vous avez besoin de quoi que ce soit, appelez-nous. Nous sommes toujours heureux d'aider, mais nous voulons que vous vous sentiez bien. Du moins, autant que possible.

Les trois femmes ont ri. Laura a posé sa main sur celle de Marie et lui a souri. J'ai compris ce qu'Ian me disait l'autre soir. Laura flirtait, mais elle le faisait avec tout le monde. Elle n'essayait pas de flirter, c'était simplement sa façon de parler aux gens. Et si je n'étais pas d'accord avec ça, je devais faire un pas en arrière et la laisser trouver quelqu'un d'autre.

Je devais être d'accord avec ça. Parce que je ne pensais pas pouvoir rester là et la regarder être avec quelqu'un d'autre.

Laura est restée assise à discuter avec Marie et Janice pendant que le reste de la poche de perfusion de Marie se vidait. Quand c'était terminé, elle les a accompagnées jusqu'à la porte et leur a dit qu'elle les reverrait bientôt. Puis elle est revenue dans mon bureau.

—Y a-t-il autre chose dont vous avez besoin de ma part ?

J'ai hoché la tête. —J'ai besoin de savoir que tu n'es pas fâchée contre moi.

—Pourquoi serais-je fâchée contre toi ?

—Je suis ton patron, Laura. Je t'ai mise dans une position délicate. Je ne veux pas ça. Je ne veux jamais que tu te sentes comme si tu ne pouvais pas me dire non.

—J'ai l'impression que tu me repousses en ce moment.

Comme si tu regrettais de m'avoir embrassée et que tu cherchais une porte de sortie. Elle a croisé les bras sur sa poitrine.

Je ne pouvais pas la laisser penser que je regrettais un seul instant de ce qui s'était passé. —Ce n'est pas vrai.

—Eh bien, peut-être que tu devrais déterminer ce qui l'est. Je sais où j'en suis dans cette histoire. Je n'ai pas besoin d'échappatoire. Mais toi, manifestement, si. Sa voix débordait de frustration.

—Non, ce n'est pas ce que je veux. Mais je ne veux pas que tu aies l'impression de ne pas pouvoir me dire non.

—Dr. Allison, je travaille pour vous depuis plus de quatre ans. Pendant tout ce temps, avez-vous eu l'impression que je me retenais de vous dire la vérité ? Ou que je me pliais à tous vos désirs ?

—Non, mais...

—Alors pourquoi penseriez-vous que je ne peux pas vous dire non maintenant ?

—C'est différent. Je sais que les femmes doivent se protéger. Si je dis quelque chose de mal, vous pourriez penser que votre emploi est en danger. Si je fais quelque chose de mal, vous pourriez penser que votre emploi est en danger. Si je me comporte mal, vous pourriez penser que votre emploi est en danger. Je ne veux jamais que vous vous inquiétiez de cela.

—Alors ne dites rien de mal, ne faites rien de mal, ne vous comportez pas mal.

—Je ne sais pas si je saurai faire la différence.

—Je vais vous donner un indice. Ce que vous faites là ? M'embrasser, me dire ce que vous ressentez, puis me demander si je veux partir, me dire que je peux partir quand je veux, me repousser, ça, c'est mal.

—J'essaie de vous protéger.

Elle fit un pas en avant et me pointa du doigt. —Vous essayez de vous protéger vous-même, Dr. Allison. Je comprends. C'est vous qui êtes en charge. Vous êtes le propriétaire, vous êtes le médecin, vous êtes celui qui a le pouvoir. Mais ne me dites pas que j'ai du pouvoir quand ce n'est pas le cas. Nous savons tous les deux que je n'en ai pas.

Je me levai et contournai mon bureau. Je ne m'arrêtai que lorsque je fus juste devant elle. Elle ne bougea pas. Ne recula pas d'un seul pas.

—Je n'ai aucun pouvoir ici, Laura. Aucun. Ma voix contenait à peine ma faiblesse d'être à nouveau proche d'elle.

—Ce n'est pas l'impression que j'ai.

Je l'attirai dans mes bras et scellai mes lèvres sur les siennes. J'entrouvris ses lèvres et caressai l'intérieur de sa bouche avec ma langue. Elle soupira de contentement et agrippa le dos de ma chemise. Ses doux gémissements emplirent l'air tandis que nous nous embrassions comme des adolescents frénétiques.

—Comment c'est ? murmurai-je contre ses lèvres.

—Incroyable, souffla-t-elle.

—Sortez avec moi. Pour un rendez-vous. Laissez-moi vous inviter. S'il vous plaît.

Elle inspira profondément et fit un pas en arrière. Elle me regarda. —Vous êtes sûr ?

—J'ai envie de vous voir en robe. J'ai envie de tenir votre main et de partager un repas avec vous. J'ai envie de vous faire rire et de vous voir avec les cheveux détachés. Dites oui, Laura. S'il vous plaît.

Elle me sourit. Elle leva les mains et retira l'élastique qui retenait sa queue de cheval, puis secoua la tête, laissant ses ondulations retomber sur ses épaules. —Je ne porte pas beaucoup de robes.

—Peu importe. Je veux juste vous inviter à sortir.

—Je ne sais pas si c'est une bonne idée, Dr. Allison.

Je grognai. —Ma langue était dans votre bouche, Laura. Le minimum serait de m'appeler Nico.

—C'est assez amusant de vous énerver, Dr. Allison.

Je grondai et m'approchai d'elle à nouveau. Je glissai mes mains dans ses cheveux et passai mes doigts dans ses ondulations. Ses cheveux étaient comme de la soie, doux et fins. J'aurais pu rester là toute la nuit à les toucher. À la toucher.

Ses mains se posèrent sur ma poitrine, glissant sous ma veste et me caressant. Elle fit glisser ma veste de mes épaules, emprisonnant mes bras. Je m'en débarrassai d'un mouvement d'épaules et enroulai mes bras autour de sa taille, la rapprochant à nouveau de moi.

—Je vous désire, Laura. Je sais que je ne devrais pas vous le dire, mais c'est le cas.

—Pourquoi ne devriez-vous pas me le dire ?

—Je suis nul en rendez-vous amoureux. Je suis maladroit et mal à l'aise. Habituellement, je laisse un ami m'arranger des rendez-vous si j'en ai besoin. Je ne sais pas comment parler aux femmes. Et c'est vous qui avez tout le pouvoir, Laura. Je suivrai votre exemple.

—Je ne pense pas avoir de pouvoir, mais j'ai des projets ce soir.

J'acquiesçai et reculai d'un pas. Elle avait un rendez-vous. Elle était dans mes bras, m'embrassant, et au lieu de rester là, elle allait sortir avec quelqu'un d'autre. —Je suis désolé de vous avoir retenue.

Elle sourit. —Ce n'est pas un problème, Dr. Allison. Mes amis comprendront. Et puis, cette soirée a été un plaisir.

Je gémis tandis qu'elle s'éloignait en riant. Si rien d'autre, elle allait rendre la vie intéressante. Pour aussi longtemps qu'elle me laisserait l'avoir.

9

LAURA

J'étais encore sur un petit nuage quand je suis arrivée à Petits ami du Livre Illimité pour le club de lecture. Nico m'a embrassée. Il m'a vraiment embrassée. Et il m'a dit qu'il me désire. Qu'étais-je censée faire de tout ça ?

Non. Je n'allais pas m'inquiéter. Il a dit qu'il me voulait. Il m'a embrassée. Il m'invitait à un rendez-vous. Tout le reste allait se mettre en place tout seul. Ou pas. De toute façon, je saurais enfin si ça pouvait devenir quelque chose.

Finley a ouvert la porte et m'a laissée entrer avec un regard interrogateur.—Tout va bien ? Tu as l'air bizarre. Et tu es en retard.

—On m'a appelée pour le travail.

—Tout va bien ? a demandé Finley alors que nous rejoignions les autres.

—Qu'est-ce qui ne va pas ? a demandé Blake.

J'ai secoué la tête.—Une patiente ne se sentait pas bien. Elle a appelé Dr. Allison et comme j'étais de garde, j'ai dû le rejoindre là-bas. Je n'ai pas pu m'empêcher de sourire.

—Euh, c'est vraiment tordu d'être si heureuse à ce sujet, a

dit Elise. Elle a froncé le nez et s'est adossée en tenant son gâteau.

J'ai ri doucement.—Je ne ris pas de la patiente.

—Alors de quoi ris-tu ? a demandé Piper.

—Dr. Allison m'a embrassée, ai-je avoué, me sentant plus comme une adolescente que comme une femme de trente-huit ans. Je n'en étais même pas gênée.

—Putain de merde.

—Tu es sérieuse ?

—Bravo à toi.

—Il était temps, bon sang.

J'ai acquiescé à tous leurs commentaires.—C'était incroyable. Il a dit qu'il me veut. Qu'il me désire depuis long-temps. Il avait peur de m'embrasser parce qu'il est mon patron. Il a refusé. Même ce soir.

—Je croyais que tu avais dit qu'il t'avait embrassée, a précisé Melody.

J'ai hoché la tête.—C'est vrai, mais seulement après que je l'ai embrassé et que je lui ai dit que je voulais l'embrasser depuis longtemps.

Les sourires de mes amies se sont figés et elles ont échangé des regards à la Stepford Wife. Yeux écarquillés, sourires vides, et des secrets dont je ne faisais pas partie.

—Quoi ? ai-je exigé.—À quoi pensez-vous toutes ?

Elles ont abandonné leur masque et ont cherché une porte-parole du regard. Quelqu'un qui allait me dire ce qu'elles pensaient toutes. Qui allait admettre ce que je ne pouvais pas voir moi-même.

Tous les regards se sont posés sur Willow. Je l'ai fusillée du regard en croisant les bras. Elle a soupiré et lancé des regards noirs aux autres.—Pourquoi moi ?

—Parce que tu ne vas pas y aller par quatre chemins. Et tu te fiches de ce que les gens pensent, a dit Elise. Habituelle-ment, c'était elle qui était franche avec tout le monde.

Willow a soupiré lourdement et a rencontré mon regard furieux.—D'accord. On s'inquiète toutes qu'il te dise ce que tu veux entendre. Qu'il te répète simplement ce que tu lui as dit.

—Ce n'est pas comme ça que ça s'est passé, ai-je protesté.

—Vraiment ? Parce que tu as dit qu'il t'a avoué qu'il te désirait depuis longtemps, mais on dirait que c'était seulement après que tu lui aies dit que tu le voulais depuis longtemps. C'est peut-être vrai, mais peut-être qu'il ne fait que te refléter.

—Ce n'est pas vrai. Je me sentais encore comme cette adolescente mais pour une raison bien différente. —Vous n'étiez pas là. Vous n'avez pas vu son regard. Vous n'avez pas entendu notre conversation. Vous ne savez pas de quoi vous parlez.

—On aimerait avoir tort, a dit Finley. —On veut que toi et Dr. Allison soyez ensemble. On veut te voir heureuse. Mais tu l'appelles encore Dr. Allison. Tu ne fais ça que quand tu es en colère contre lui ou que tu te sens distante. Tu es arrivée en nous disant qu'il t'avait embrassée. Pourquoi ce n'est pas Nico ?

J'ai ri doucement, en pensant à lui me disant de l'appeler Nico. Je voulais tout partager avec mes amis. Je voulais leur raconter tout ce qui s'était passé. Mais je n'étais pas sûre qu'ils allaient me soutenir. Ils n'encourageaient pas les choses à bien se passer.

—Tu l'as adoré depuis toujours, a dit Karissa. —Je l'adore. Je veux que tu sois heureuse, mais ça ne fait pas si longtemps que tu disais que tu allais sortir avec d'autres hommes et l'oublier.

—Vous savez pourquoi j'ai fait ça, ai-je dit.

Karissa et les autres ont hoché la tête. —On le sait. On sait aussi qu'une partie de ça, c'était parce qu'il voyait quelqu'un d'autre. Est-ce que tu sais si c'est fini avec cette femme à Syracuse ? Tu t'inquiétais de ça, a-t-elle dit.

—Je ne sais pas. Je ne lui ai pas demandé. Mais s'il m'embrasse, ça ne veut pas dire que c'est fini avec elle ?

—J'aimerais dire oui, mais je pense qu'on sait tous que certains hommes sont des connards infidèles, a dit Finley. —On ne veut pas que ce soit vrai pour Nico, mais tu as aussi dit qu'Ally est celle qui a mentionné Veronica, donc Nico pourrait penser que tu ne sais rien à son sujet.

—C'est pour ça qu'on s'inquiète. Ce n'est pas qu'on ne te soutient pas. C'est qu'on ne veut pas le voir te faire du mal. Encore, a dit Elise.

—Alors pourquoi ne me dites-vous pas que c'est une chose formidable ? Je ne sais rien de Veronica, mais je connais Nico. Je l'aime bien depuis des années. Vous avez une idée de combien c'est difficile ? D'aimer un homme que je vois tous les jours pendant des années, et puis enfin de l'embrasser et qu'il me demande de sortir avec lui, et que les personnes dont je suis le plus proche pensent qu'il se joue de moi ?

—Tu as raison, a dit Trinity. Elle a croisé le regard de nos amis. —Tu as raison. On devrait te demander comment c'était. On devrait te supplier de nous donner tous les détails. Si les choses tournent mal, alors ce n'était pas fait pour être, mais on ne veut pas que ça tourne mal, donc on doit te soutenir. Comme le moine dans Roméo et Juliette. On vous mariera en secret s'il le faut.

J'ai ri doucement. —Espérons que ce ne sera pas comme ça, et j'espère que je n'aurai pas à me suicider pour être avec lui.

Trinity a hoché la tête. —J'espère que non. Mais pour certains baisers, ça vaut le coup.

J'ai gémi. —C'était définitivement ce genre de baiser. Tous les baisers l'étaient.

—Tous les baisers ? Combien de baisers y a-t-il eu ? a demandé Trinity.

Willow m'a tendu un morceau de gâteau et j'ai finalement tout raconté. La tension était toujours présente dans la pièce avec nous, menaçant de gâcher ma bonne humeur, mais j'ai fait de mon mieux pour l'ignorer. Je savais que mes amis s'inquiétaient encore, mais ils essayaient. Ils voulaient que tout se passe bien. J'espérais que ce serait le cas. J'espérais vraiment que ce serait le cas.

JE ME SUIS AVOUÉ que je devais trouver un moyen de demander à Nico au sujet de Veronica. Même si je n'étais pas censée être au courant de son existence, je devais la mentionner. Je détestais l'idée d'accuser Nico de tromper sa copine, avec moi, mais je détestais encore plus l'idée de briser une relation.

Je voyais des patients le lendemain matin avec Dr. Allison. J'ai accompagné notre premier patient dans la salle d'examen et j'ai enregistré ses signes vitaux et pris des notes sur comment il disait qu'il se portait. Lorsque j'ai terminé, j'ai noté sur le dossier qu'il était prêt pour que Dr. Allison vienne le voir.

Nous avons bavardé en attendant l'arrivée du Dr. Allison. Roger était un homme sympathique dans la soixantaine qui était patient du Dr. Allison depuis avant que je commence à travailler là-bas. Il venait chaque année pour un rendez-vous de suivi post-cancer, mon type de consultation préféré car il me montrait que les gens pouvaient surmonter la terrible maladie que je voyais chaque jour.

—Bonjour, Roger, dit le Dr Allison en entrant dans la salle d'examen. —Comment vous sentez-vous aujourd'hui ?

—Très bien, Docteur. Mlle Laura a dit que tout semblait bon, donc j'ai juste besoin que vous soyez d'accord avec elle.

Il sourit. —Je vais voir ce que je peux faire. Il se tourna vers moi pour prendre la tablette et m'adressa un bref sourire. Je ne savais pas trop comment réagir, mais nous étions au travail. S'il m'avait embrassée devant un patient, j'aurais été contrariée. Qu'il me traite comme il l'avait toujours fait était définitivement ce que je voulais.

Le Dr Allison examina le dossier de Roger et effectua un rapide examen physique. —Il semble que Mlle Laura avait raison. Vous allez bien. Comment va Lisa ? Les enfants et les petits-enfants ?

—Tout le monde va bien. Lisa garde les plus jeunes petits-enfants en ce moment. Nous les prenons trois jours par semaine pour que les parents puissent travailler.

—Cela semble être une façon agréable de passer votre retraite.

Roger rit. —Ils nous font certainement bouger. Vous devriez avoir quelques gamins, Docteur. Pourquoi n'avez-vous pas encore trouvé une jolie jeune femme et mis la bague au doigt ?

Le Dr Allison gloussa. —Les enfants et le mariage ne sont peut-être pas pour moi, Roger. Peu de femmes comprennent que je suis marié à mon travail.

—Mlle Laura ici présente comprend. Elle l'est aussi.

Le Dr Allison me lança un regard brûlant qui me fit rougir les joues. Je me mordis l'intérieur de la bouche pour m'empêcher de sourire. Ou de gémir. Bon sang, cet homme était dangereux à côtoyer.

—Je suis heureuse d'être célibataire, Roger, lui dis-je.

Le Dr Allison s'éclaircit la gorge et changea de sujet. —Bon, je pense que nous pouvons vous laisser retourner auprès de vos petits-enfants, Roger. Donnez un coup de main à Lisa.

Il descendit de la table d'examen et rit. —Je crois qu'elle me considère comme un autre enfant à surveiller. Je me mets par terre et je fais autant de vacarme qu'eux.

—Comme vous l'avez dit, ils vous gardent jeune, dit le Dr Allison.

Roger rit et acquiesça. —C'est certain. À l'année prochaine, Docteur.

—Ne faites pas de bêtises. Le Dr Allison me fit un signe de tête et quitta la pièce, laissant la porte entrouverte.

—J'ai programmé votre retour dans un an. Tina s'occupera de fixer le rendez-vous.

—Merci, Mlle Laura. Ne travaillez pas trop dur tous les deux.

—Nous essaierons, dis-je. Je l'accompagnai jusqu'à l'accueil et allai chercher mon prochain patient.

La matinée était terminée avant même que j'aie eu le temps de respirer. J'avais reçu deux nouveaux patients, un survivant de plus, et huit patients venus pour des examens en milieu de traitement. Un patient essayait d'intégrer un essai clinique parce que la chimiothérapie et la radiothérapie ne fonctionnaient pas. C'étaient les cas les plus difficiles pour moi. Ceux qui semblaient perdre espoir.

Ally et Tina étaient dans la salle de pause quand j'y suis entrée pour déjeuner. Elles m'ont souri et m'ont invitée à m'asseoir avec elles.

—Comment s'est passée ta matinée ? demanda Tina.

—Difficile. Un candidat pour un essai clinique, leur dis-je.

—Je déteste ces cas-là, dit Ally. —Ça doit être tellement effrayant.

J'acquiesçai. —Rester là pendant que le Dr Allison leur dit que c'est leur meilleur espoir est douloureux. Je voudrais que tout le monde soit guéri. Je voudrais qu'ils se sentent tous mieux. Je sais que les essais cliniques fonctionnent parfois, mais parfois ils ne fonctionnent pas.

—Les plus difficiles pour moi sont ceux qui ne sont pas acceptés, admit Ally. —Ceux qui ont de l'espoir quand ils viennent me voir pour signer tous les papiers et qui n'en ont plus lorsqu'ils ne sont pas acceptés.

—Pourquoi feraient-ils ça ? demanda Tina.

—Ça dépend de l'essai clinique. Parfois, c'est une question de stade de la maladie, de localisation, ou simplement que l'essai est complet. Ils établissent des critères et doivent s'y tenir, dit Ally.

—Ce n'est pas un travail facile, ai-je admis.

—Moi, je dois juste les enregistrer et programmer leur prochain rendez-vous. Je n'ai pas à faire le travail difficile, dit Tina.

—C'est toi qui leur offres un sourire et leur fais sentir que tout ira bien, lui ai-je dit. C'est toi qui donnes le ton pour tout le cabinet.

—Eh bien, merci. Je suppose que je dois m'assurer que mon sourire est bien en place alors. Tina sourit largement.

—Peut-être enlever d'abord la salade de tes dents, dit Ally.

Tina ferma brusquement la bouche et la couvrit de sa main. —Oups.

—Ça arrive à tout le monde, lui ai-je dit. Et puis, on est en train de déjeuner.

—Qu'est-ce que tu as aujourd'hui ?

—Pas de gâteau. Désolée, les filles. On a dévoré le gâteau hier soir. Karissa a fait un cake avec un glaçage au citron et au beurre. C'était tellement bon, leur ai-je dit.

—Je devrais vraiment venir avec toi une de ces semaines, dit Tina.

—Tu devrais. Tout le monde est vraiment accueillant.

—Ça fait longtemps que je n'ai pas vu Karissa, dit Ally. Comment va-t-elle ?

J'ai hoché la tête et déballé le sandwich à la dinde que j'avais préparé ce matin. Ce n'était pas glamour, mais c'était de la nourriture. —Elle va bien. Elle dit qu'elle essaie de travailler moins. Elle passe toute la journée à travailler et parfois ne remarque même pas le soleil.

—Ça ressemble à beaucoup de gens, dit Tina. Mon mari travaille de plus en plus tard ces derniers temps. C'est dur. Même si Karissa n'est avec personne, c'est difficile pour ton corps et ton esprit de travailler autant.

—Willow essaie de la convaincre de faire du yoga. Elle essaie de tous nous convaincre, ai-je dit.

—Oh, je serais totalement partante, dit Ally. J'adorais le yoga avant.

—On devrait toutes y aller, dit Tina. Quand est-ce que Willow donne ses cours ?

J'ai secoué la tête. —Je ne suis pas sûre. Je vais lui demander.

—Bien. Tiens-moi au courant. Je devrais probablement retourner à l'accueil. Tina s'est levée et a jeté ses déchets puis a fermé son sac repas. —Des rendez-vous sympas récemment ? Andrew et moi avons besoin de faire quelque chose de nouveau. Des conseils ?

Ally m'a regardée, me laissant répondre. Étant la seule célibataire, elles pensaient toujours que je connaissais les meilleurs endroits pour un rendez-vous. La plupart de mes rendez-vous se limitaient à un dîner, sans plus. —Je ne sais pas. J'ai un rendez-vous demain soir, mais je ne sais pas ce qu'on va faire. D'habitude, mes rendez-vous sont au O'Kelley's. Parfois quelque chose de différent, mais généralement c'est juste un dîner.

—Tiens-moi au courant pour ton rendez-vous de demain soir. Je veux sortir avec Andrew ce week-end. Quelque chose pour s'évader de la maison et passer du temps ensemble. J'ai même trouvé une baby-sitter.

—Wow, un vrai rendez-vous, dit Ally avec un petit rire.

Nous sommes tellement casaniers qu'on ne sort pas beaucoup.

—C'est bien de changer un peu. J'espère juste que je ne vais pas me retrouver enceinte à nouveau. Ce ne serait pas la première fois qu'on s'emporte pendant une soirée en amoureux, dit Tina avec un clin d'œil. Non pas que je veuille renoncer à cette partie.

Ally et moi avons ri quand Tina est sortie de la salle de pause. Ally s'est tournée vers moi. —Je ne sais pas comment tu fais pour continuer à sortir avec des gens. Je suis avec Spencer depuis une éternité et je ne peux pas imaginer me remettre à chercher quelqu'un.

—Si j'avais quelqu'un comme ça dans ma vie, je ressentirais la même chose. Je n'ai jamais eu de relation à long terme. Rien qui me semblait pouvoir durer.

—Je sais que j'ai de la chance. Ma sœur a divorcé il y a quelques années. Nous ne sommes pas proches, mais ça a semblé vraiment dur pour elle. Encore plus pour son fils, d'ailleurs.

—Je suis désolée d'entendre ça, ai-je dit. Je n'avais toujours pas compris la relation d'Ally avec sa sœur.

—Les relations sont étranges. Parfois, elles surgissent de nulle part et te surprennent, mais parfois elles semblent grandir et évoluer avec le temps.

J'ai hoché la tête. La façon dont Ally me regardait me faisait me demander si elle savait quelque chose à propos de Nico et moi. Je n'imaginais pas comment elle pourrait être au courant, mais elle me lançait un regard qui disait qu'elle attendait que je lui révèle quelque chose.

—C'est comme ça pour toi et Spencer ?

Ally a ri. —Oh, mon Dieu, non. On se connaît depuis toujours. Une partie de moi a l'impression que nous sommes les mêmes personnes que nous avons toujours été, mais je sais que nous avons changé. Ensemble, heureusement.

—C'est certainement une bonne chose.

—Ouais. J'espère que ton rendez-vous de demain soir se passera bien. Peut-être qu'il sera le bon pour toi et que tu n'auras plus à t'inquiéter d'autres rendez-vous après ça. Elle savait définitivement quelque chose.

—Oui, peut-être. On verra bien. Euh, je dois retourner travailler.

—Tiens-moi au courant de comment ça se passe après demain.

J'ai hoché la tête en jetant mes déchets. —Ouais, bien sûr. Ça me va.

Ally a souri et m'a fait un signe de la main pendant que je sortais. C'était quoi ce délire ?

10

— Ça va ? ai-je demandé à Thomas en prenant place à côté de lui.

Thomas était un patient relativement nouveau, venu pour sa deuxième séance de perfusion. Je ne le connaissais pas encore très bien, mais il semblait être un type plutôt sympa.

Il a hoché la tête. — Aussi bien que possible.

J'ai souri. — Je comprends. Ce n'est pas facile. Que ferais-tu si tu n'étais pas ici ? À part n'importe quoi d'autre.

Thomas a ri doucement. Il avait un sourire amical. Ses cheveux étaient longs, lui arrivant presque aux épaules. Ils brillaient de douceur. Je ne pouvais m'empêcher de me demander combien de temps ils dureraient. Je savais que perdre leurs cheveux était souvent la partie la plus difficile pour les femmes, mais les hommes aux cheveux longs disaient que cela les changeait aussi. C'était à ce moment-là que tout devenait réel. Quand ils ne pouvaient plus faire semblant que tout allait bien.

— N'importe quoi d'autre est certainement une bonne réponse. Je serais probablement au travail.

— Qu'est-ce que tu fais dans la vie ?

— Je possède un restaurant à Alexandria Bay. Mes parents l'ont ouvert quand ils se sont mariés et ils ont pris leur retraite il y a un an, confiant l'affaire à mon frère et moi.

— Super. Ça a l'air d'être un gros boulot.

Thomas a acquiescé. — C'est vrai, mais j'adore ça. J'ai grandi dans ce restaurant et j'ai toujours voulu le reprendre. Nous le voulions tous les deux. J'y ai rencontré ma femme, et nous élevons nos enfants pour qu'ils travaillent aussi au restaurant.

— Une affaire de famille, hein ?

— Ouais. C'est génial. J'ai juste besoin de vaincre ce cancer pour y retourner à plein temps.

— On y travaille. Tu te sens bien ?

— En fait, oui. Je m'attendais à ce que ce soit bien pire, mais la première séance s'est bien passée. J'étais épuisé après et j'ai pratiquement dormi le reste de la journée, mais ensuite ça allait.

— Bien. C'est assez courant. Les médicaments anti-nausée que nous te donnons te fatiguent, c'est pourquoi tu dors, mais si la chimio ne te dérange pas trop, tu as de la chance. Ce n'est pas le cas pour tout le monde.

Il a hoché la tête. — Ouais. Ma belle-mère a suivi une chimio il y a quelques années. Ça l'a pratiquement mise K.O. pendant des jours après chaque séance.

— Aïe. C'est dur. Vous êtes tous forts. Je ne pense pas que je pourrais le supporter aussi bien que mes patients. Je suis plutôt douillette.

Thomas a ri. — J'ai du mal à le croire. Tu as l'air plutôt solide.

— Eh bien, merci pour ça. J'essaie, mais je n'ai jamais affronté quelque chose comme ça. Chaque patient qui passe par ici est déterminé. C'est littéralement un combat pour votre vie. C'est un défi que personne ne devrait avoir à affronter.

Thomas a acquiescé. — Mieux vaut moi que mes enfants. Je me dis ça tous les jours. Je déteste ça, mais je le détesterais encore plus si je devais voir mes enfants passer par là.

— Je peux comprendre ça. Et ce n'est pas une mauvaise perspective.

Il a souri. — Je comprends ce qui m'arrive. Mes enfants ne comprendraient pas. Jusqu'à présent, nous ne leur avons pas dit grand-chose. Je pense que quand mes cheveux commenceront à tomber, ils poseront plus de questions.

— Tes cheveux sont magnifiques.

— Merci. Un cadeau de ma mère.

J'ai ri avec lui.

— J'ai pensé à les couper, mais je ne suis pas encore prêt à les laisser partir.

— Je ne sais pas ce que je ferais non plus. J'ai eu des patients qui utilisent des bonnets de chimio censés réduire la perte de cheveux. As-tu envisagé cette option ?

Il a secoué la tête. — Je n'en ai même jamais entendu parler.

— Regarde ça. Ça pourrait être une option. Comme ça, tu pourrais garder tous ces beaux cheveux.

J'ai commencé la perfusion de sa prochaine dose pendant qu'il sortait son téléphone. — Je regarde ça tout de suite. Tout vaut la peine d'être essayé pour se sentir normal. Aussi normal que possible.

— Absolument. Je reviendrai bientôt voir comment tu vas. Tu as besoin d'une collation ou de quelque chose ?

— Une eau serait parfaite.

J'ai hoché la tête. — J'arrive tout de suite.

J'ai retiré mon équipement de protection, l'ai jeté puis me suis lavé les mains. En allant chercher de l'eau pour Thomas, j'ai vu Nico qui m'observait. Il avait les bras croisés et son regard disait qu'il essayait de comprendre quelque chose.

Il s'est dirigé vers moi alors que j'allais vers le frigo. Je me suis arrêtée et j'ai attendu qu'il me rejoigne. — Tout va bien ?

— Non. Viens dans mon bureau, s'il te plaît.

J'ai acquiescé. — Est-ce que je peux d'abord apporter de l'eau à mon patient ?

Il a hésité puis a hoché la tête avant de s'éloigner.

J'ai levé les yeux au ciel intérieurement et j'ai rapporté l'eau à Thomas. Je ne savais pas ce qui avait énervé Nico cette fois, mais je n'avais pas hâte d'entendre ce qu'il allait me dire. Après la dispute que nous avions eue la semaine dernière, j'étais sur les nerfs, même après tout ce qu'il avait avoué la veille.

— Ferme la porte, a-t-il dit quand je suis entrée dans son bureau.

Tout en moi me disait de fuir. Il allait dire quelque chose qui allait me mettre en colère. Je le sentais.

— Que se passait-il avec ce patient ? demanda-t-il.

— Quel patient ? Thomas ?

Il hocha la tête.

— Je lui administre ses traitements. Pourquoi ?

— J'essaie vraiment d'accepter que ta façon de parler aux patients donne l'impression que tu flirtes avec eux.

Je roulai des yeux et soupirai profondément. — Encore ça ? Tu es sérieux ? C'est ma façon de parler. Je ne m'excuserai plus d'être amicale avec les patients. C'est un homme marié avec des enfants.

— J'ai dit que j'essayais.

— Dr. Allison, je travaille ici depuis des années. J'ai toujours parlé aux patients de la même façon. J'ai toujours été amicale et posé des questions sur leur vie personnelle et flirté, comme tu le prétends. Je ne comprends pas pourquoi c'est devenu un problème récemment. Y a-t-il eu des plaintes à mon sujet ?

— Non, grogna-t-il. Il détourna le regard.

— Quelqu'un a-t-il dit que je le mettais mal à l'aise ?

— Non.

— Alors qu'est-ce qui ne va pas dans ma façon de traiter les patients ? J'aimerais vraiment savoir.

— Je n'aime pas te voir flirter avec d'autres hommes, d'accord ? Ça me fait... Il s'interrompit. — Je n'aime pas ça.

Je respirai profondément et marchai vers lui. Il était jaloux. Ce fils de pute était jaloux de la façon dont je parlais aux patients. — Je ne flirte pas avec ces hommes. Je ne flirte pas avec les femmes. Je leur parle. J'essaie de les mettre à l'aise. Je veux qu'ils sachent qu'ils peuvent me parler s'ils en ont besoin. C'est la chose la plus difficile que la plupart d'entre eux aient jamais traversée et probablement traverseront jamais. C'est solitaire. Même les patients qui ont une personne en soutien se sentent seuls. Personne d'autre ne sait ce que ça fait. Moi non plus, mais j'en ai vu assez pour le comprendre. Je peux sympathiser sans être émotionnellement impliquée parce que je ne suis ni famille ni amie. Je suis l'infirmière. Je ne suis pas quelqu'un avec qui ils se sentiront mal à l'aise pendant des années. Je suis neutre.

— Je comprends.

— Non, je ne pense pas que tu comprennes. Je ne vais pas changer qui je suis. Je ne vais pas rester assise et ignorer mes patients. Je vais leur parler. Je vais apprendre à les connaître. Je vais les écouter, poser ma main sur leur bras et rire avec eux. Je vais essayer de les faire se sentir aussi normaux que possible. Si tu ne peux pas supporter cet aspect de ma personnalité, alors je dois commencer à chercher un autre emploi.

— Je ne veux pas ça. Tu es excellente dans ce que tu fais.

— Alors tu dois me laisser faire. Une des raisons pour lesquelles je suis bonne, c'est parce que je ne les traite pas comme s'ils étaient des marchandises endommagées ou comme s'ils étaient intouchables. Je les traite comme des personnes. Parce que c'est ce qu'ils sont.

Nico contourna son bureau et s'avança vers moi. Il s'arrêta à quelques pas de moi. — Ce n'est pas facile pour moi.

— Quoi ?

— Te désirer comme je le fais.

— Donc parce que tu es attiré par moi, cela signifie que je ne peux pas parler à d'autres hommes ?

— Non, mais ça me rend fou de te voir parler à d'autres hommes comme tu le fais. De savoir que tu ne me parles pas de cette façon.

— Tu veux que je flirte avec toi ? demandai-je. Je ne pouvais pas empêcher mes lèvres de s'étirer en un sourire.

— Bon sang, oui. Je veux que tu me désires.

Je souris d'un air narquois. — Tu dois me donner une raison.

— Une raison ?

Je haussai les épaules. — Je parle à mes patients pour les mettre à l'aise. Toi, tu es toujours en contrôle. C'est toi qui donnes les ordres. Tu n'as jamais de doutes sur quoi que ce soit. Mon souffle sortit comme un murmure. Je me trouvais excitée à mes propres oreilles. Je me demandais s'il pouvait l'entendre.

Il se rapprocha. — Je ne suis sûr de rien avec toi, Laura. Je t'ai dit que je te voulais. Je t'ai dit que je te désirais depuis très longtemps. C'est toi qui as le contrôle.

Je pris une inspiration et ma poitrine frôla la sienne. Il se pencha et toutes mes pensées s'éparpillèrent, des fragments de choses que j'allais dire se dispersèrent dans mon esprit. Je tendis la main au même moment où Nico se pencha. Nos lèvres s'écrasèrent l'une contre l'autre, nous luttions tous deux pour le contrôle. Je mordillai sa langue et il aspira la mienne fort dans sa bouche. Il pressa mon dos contre la porte et me dévora, frottant son menton barbu contre mon cou tandis qu'il léchait le long de ma mâchoire pour capturer à nouveau mes lèvres.

Son érection palpitait entre nous, mon corps en alerte maximale. Je le voulais. J'avais besoin de lui. Mais il restait mon patron, et j'avais du travail à faire. Et je n'étais pas d'humeur à lui faire croire que la jalousie était acceptable.

Je le repoussai et repris mon souffle avec effort. Ses cheveux courts étaient dressés par mes mains qui les avaient traversés. Ses yeux sombres étaient noirs de désir. Ses mains frémissaient à ses côtés. Son sexe essayait de pousser à travers sa fermeture éclair.

— J'ai un patient, dis-je.

— Tu plaisantes ?

Je secouai la tête et lissai ma blouse. — J'ai du travail à faire. Je suppose que mon patron veut que je fasse mon boulot. Je haussai un sourcil, le défiant.

Il grogna. — D'accord.

— Je ne vais pas changer ma façon de traiter mes patients, Dr. Allison.

—D'accord.

Je l'ai dévoré des yeux, savourant cette puissance à peine contenue en lui. —Je ne vais pas non plus changer d'avis sur ce que c'est entre nous.

Il s'est frotté la mâchoire, mais pas avant que je n'aie aperçu son sourire.

Je me suis éclipsée du bureau, fermant la porte derrière moi. Je me suis arrêtée aux toilettes sur le chemin du retour vers le service de perfusion pour refaire ma queue de cheval et m'assurer que j'avais l'air présentable. Je n'ai pas pu m'empêcher de sourire dans le miroir. Ni de garder ce sourire sur mon visage pour le reste de la journée.

NICO M'A LAISSÉE TRANQUILLE TOUT l'après-midi et toute la journée suivante. J'aurais dû m'en réjouir puisque cela me permettait de faire mon travail, mais finalement, cela m'a rendue encore plus anxieuse à propos de notre rendez-vous.

Surtout parce que chaque fois que je me trouvais près de lui, j'oubliais complètement cette petite amie qu'il était censé avoir.

Je me suis précipitée chez moi après le travail et j'ai pris une douche rapide. J'avais besoin de me débarrasser de la journée et de me sentir bien pour mon premier rendez-vous avec lui. J'étais convaincue que ce ne serait pas le dernier, à condition que son ex soit vraiment une ex, et je voulais que tout se passe bien.

Nous n'avions jamais parlé de l'endroit où nous allions, mais il avait fait un commentaire sur son envie de me voir en robe, alors j'ai fouillé dans mon placard jusqu'à ce que je trouve quelques options. J'ai finalement opté pour une robe noire mi-longue avec de subtils motifs gris. Le tissu en coton épousait ma poitrine et s'évasait à la taille, mettant en valeur mes courbes là où il fallait. Les manches courtes et la jupe ample l'adoucissaient suffisamment pour un dîner décontracté, tout en restant assez sexy pour un rendez-vous.

J'espérais simplement que Nico l'apprécierait.

J'ai séché et gonflé mes cheveux, puis ajouté du maquillage. Je voulais qu'il soit incapable de détacher son regard de mes lèvres, alors j'ai opté pour un rouge à lèvres rouge vif que je n'osais que rarement porter et un fard à paupières discret. J'ai transféré toutes mes affaires dans un sac à main rouge, ajouté une paire d'escarpins rouges et pris une profonde inspiration.

J'étais franchement sexy. Si Nico pouvait me résister, c'est qu'il était un homme plus fort que je ne le pensais.

J'étais prête.

Quand il a frappé à la porte, mon cœur s'est emballé. J'ai sursauté et j'ai dû me forcer à prendre une profonde respiration avant de pouvoir ouvrir.

Et j'ai de nouveau perdu mon souffle.

—Wow, a-t-il chuchoté.

J'ai hoché la tête, essayant de le voir en entier d'un seul coup. Ses cheveux noirs étaient soignés, sa barbe également. Son costume noir épousait parfaitement son corps. Il portait une chemise grise en dessous, qui suggérait une décontraction que je voyais rarement chez lui. Une pochette indiquait que le costume n'était pas décontracté du tout, pas plus que l'homme qui le portait.

Il s'est penché et m'a embrassée sur la joue. —Tu es magnifique.

—Merci. Toi aussi.

Un sourire a effleuré ses lèvres. Ses yeux brun foncé brillaient en me regardant. Son désir à peine contenu était là, prêt à se libérer si j'étais consentante.

J'étais plus que consentante, mais j'avais aussi faim. Et je voulais le connaître à un niveau différent. Nous nous étions embrassés, et il était mon patron, mais je ne connaissais pas vraiment Nico. Pas vraiment.

—Vas-tu me dire où nous allons ? ai-je demandé, en sortant pour le rejoindre sur le perron. J'ai verrouillé la porte avec sa chaleur suffisamment proche pour que je puisse la sentir.

—D'abord le dîner. Après, on pourra décider. Je ne veux pas dépasser les limites et te garder éveillée trop tard.

Mon pouls a fait un bond et la chaleur s'est répandue dans mon corps. J'espérais qu'il me garderait éveillée toute la nuit, mais je n'allais pas le lui dire.

—Ça me va, ai-je dit à la place.

Il a posé sa main au bas de mon dos et m'a guidée vers son

véhicule utilitaire sport. Il était grand, comme lui. L'intérieur était luxueux et confortable. Les sièges en cuir sentaient encore le cuir, mais mêlé à l'odeur inimitable de Nico. Une odeur dans laquelle je pourrais me noyer.

Il n'a rien dit en reculant dans mon allée et en tournant vers le sud. Ce n'est que lorsque nous avons pris la St. Lawrence Parkway que j'ai demandé : —Où allons-nous ?

—Il y a un super restaurant italien à A-Bay. Juste au bord de l'eau. Vue magnifique et les meilleurs vins de la région. Je me suis dit qu'on pourrait célébrer et passer une soirée sans une tonne de gens qu'on connaît qui surveillent nos moindres faits et gestes.

J'ai acquiescé. Il disait les bonnes choses, mais j'avais aussi l'impression qu'il cachait le fait que nous sortions ensemble. Comme s'il ne voulait pas que quiconque le sache.

J'ai essayé de me dire que j'étais ridicule, mais je n'ai pas pu me défaire de l'impression que quelque chose n'allait pas.

Il s'est garé dans un parking avec un voiturier à l'entrée. Il s'est arrêté, est sorti de la voiture, puis a fait le tour pour venir à ma porte. —Tu es prête ?

J'ai accepté son bras et souri au voiturier alors qu'il se glissait dans le siège du conducteur. J'ai lissé ma robe de la main, me sentant très mal habillée. La plupart des établissements des Mille-Îles étaient décontractés. Des entreprises familiales, petites et simples. Les gens étaient détendus et relax. Mais cet endroit... je n'avais jamais été dans un endroit comme celui-ci.

Un autre homme a ouvert la porte alors que nous approchions, et Nico lui a fait un signe de tête. J'ai essayé de sourire, mais je me sentais raide et mal à l'aise. Nico, en revanche, semblait parfaitement à l'aise avec l'opulence du lieu.

Une chose avec laquelle je ne pouvais pas être en désaccord était la vue. Il avait raison. L'hôtesse nous a conduits à une table juste à côté de la fenêtre. Nous pouvions voir le château de Boldt depuis nos sièges, et le scintillement du fleuve Saint-Laurent qui coulait devant nous.

—C'est magnifique ici, ai-je dit, forçant un sourire et essayant d'agir normalement. Aussi normalement que possible.

Nico a hoché la tête. —C'est vrai. C'est l'un de mes restaurants préférés.

Une jeune serveuse s'est approchée avec un sourire et une bouteille de vin. —Bonsoir, monsieur. Madame. Comment allez-vous ce soir ?

—Très bien, Crystal. Comment vas-tu ?

—Bien, monsieur. Est-ce que ceci vous convient pour ce soir ? Elle lui a présenté la bouteille de vin.

— Parfait. Merci.

Crystal hocha la tête. — Je vais vous laisser un moment tous les deux.

Nico acquiesça de nouveau. Crystal ouvrit la bouteille et versa un filet de vin dans son verre. Il le goûta, faisant tourner le liquide dans sa bouche avant de l'avaler, puis hocha la tête en signe d'approbation.

Crystal se tourna et remplit mon verre puis le sien avant de placer la bouteille dans un seau à glace juste derrière Nico.

Je levai les yeux vers lui, mais il regardait par la fenêtre. Ne sachant pas ce que je devais faire, j'ouvris mon menu et l'étudiai.

Il n'y avait pas de prix. Je n'étais jamais allée dans un endroit sans prix sur le menu. J'en avais entendu parler, mais je n'étais pas ce genre de personne. Ce n'est pas que je ne voulais pas essayer, mais je n'étais pas préparée. J'aurais dû porter une plus belle robe. Peut-être que j'aurais dû relever mes cheveux dans une sorte de chignon compliqué. Ou mettre des bijoux coûteux. Je ne portais aucun bijou.

Je soulevai mon verre de vin et le portai à mes lèvres,

ayant besoin d'un verre pour calmer mes nerfs. C'était du bon vin. Très bon. Je reposai le verre en réalisant que si la nourriture n'avait pas de prix, le vin était probablement le plus cher que j'avais bu de toute ma vie. Et j'étais en train de le descendre d'un trait.

Je me mordis la lèvre et tentai de contenir la panique que je ressentais. Je ne savais pas quoi faire. J'étais déplacée. Je détestais vraiment ce sentiment.

Nico me regarda et leva son verre de vin. Quand nos regards se croisèrent, il fit un signe vers le mien. Je mis mon menu de côté et pris mon verre.

— À un nouveau départ.

Je souris. Ça me rassurait. Il portait un toast à nous.

— J'ai signé le contrat aujourd'hui pour que les travaux commencent sur la clinique. Ce sera terminé dans six semaines. Ce soir, nous célébrons.

— Oh, dis-je. Il ne parlait pas de nous. Il parlait du travail. Je serrai les lèvres en un sourire et fis tinter mon verre contre le sien. Je sirotai à nouveau le vin, laissant la saveur douce et fruitée envahir ma langue.

Crystal posa un panier sur la table entre nous et recula. Elle joignit ses mains derrière son dos et se concentra sur Nico. — Faites-moi savoir quand vous souhaitez que le premier plat soit servi. Le Chef Andre prépare tout depuis ce matin pour votre arrivée.

Nico hocha la tête. — Merci, Crystal. Je pense qu'il serait bon pour nous de prendre quelques instants pour nous détendre et profiter de ce magnifique paysage. Veuillez remercier le Chef Andre de notre part.

Crystal sourit. — Bien sûr, monsieur. Il viendra vous voir à un moment de la soirée. Je vais débarrasser ceci. L'hôtesse ne savait pas que vous n'en auriez pas besoin. Elle tendit la main vers nos menus tandis que j'attrapais mon verre.

Quand Crystal s'éloigna, je demandai à Nico, — Pourquoi n'avons-nous pas commandé ?

— Je connais le propriétaire. Et le chef. Je leur ai demandé de créer un menu spécial juste pour nous ce soir. Nous allons avoir des plats qui ne sont proposés à personne d'autre.

Mes sourcils se haussèrent et j'acquiesçai. Wow. Je n'étais pas sûre de ce que j'en pensais, mais ce n'était pas génial.

11

NICO

Le chef Andre s'est surpassé avec notre repas. Chaque bouchée était sensationnelle, et le vin qu'il a associé aux plats était le complément parfait. Je ne me souvenais pas de la dernière fois où j'avais autant apprécié un repas.

Jusqu'à ce que je regarde le visage de Laura.

— Tu n'aimes pas ? ai-je demandé.

Elle a forcé un sourire et secoué la tête. — C'est bon. Tout est bon.

J'ai souri. Quelque chose n'allait pas. Elle ne s'amusait pas. Je n'avais aucune idée pourquoi, mais elle n'était pas heureuse.

— Alors, euh... j'ai essayé de penser à un sujet de conversation. Je savais comment s'était passée sa journée parce que je la voyais tous les jours et lisais les notes qu'elle écrivait sur les patients chaque soir. Je ne connaissais pas ses amis, mais je n'étais pas intéressé par leurs vies personnelles. Je voulais la connaître, elle. — Pourquoi as-tu déménagé à L'anse MacKellar ?

Elle m'a regardé, une bouchée de pâtes à mi-chemin de sa

bouche. Elle a pris une inspiration et reposé sa fourchette. Elle a mis ses mains sur ses genoux et a regardé juste au-dessus de ma tête, comme si elle me regardait sans vraiment me regarder. — Je suis venue pour le travail.

— Juste pour le travail ?

Elle a hoché la tête. — Essentiellement. Je cherchais quelque chose de nouveau. En partie un nouveau défi, mais aussi quelque chose de différent. J'avais envisagé de me spécialiser en oncologie quand j'étais à l'école d'infirmières, mais je suis tombée amoureuse de la fertilité avant d'avoir eu la chance d'essayer l'oncologie.

— Vraiment ?

Elle a de nouveau hoché la tête. — Ouais.

La faire parler était presque douloureux. Elle ne voulait pas être là. J'avais eu assez de rendez-vous pour savoir quand une femme n'était pas intéressée. Celui-ci était le pire parce que je tenais à elle. Si ça avait été n'importe quelle autre femme, j'aurais demandé l'addition et je serais parti, mais c'était Laura.

— Tu te plais ici ?

Elle m'a enfin regardé. — Oui, beaucoup.

— Parle-moi de tes amies, ai-je dit. Je détestais ça, mais elle devenait généralement animée et bavarde quand on lui demandait de parler de ses amies. Ally ne faisait pas partie du cercle de Laura, mais elle connaissait suffisamment les femmes qui en faisaient partie pour poser des questions. J'avais surpris plus d'une conversation entre elles pour savoir que Laura adorait ses amies.

— Tu veux connaître mes amies ?

Son ton indiquait que je ne devrais pas acquiescer, mais je ne savais pas de quoi d'autre lui parler. J'avais supposé que la conversation serait facile avec elle. Ce n'était pas une étran-gère. Mais tout était gênant. — Oui. Je sais qu'elles sont importantes pour toi.

Enfin, j'avais dit quelque chose de bien. Ses yeux se sont adoucis et les coins de ses lèvres se sont relevés. Ce rouge à lèvres me rendait fou. J'avais envie de l'effacer en l'embrassant. Elle a entrouvert les lèvres et a commencé à parler, m'hypnotisant avec ses douces paroles.

— Je ne sais pas si j'aurais survécu ces dernières années sans elles, a dit Laura. — Être quelque part sans personne n'est pas facile. Surtout quand— Elle s'est interrompue brusquement.

— Quand quoi ? ai-je demandé alors que ses joues rosissaient. Elle évitait mon regard, s'essuyant la bouche avec sa serviette et fixant son assiette.

— Un peu plus de vin, madame ? a demandé Crystal, nous interrompant au pire moment. Ou peut-être au meilleur. Je me demandais si les serveurs étaient formés pour repérer quand quelque chose n'allait pas afin d'intervenir et d'éviter une scène.

Laura a acquiescé et levé un regard reconnaissant vers Crystal. — Merci.

Crystal a hoché la tête puis m'en a proposé davantage. J'ai refusé. Crystal s'est éloignée, nous laissant à notre conversation, mais est restée à proximité. Nous étions la seule table dont elle s'occupait ce soir. Un service rendu par le propriétaire.

— De quoi parlions-nous ? ai-je demandé même si je savais exactement de quoi nous parlions.

— Tu m'as demandé de te parler de mes amies, a-t-elle dit, évitant toujours mon regard. — Elles sont drôles, gentilles et ce sont des femmes formidables. Nous nous retrouvons tous les dimanches soir et généralement, quelques-unes se retrouvent aussi pendant la semaine. Elles sont comme une famille pour moi.

— Tu as de la chance de les avoir, ai-je dit, sans insister davantage. Je voulais savoir ce qu'elle allait dire, mais elle n'était pas mon employée qui me cachait quelque chose. Elle était mon rendez-vous.

— C'est vrai. As-tu des personnes comme ça dans ta vie ?

J'y ai réfléchi et j'ai réalisé que non. Pas de la même façon. J'avais Veronica et Jeff, mais personne d'autre. Personne que je voyais régulièrement. —Pas vraiment. J'ai quelques amis proches, mais ils n'habitent pas dans le coin, alors je ne les vois pas souvent."

—Pourquoi as-tu ouvert ta clinique à L'anse MacKellar ?"

—Ça me rappelait les étés avec ma grand-mère. À Porto Rico. Un endroit petit, paisible, avec de l'eau, bien sûr. Mes parents sont venus ici une fois avant ma naissance, et j'ai déménagé à Syracuse pour l'école de médecine. Je me sentais en paix ici."

—C'est vraiment paisible," approuva Laura. Elle me sourit pour la première fois depuis qu'elle avait ouvert sa porte.

—Nico," dit Andre en s'arrêtant près de notre table.

Je me suis levé et j'ai serré l'autre homme dans mes bras, un homme que je considérais comme un ami jusqu'à ce que Laura parle des siens. Mes amis étaient plus comme des connaissances. —Andre. Délicieux comme toujours. Je te présente Laura. Laura, voici le chef, Andre."

Andre a pris sa main et l'a serrée entre les siennes. —Un plaisir, Mademoiselle Laura."

—Le plaisir est pour moi, Chef. Tout était incroyable. Je n'ai jamais mangé aussi bien."

—Ah, eh bien, vous devrez revenir pour que je puisse vous émerveiller à nouveau."

Laura sourit, les joues teintées de rose. Je n'aimais pas ça. Pas du tout.

—Oui, bien sûr, je suis certain que nous reviendrons bientôt," ai-je dit, en insistant sur le *nous* pour mon soi-disant ami.

Andre s'est tourné vers moi, les yeux pétillants. —J'ai hâte.

Je m'excuse mais je dois retourner en cuisine. C'était merveilleux de te voir, Nico, et de vous rencontrer, Laura. J'attends avec impatience la prochaine fois."

Laura a fait un signe de la main tandis qu'Andre se frayait un chemin entre les tables, s'arrêtant de temps en temps pour vérifier auprès des autres clients. Je voulais juste le rouer de coups pour avoir flirté avec ma cavalière.

—Assieds-toi," siffla Laura. —Arrête de le fusiller du regard."

Je me suis éclairci la gorge et j'ai repris ma place. Je ne m'étais pas rendu compte de ce que je faisais jusqu'à ce qu'elle me le fasse remarquer.

Laura a fini son vin et s'est déclarée rassasiée. J'ai tendu ma carte à Crystal pour régler le dîner et j'ai attendu qu'elle revienne. Laura regardait par la fenêtre, observant le ciel déjà sombre s'obscurcir davantage. Les lumières du château scintillaient sur le bleu marine profond de l'eau tandis que les bateaux naviguaient silencieusement au loin.

Crystal est revenue avec ma carte et un reçu à signer. Je me suis assuré de lui laisser un pourboire monstrueux puisqu'elle s'était consacrée à notre table pendant presque toute la soirée, puis je l'ai remerciée. J'ai tiré la chaise de Laura pour elle et l'ai suivie hors du restaurant.

Le voiturier a rapidement amené mon véhicule utilitaire sport et a hoché la tête en signe de remerciement quand je lui ai donné de l'argent liquide. —Passez une bonne soirée."

En silence, j'ai pris la direction de L'anse MacKellar, me demandant s'il y aurait une deuxième partie à notre rendez-vous.

Laura était silencieuse pendant le trajet. Elle regardait surtout par la fenêtre. Je lui jetais un coup d'œil de temps en temps, mais elle ne me regardait pas. Je me suis éclairci la gorge alors que nous approchions de L'anse MacKellar et j'ai demandé, —Qu'est-ce que tu aimerais faire maintenant ?"

Elle a bâillé et s'est étirée, puis a couvert sa bouche avec un petit rire. —Honnêtement, je suis un peu fatiguée. Je pense que je devrais simplement rentrer chez moi."

Ça m'a fait mal. Ça ne devrait pas, mais ça m'a fait mal. Elle me repoussait. Terminé.

J'ai acquiescé sèchement et j'ai conduit en silence jusqu'à sa maison. Je me suis garé dans son allée, j'ai coupé le moteur et j'ai commencé à sortir.

—Tu n'es pas obligé de m'accompagner jusqu'à la porte."

—C'est un rendez-vous. Je vais te raccompagner jusqu'à la porte, Laura."

Elle a hoché la tête et m'a rejoint devant le véhicule utilitaire sport. Elle m'a jeté un regard et m'a adressé un sourire triste. Je l'ai suivie jusqu'à la porte et j'ai attendu pendant qu'elle la déverrouillait. Elle s'est retournée vers moi.

—Merci pour le dîner."

—Je t'en prie. Je, euh, je suppose que je te verrai demain," ai-je dit.

Elle a hoché la tête et m'a souri une dernière fois avant de s'engouffrer à l'intérieur. Pas de baiser. Pas de demande pour un autre rendez-vous. Rien.

C'en était fini de ça.

J'AI ÉVITÉ Laura autant que possible le lendemain. Jeudi, elle était avec moi pour voir des patients, alors j'ai été forcé de la voir, mais j'ai gardé les choses professionnelles et distantes. Exactement comme avant que je l'embrasse et que j'admette à quel point je la désirais.

Elle se comportait de la même façon, restant loin de moi et parlant à peine. J'avais envie de l'attraper et de la traîner dans mon bureau pour l'embrasser jusqu'à ce qu'elle arrête d'agir comme si nous étions des étrangers, mais cela aurait définitivement franchi la ligne.

Quand j'ai embrassé Laura pour la première fois, j'en ai parlé à Ally. En tant que ma directrice commerciale, je voulais qu'elle soit au courant du changement dans notre relation. Je voyais cela comme une façon de protéger Laura et de m'assurer qu'elle sache que rien n'arriverait à son emploi. Je n'étais pas sûr si Ally avait dit à Laura qu'elle était au courant pour nous, mais les regards compatissants qu'Ally me lançait disaient qu'elle savait quelque chose qui n'était pas bon pour moi.

Qu'étais-je censé faire ?

J'avais trois choix. Je pouvais demander à Ally, demander à Laura, ou aller à la soirée entre mecs et voir s'ils avaient des idées. J'ai complètement flippé et me suis caché dans mon bureau jusqu'à ce qu'Ally et Laura partent. J'avais besoin d'aide d'hommes qui avaient réussi à avoir des relations stables.

O'Kelley's était bondé, mais pas au point de m'empêcher de me frayer un chemin jusqu'au bar. Il y avait un tabouret vide au bout, à côté de Ramsey. J'ai demandé si je pouvais me joindre à eux avant de m'approprier le tabouret. C'étaient les amis de Laura, et si je me plantais sérieusement, je ne voulais pas les mettre mal à l'aise.

—Bien sûr. Comment ça va ? demanda Ramsey.

J'ai secoué la tête. —J'ai connu mieux.

Hudson a posé un verre bleu devant moi. —Essaie ça.

J'ai soulevé le verre et pris une gorgée. —Bon sang. C'était bon. Sucré mais pas trop, avec un coup d'alcool évident. — Qu'est-ce qu'il y a là-dedans ?

—Recette secrète. Bon ?

—Très. Content d'être venu à pied pour pouvoir en prendre un autre.

Hudson a hoché la tête et souri. C'était un grand gaillard

comme moi, mais il avait définitivement un côté doux. Ça se voyait dans ses yeux. Il prenait soin des gens. Je le reconnaissais chez les autres parce que je l'avais aussi. Pour Hudson, c'était servir des verres et se cacher derrière une façade de dur à cuire. Pour moi, c'était les soigner et me cacher derrière la blouse blanche.

—Pourquoi ta semaine a été mauvaise ? demanda Ian.

J'ai jeté un coup d'œil par-delà Ramsey jusqu'à l'endroit où il était assis. De la curiosité, pas du jugement, se lisait dans son regard. Les autres hommes étaient pareils. Ils n'étaient pas là pour me dire que j'avais tort. Ils voulaient aider. C'était pour ça que j'étais venu.

—J'ai eu un rendez-vous avec Laura mardi soir.

Les hommes ont échangé des regards surpris.

—Tu vas vite, dit Gavin. —Impressionnant, Doc.

—Trop vite, je suppose. Nous... je pensais qu'elle était au même point que moi, mais le rendez-vous... elle ne m'a pas parlé depuis.

—Qu'est-ce que tu as fait ? demanda Hudson, sa voix empreinte de menace et de danger. L'homme protecteur qui veillait sur moi un instant plus tôt était prêt à m'arracher la tête.

—Je n'en ai aucune idée, lui ai-je dit honnêtement. —Je l'ai embrassée sur la joue, mais je ne l'ai pas touchée autrement avant que tu n'ailles plus loin.

Hudson s'est détendu assez pour ne plus avoir l'air de vouloir me mettre en pièces à mains nues, même si je ne doutais pas qu'il en était absolument capable. —Pourquoi ne te parle-t-elle pas ?

J'ai secoué la tête. —Je ne sais pas. Je ne lui parle pas non plus, mais seulement parce que je n'ai aucune idée de ce qui était si terrible.

—Parle-nous du rendez-vous, dit James. —On peut l'analyser.

—D'accord. J'ai fait des réservations au Starlight Overlook. Le propriétaire et le chef sont des amis à moi. Je suis allé la chercher et je l'ai embrassée sur la joue seulement, puis nous sommes allés au restaurant. Nous avions une table près de l'eau pour voir le château de Boldt et regarder le coucher de soleil. Le propriétaire nous a attribué un serveur dédié pour la soirée afin que nous n'ayons pas à attendre quoi que ce soit. J'ai précommandé tout notre repas avec un menu spécial que le chef a préparé juste pour nous, vin compris. Nous avons discuté, un peu, mais elle n'était pas détendue et ne semblait pas s'amuser. À la fin du dîner, elle a dit qu'elle était fatiguée et voulait rentrer, alors je l'ai ramenée chez elle, je l'ai accompagnée jusqu'à la porte, et elle est entrée sans me laisser la chance de l'embrasser ou de dire quoi que ce soit.

J'ai regardé les hommes assis autour de moi et étudié leurs différents degrés d'amusement et d'étonnement.

—Quoi ? ai-je demandé. Ils savaient évidemment quel était le problème.

Ramsey a regardé les autres. —Je suis avec Melody depuis la moitié de ma vie. J'ai besoin que l'un de vous lui explique ça.

Ian se pencha en avant. —Les femmes ne veulent pas d'un homme qui pense à leur place.

—Pardon ?

—Ou d'un homme qui leur dit quoi faire, ajouta James.

—Ou qui ne les laisse pas faire leurs propres choix, renchérit Rowan.

—Et certaines ne veulent pas d'un homme qui les rend heureuses, mais je ne pense pas que ce soit ton problème, dit Sebastian Parks.

Je les fixai bouche bée et secouai la tête. —De quoi diable parlez-vous ?

—Tu sors souvent en rendez-vous ? demanda Colin.

J'haussai les épaules. —Quelques-uns, je suppose. Pourquoi ?

—Est-ce que tu emmènes toujours tes rencards dans des restaurants chics et commandes pour elles ? demanda Gavin.

J'haussai à nouveau les épaules. —Parfois. Mes joues se réchauffèrent tandis que les autres écarquillaient les yeux. —Quoi ?

—Pourquoi ? demanda Ian.

—Pardon ?

—J'ai dit pourquoi. Pourquoi vas-tu dans des restaurants coûteux et commandes-tu un menu spécial ? Pourquoi ne la laisses-tu pas commander ? Ou prendre un burger et s'asseoir au bord de l'eau ? dit Ian.

—Je... en quoi est-ce mal de vouloir impressionner une femme ? De lui offrir des choses qu'elle n'a pas ? De faire étalage de mon argent puisque j'en ai plein ? répliquai-je. Pourquoi me jugeaient-ils ? Je pensais qu'ils étaient censés être des amis ou quelque chose comme ça.

—Bon, écoute. Ces gars ne sont pas prêts à te le dire franchement, dit Ramsey. Il se tourna vers moi. —Avoir de l'argent, c'est génial. Le partager avec les gens qui te sont chers, c'est génial. L'impressionner, c'est génial. Mais il y a quelques problèmes. D'abord, Laura ne sera pas impressionnée par ton argent. Elle sait que tu en as, et je dois te demander, si elle était impressionnée par ton argent, voudrais-tu vraiment d'elle ? Tu n'as pas à répondre, réfléchis-y simplement.

—Deuxièmement, dit Hudson, —si tu fais étalage de ton argent, tu lui dis que c'est tout ce que tu es. Je le vois tout le temps. Des mecs, et certaines femmes, viennent ici et dépensent des sommes considérables pour impressionner leur rencard. Tout ce que cela indique à l'autre personne, c'est que l'argent est tout ce qu'ils ont à offrir. Ça donne l'impression que tu n'as pas beaucoup de personnalité.

—Ce n'est pas vrai.

—C'est là qu'on arrive à la troisième raison pour laquelle ça t'a explosé à la figure, dit James. —Pourquoi l'as-tu invitée ? Était-ce pour te montrer ou pour la montrer ? Trinity déteste quand elle ne sait pas où nous allons. Elle veut pouvoir s'habiller correctement. Laura s'est probablement sentie déplacée, mais plus que ça, tu essayais de te montrer. Tu ne cherchais pas à la connaître ou à savoir si vous fonctionniez bien ensemble. Tu voulais juste qu'elle pense que tu as du fric, ce qu'elle sait déjà parce que tu paies son putain de salaire.

—Donc, c'est parce que je suis son patron ? demandai-je.

Ils ricanèrent tous et secouèrent la tête. Je n'avais aucune idée de ce qui se passait.

—Écoute, nous connaissons tous Laura. Elle est drôle, flirteuse, gentille et généreuse. L'argent ne l'impressionne pas. Elle vient ici quelques soirs par semaine et mange un burger ou un sandwich. Elle n'est pas sophistiquée. Mais elle est intelligente. Commander pour elle et faire étalage de ton argent lui a probablement donné l'impression que tu ne t'intéresses pas à qui elle est ou à ce qu'elle pense. Tu ne l'as même pas laissée choisir sa propre nourriture, dit Hudson.

—Et c'est si important ?

Ils acquiescèrent tous.

—Mon père commandait tout le temps pour ma mère quand on sortait, leur dis-je.

—Le faisait-il après qu'ils aient été ensemble un moment ou lors d'un premier rendez-vous ? Parce qu'à moins que tu ne saches ce qu'elle aime et que ce soit un endroit où vous êtes allés des tas de fois, et que tu saches qu'elle ne cherche pas à essayer quelque chose de nouveau, ne commande jamais, jamais pour une femme, dit Ian.

—Je n'ai jamais commandé pour Melody, et nous sommes ensemble depuis une éternité, dit Ramsey.

—Sérieusement ?

Ils acquiescèrent tous à nouveau.

—Merde, dis-je en me frottant le visage. —Donc, tout ce que j'ai fait pendant ce rendez-vous l'a énervée ?

— À peu près, oui, dit James.

— Comment je répare ça ?

Ils grimacèrent tous.

— Tu peux t'excuser. Essaie d'expliquer ce que tu pensais, dit Colin.

— Quoi que tu fasses, ne la blâme pas, dit Gavin.

— Et complimente-la. Beaucoup, ajouta Ramsey.

Je regardai les hommes assis là et secouai la tête. — Les rencontres, c'est nul.

Ils éclatèrent tous de rire.

— Ouais, mais quand tu trouves la bonne personne, ça en vaut la peine, dit Ian.

— Absolument, approuva Colin avec un sourire jusqu'aux oreilles.

— Alors je suppose que je ferais mieux de faire tout ce qu'il faut pour arranger les choses. Au cas où, dis-je.

Ils m'adressèrent tous des sourires complices. Je racontais n'importe quoi. J'étais déjà fichu. Ce qui signifiait que je n'avais pas d'autre choix que d'arranger les choses avec Laura. Quoi qu'il arrive.

12

LAURA

— Tu ne lui as pas du tout parlé ? demanda Karissa.

J'ai secoué la tête. Karissa et Sofia sont venues dîner après le travail. Nous étions encore en train de faire connaissance avec Sofia, mais quand j'ai réalisé que Piper travaillait tous les jeudis soir à O'Kelley's et que Sofia était généralement seule, je l'ai invitée plutôt que de risquer de revoir Nico au bar.

—Je ne te blâme pas, dit Sofia. Elle a tordu ses cheveux blonds en queue de cheval et les a attachés. —Je ne serais pas contente non plus, et pourtant je ne sors avec personne.

Karissa a hoché la tête. —Je ne sais pas ce qui lui est passé par la tête, mais il a toujours été un peu bizarre. Je ne sais pas s'il comprend les normes sociales. J'imagine que Veronica ne lui a pas appris comment se comporter lors d'un rendez-vous.

Ça me faisait encore mal de penser à lui avec Veronica, même si je savais qu'il n'était pas fait pour moi. —Eh bien, elle peut l'avoir tout à elle. J'avais juste l'impression qu'il ne s'intéressait pas du tout à moi. Il voulait montrer à tout le monde qu'il a de l'argent. Ce n'est simplement pas mon truc.

—Pas le mien non plus. L'argent ne règle pas tout et n'efface certainement pas une personnalité pourrie, dit Sofia.

—On dirait que tu parles d'expérience, dit Karissa.

Les joues de Sofia ont rosi et elle a forcé un petit sourire. —Malheureusement, oui.

Karissa et moi avons échangé un regard pendant que Sofia sirotait son eau. Nous n'avions pas appris grand-chose sur elle, mais ce n'était pas vraiment important. Elle était amie proche avec Piper et elle était gentille et drôle. Il lui a fallu un peu de temps pour commencer à se sentir à l'aise avec nous, ce qui était compréhensible. Elle pouvait garder ses secrets.

—Au moins maintenant tu sais, dit Karissa. —Tu peux arrêter de te demander comment les choses seront et cesser d'espérer qu'il te remarque. On dirait qu'il ne va remarquer personne d'autre que lui-même.

J'ai tristement hoché la tête. Je ne voulais pas que les choses soient terminées avec Nico, mais je n'étais pas prête à renoncer à qui j'étais pour être avec lui. S'il ne s'intéressait pas à moi, alors nous n'étions pas faits l'un pour l'autre, peu importe à quel point il me plaisait.

—Sebastian dit que les hommes sont généralement des idiots. Penses-tu que peut-être Nico ne savait pas qu'il se comportait comme un crétin ? demanda Sofia.

—On reviendra sur Sebastian dans une minute, mais je ne sais pas. Est-il possible qu'un homme pense vraiment que commander pour toi est sexy ? demanda Karissa.

J'ai haussé les épaules. —Oui, techniquement, il a commandé pour moi, mais ce n'était pas comme s'il avait regardé le menu et décidé que je ne pouvais pas le faire moi-même. Il a commandé un menu personnalisé. C'était incroyable, mais je n'ai pas pu penser par moi-même du tout.

—J'aurais été agacée par tout ça, mais j'aurais aussi été complètement mal à l'aise dans un endroit comme celui-là, dit Sofia.

—Je l'étais, ai-je admis. —Je ne pouvais pas en profiter parce que j'avais l'impression que tout le monde me regardait quand nous sommes entrés à cause de ma tenue. Puis toute la soirée, tout le monde nous observait parce que nous avions des plats différents et notre propre serveur. C'était juste bizarre. Et il était bizarre. Toute l'affaire était bizarre.

—S'il voulait sortir à nouveau, que dirais-tu ? demanda Karissa.

J'ai secoué la tête. —Il ne le veut pas, donc peu importe.

—Comment le sais-tu ? demanda Sofia.

—Il ne m'a pas parlé. Ça fait deux jours. Ce n'est pas comme un gars qui n'a pas appelé après un rendez-vous, c'est mon patron, avec qui j'ai passé la moitié de la journée aujourd'hui, qui ne m'a pas dit un mot. Je ne sais même pas si je vais encore avoir un emploi après tout ça.

—Je suis sûre que tu n'as pas à t'inquiéter, dit Karissa.

Sofia et Karissa ont souri et m'ont tapoté les mains comme si j'étais sénile et incapable de prendre soin de moi-même. J'ai essayé d'en rire, mais c'était un peu blessant. J'avais trop idéalisé Nico au fil des ans. La réalité était douloureuse.

Le minuteur du four a sonné et nous avons sorti nos pizzas individuelles. Nous les avons posées sur le comptoir pour les laisser refroidir quelques minutes pendant que les odeurs faisaient gargouiller nos estomacs. Nous avons toutes ri.

—D'accord, alors toi et Sebastian, dit Karissa à Sofia. —Qu'est-ce qui se passe ?

—Absolument rien, comme je le répète. Et c'est comme ça que je le veux. Comme nous le voulons tous les deux, dit Sofia.

—Vraiment ? demanda Karissa. —Vous semblez très proches tous les deux.

—Je suppose que nous le sommes, mais comme je l'ai déjà dit, il n'y a rien entre nous. Quand Piper et Gavin ont commencé à faire des projets et à rénover l'auberge, Piper m'a impliquée. Sebastian est là depuis si longtemps qu'il connaît chaque recoin de cet endroit. Nous travaillons beaucoup ensemble, mais c'est tout.

—Ça n'a pas l'air si simple, lui ai-je dit.

Elle a haussé les épaules. —Ça l'est. Nous parlons et nous avons des choses en commun, mais il est comme un frère pour moi. Je n'ai aucun intérêt pour lui. Il est toujours amoureux de Zoey, mais même s'il ne l'était pas, nous sommes juste amis.

—Peut-être que je devrais faire ça. Juste être amie avec les hommes au lieu de les voir tous comme des rendez-vous potentiels, ai-je dit.

Karissa pouffa. —Je ne suis ni l'un ni l'autre. Je ne sors avec personne et je n'ai pas d'amis masculins. Pas ceux qui ne sont pas déjà avec une de mes amies. Je ne me souviens même pas de la dernière fois où j'ai eu un rendez-vous. Même un mauvais rendez-vous serait déjà quelque chose.

—Tu es trop difficile, lui dis-je.

Elle hocha la tête. —C'est vrai. Surtout après toutes les recherches pour l'application. Je ne sais pas. J'aimerais trouver quelqu'un, mais pas juste pour le plaisir. Je veux quelqu'un avec qui je peux vraiment construire ma vie. Quelqu'un que je peux aimer comme ma mère et mon père s'aimaient ou comme ma mère et Eddie s'aimaient.

—Est-ce que je t'ai dit que j'ai vu Eddie la semaine dernière ? Il était à la clinique, dis-je.

—Eddie était à la clinique ? demanda Karissa. Son visage pâlit et elle attrapa son téléphone.

—Désolée, il va bien. Je n'aurais pas dû le dire comme ça.

J'ai eu la même pensée. Il était là avec Peter. Peter va faire l'agrandissement pour Nico. À l'étage.

—Je ne savais même pas qu'il y avait un étage, dit Karissa.

Je secouai la tête. —Moi non plus. Du moins pas un qu'il comptait utiliser. C'est un grand espace ouvert qu'il va transformer en centre de perfusion. Plus de places pour qu'on puisse aider plus de gens.

—Vous pouvez ? Ça a toujours l'air assez chargé là-bas.

—C'est vrai. Il va embaucher plus de personnel pour aider.

—Wow. Tu vois, c'est pour ça qu'il est difficile de renoncer à un homme comme lui. Parce qu'au bout du compte, c'est un homme bien, dit Karissa.

—Qui n'a juste aucune idée de comment traiter une femme, ajouta Sofia.

Je gloussai et acquiesçai, d'accord avec elles deux. C'était nul, mais c'était vrai.

Après nous être empiffrées de pizza et avoir regardé un film, Karissa et Sofia sont rentrées chez elles. Je me suis blottie sur mon canapé et j'ai pensé à Nico et notre rendez-vous. Était-ce mal de vouloir contacter mon dernier match après un tel désastre ? J'avais besoin d'un remontant, et d'un rappel que tous les hommes n'étaient pas de parfaits idiots. Non pas que je sache vraiment comment serait Dictateur, mais j'avais de l'espoir.

Avant de pouvoir hésiter, je lui ai envoyé un message.

AUCUN REGRET

Quelle est la dernière série que tu as regardée d'une traite ?

J'ai grimacé quand le message est parti. J'étais si nulle

pour flirter. Bon sang, je ne savais même pas si je flirtais. J'avais juste besoin de quelque chose de nouveau à regarder.

DICTATEUR

Tu m'invites à Netflix and chill ?

Mes joues se sont échauffées à son message. Je ne dirais pas non, mais je ne connaissais pas le gars.

AUCUN REGRET

Euh, ce n'est pas ce que je voulais dire, mais peut-être un jour. Si je décide de te garder assez longtemps.

DICTATEUR

On dirait qu'il y a beaucoup de ça en ce moment.

AUCUN REGRET

Beaucoup de quoi ?

DICTATEUR

Rien, désolé. Et je ne regarde pas beaucoup la télé, donc je ne peux même pas te recommander une bonne série.

AUCUN REGRET

C'est vrai. J'avais oublié. Science-fiction et fantaisie pour toi. Des films ?

DICTATEUR

J'en ai vu un bon le week-end dernier. Je regarde des films plus anciens ces derniers temps. De quand j'étais plus jeune. J'ai récemment regardé L'Expérience interdite (Weird Science). Tu l'as déjà vu ?

> AUCUN REGRET
>
> Je l'ai vu. C'était bon, mais ça fait des
> années que je l'ai regardé. Mais bonne idée
> de chercher quelque chose de plus ancien.
> Je parcours toujours les nouvelles sorties et
> je finis par ne rien trouver. Peut-être que je
> devrais regarder en arrière.

DICTATEUR

Tu as travaillé aujourd'hui ?

> AUCUN REGRET
>
> Ouais. Ça a été une semaine difficile.

DICTATEUR

Tu veux en parler ?

> AUCUN REGRET
>
> Pas vraiment. J'ai comme une règle de ne
> pas parler à mes matchs des autres
> personnes avec qui je parle ou que je vois.
> Je ne pense pas que ce soit juste.

DICTATEUR

Ah, donc un mauvais rencard. Compris.
Désolé. Ça craint.

> AUCUN REGRET
>
> C'est vrai, mais ça arrive. Comment s'est
> passée ta semaine ?

DICTATEUR

À peu près comme la tienne.

> AUCUN REGRET
>
> MDR ! J'imagine que c'est pour ça que tu es
> chez toi ce soir, aussi.

DICTATEUR

Je viens juste de rentrer en fait. J'ai retrouvé
un ami dehors.

AUCUN REGRET

Si ami est un mot de code pour un plan cul,
tu peux simplement me le dire. Je ne nous
considère pas comme exclusifs. Tu sais,
puisqu'on ne s'est jamais rencontrés.

DICTATEUR

Non, pas un mot de code. Bon à savoir pour
le truc d'exclusivité.

AUCUN REGRET

Rends-moi fou !

DICTATEUR

Euh, quoi ?

AUCUN REGRET

Le film. Je viens de le trouver. Tu l'as
déjà vu ?

DICTATEUR

Jamais entendu parler.

AUCUN REGRET

Il est génial. C'est comme Tu ne peux pas
m'acheter l'amour, mais 10 ans plus tard
environ.

DICTATEUR

Je ne connais pas celui-là non plus. Je crois
que j'ai besoin d'élargir mes centres
d'intérêt.

AUCUN REGRET

Tu en as vraiment besoin. Les films
romantiques à l'eau de rose t'aideront
totalement avec les rencontres. La plupart
des femmes adorent ça.

DICTATEUR

J'ai besoin de toute l'aide possible.

AUCUN REGRET

Tu regardes ?

DICTATEUR

Eh bien, tu m'as invité à Netflix and chill...

AUCUN REGRET

Tu me donnes envie de continuer à essayer.

DICTATEUR

Continuer à essayer ?

AUCUN REGRET

Après mon rendez-vous catastrophique, je
n'étais pas sûre de vouloir réessayer. Tu me
donnes envie de le faire.

DICTATEUR

Tu as juste besoin de choisir la bonne
personne.

AUCUN REGRET

Je pensais l'avoir fait. Peut-être que je me
suis fait trop d'illusions.

DICTATEUR

Il a probablement menti sur qui il était. Tu as
dit que tout le monde le fait. C'est nul de se
faire mentir. Je suis désolé que ça te soit
arrivé.

AUCUN REGRET

Merci mais je ne pense pas qu'il ait menti. Je
crois que j'ai juste vu quelque chose qui
n'existait pas.

DICTATEUR

Ne sois pas triste. Je vais te raconter une
histoire. Il était une fois une femme. Elle était
belle, intelligente et incroyablement drôle.
Elle avait tout pour elle. Tous les hommes la
voulaient. Mais elle n'avait aucun intérêt à
sortir avec eux. Parce qu'elle pouvait lire
dans leurs pensées, et elle savait qu'ils la
voulaient tous pour une seule chose.

AUCUN REGRET

Je parie que je peux deviner quoi.

DICTATEUR

Exactement. Alors elle évitait les hommes et a finalement arrêté de sortir en public parce qu'elle pouvait entendre les pensées de tout le monde. Un jour, elle a décidé d'essayer à nouveau, mais elle s'est déguisée. Elle a caché ses cheveux sous un foulard et elle portait des vêtements étranges et des bottes massives. Personne ne l'a reconnue. Personne ne l'a approchée. Elle était en paix. Elle pouvait se promener et elle entendait toujours les pensées des gens, mais elle se sentait libre.

AUCUN REGRET

Ça a l'air pas mal.

DICTATEUR

C'était le cas. Pendant qu'elle marchait, elle souriait et entendait les désirs des gens autour d'elle. Elle voulait aider et réfléchissait aux moyens de le faire quand elle a entendu quelqu'un se demander où elle était. Un homme. Il aimait voir son sourire et ça lui manquait, et il se demandait ce qui lui était arrivé. Elle a regardé autour d'elle et a cru le voir de l'autre côté de la rue. Elle a commencé à marcher pour lui dire bonjour, est passée devant une voiture, et est morte.

J'ai fixé mon téléphone. J'avais envie de le jeter à travers la pièce.

AUCUN REGRET

C'est quoi ce bordel ? C'était horrible !

DICTATEUR

Non, c'est la vie. Ton pseudo est Aucun
regret. Cette femme en avait des tonnes. Elle
vivait dans la peur. Au lieu de dire à tout le
monde de lui foutre la paix, elle s'est cachée.
Quand elle a finalement trouvé quelqu'un qui
la voulait pour une raison différente, elle est
morte. Elle aurait pu le chercher avant, mais
elle a attendu. Elle a laissé les autres lui dire
qui elle était et a cessé d'écouter ses propres
désirs. Elle a vécu et est morte avec des
regrets. Ça arrive tout le temps.

AUCUN REGRET

D'accord, mais sérieusement ? Cette histoire
était cruelle. Je suis presque en larmes ici.

DICTATEUR

Tu n'es pas cette femme, Aucun regret. Tu
vis ta vie. Tu ne te caches pas du prochain
rendez-vous ou match ou expérience. Tu es
forte.

AUCUN REGRET

Merci.

DICTATEUR

Je t'en prie. Merci de discuter avec moi. Ça
rend mes journées bien meilleures.

AUCUN REGRET

Les miennes aussi.

Nous avons continué à discuter par intermittence
pendant le film, mais je réfléchissais plutôt à son histoire. Je
ne voulais pas traverser toute ma vie en me demandant si les
choses auraient pu être différentes. J'avais essayé avec Nico.
J'avais tenté ma chance. Je voulais que ça se passe bien. Nous
n'étions simplement pas compatibles, et je ne pouvais pas le
regretter éternellement.

Je ne pouvais pas non plus souhaiter éternellement que

les choses soient différentes. Je ne pouvais pas changer qui j'étais pour accepter qu'il prenne toujours le contrôle. Au travail, il devait donner les directives. C'était lui qui avait les connaissances pour traiter nos patients. Il était l'expert. Mais en dehors du travail, nous devions être égaux. S'il ne pouvait pas supporter cela, je n'étais pas prête à continuer d'essayer.

Quand le film s'est terminé, j'ai dit bonne nuit à Dictateur. J'avais envie de continuer à lui parler, mais ce ne serait pas meilleur pour moi que d'espérer que les choses changeraient avec Nico. Je devais me concentrer sur ce que je voulais et ce dont j'avais besoin dans une relation.

Le lendemain matin, je suis allée au travail la tête haute et avec la décision d'abandonner mon attitude envers Nico. Notre rendez-vous n'avait pas fonctionné, mais il restait mon patron et j'aimais toujours mon travail.

J'ai rangé mes affaires dans mon casier et attaché mes cheveux. Je rassemblais mes fournitures pour aller au bureau et examiner mes dossiers du jour quand Dr. Allison s'est éclairci la gorge.

—Bonjour, a-t-il dit.

Je me suis retournée et ai forcé un sourire. Mon Dieu, je le désirais encore. Je ne voulais pas, mais je ne pouvais pas m'empêcher d'imaginer ses mains sur moi.

J'ai réprimé mon désir et dit, —Bonjour, Dr. Allison.

Il a tressailli, un mouvement à peine perceptible. —Je me demandais si nous pouvions parler un instant.

J'ai incliné la tête. Ça ne semblait pas être lié au travail ou il aurait simplement exprimé ce qu'il avait en tête. Ce qui signifiait... —Bien sûr.

—Merci. Accepteriez-vous de venir dans mon bureau ? Pour que nous puissions parler en privé ?

J'ai hoché la tête, ma gorge incapable de se détendre pour que je puisse articuler des mots. Je l'ai suivi dans le couloir jusqu'à son bureau. Il a attendu que je sois à l'intérieur puis a fermé la porte derrière moi. Il s'est éloigné de la porte, mettant de l'espace entre nous. Un espace bien nécessaire.

—Je, euh...je voulais m'excuser pour notre rendez-vous de l'autre soir.

—Euh, d'accord ?

Il a soupiré et passé une main sur sa barbe. —Je sais que vous ne vous êtes pas amusée, et je sais maintenant que c'était entièrement ma faute. J'attendais notre rendez-vous avec impatience et j'ai dépassé les limites. J'admire votre esprit, Laura. Je suis attiré par tout ce que vous êtes. Je voulais vous impressionner, mais j'ai fini par passer pour un crétin. Je voulais vous dire que je suis désolé.

Je n'avais jamais vu ce côté de Nico. Le côté humble. Il était confiant et ne faiblissait jamais. Le voir incertain et plein de remords était différent.

—Euh, merci. Je ne savais pas quoi dire d'autre. Je me suis tournée pour partir, mais il m'a arrêtée.

—Je...je sais que je ne mérite pas une autre chance, mais je me demandais si vous voudriez sortir à nouveau.

J'ai fait une pause et lui ai fait face. Il m'observait. Ses yeux ne quittaient jamais mon visage. Ses bras pendaient à ses côtés. Son costume épousait ses épaules. Malgré mon insistance sur le fait que j'en avais fini, j'avais du mal à prononcer les mots.

—Je n'en suis vraiment pas sûre. C'était...

—Je sais. Et c'est entièrement ma faute. Je n'aurais jamais dû t'emmener quelque part sans te dire où nous allions. Je n'aurais pas dû commander pour nous sans te donner la chance de décider par toi-même. Je n'aurais pas dû contrôler la soirée. Je veux apprendre à te connaître. Si tu es prête à réessayer, on peut aller dîner et jouer aux fléchettes chez O'Kelley. Ou tu peux venir sur mon île et je peux cuisiner pour nous. Ou on peut descendre à Syracuse et aller dans ce petit restaurant cubain que je connais... Je recommence. Je suis désolé. La plupart des femmes avec qui je suis sorti voulaient sortir avec le médecin.

J'ai souri. —Je travaille avec le médecin... pour le médecin. Je ne veux pas sortir avec lui.

Il a inspiré profondément et a hoché la tête. —Je comprends.

—Je voulais sortir avec Nico. Je voulais te connaître.

Il a hoché la tête à nouveau.

—Dîner et fléchettes chez O'Kelley, ça pourrait être pas mal, ai-je dit.

Son regard a croisé le mien. Ses yeux sombres et profonds se sont illuminés. —Est-ce que tu me donnes une autre chance ?

J'ai acquiescé. —Une dernière chance.

—Merci. Je ne gâcherai pas tout cette fois.

J'ai souri. —On verra bien.

Son expression a changé, passant de l'homme humble au prédateur que je savais qu'il était. Il a fait un pas vers moi, mais j'ai secoué la tête.

—Non. Je n'arrive pas à réfléchir clairement quand tu fais ça.

Il a ri doucement et s'est arrêté. —Je connais ce sentiment. Est-ce que demain soir te convient ?

—Oui. Dix-neuf heures ?

—À demain alors.

J'ai hoché la tête.

—Laura ?

—Oui ?

—Cette robe que tu portais l'autre soir t'allait à merveille.

Mes joues se sont réchauffées. —Merci.

Il a soutenu mon regard jusqu'à ce que je quitte son bureau. Bon sang.

13

L'air frais me faisait du bien. J'en avais besoin pour me vider l'esprit. Ça m'apportait de la clarté. Ou quelque chose comme ça. Tout ce que je savais, c'est que ça m'a déliée la langue pendant que je me promenais à la Ferme d'Érable de la Famille Jones avec Elise et Willow. Ramsey, Melody et Amber étaient devant nous.

—Est-ce que j'aurais dû dire non ? leur ai-je demandé.

—Non, a dit Willow fermement. C'était un seul rendez-vous. Tu le regretterais si tu ne lui donnais pas une autre chance.

—Je suis d'accord avec elle. S'il continue à se comporter comme ça, tu n'es pas obligée de lui donner des chances illimitées, mais il a l'air de vouloir être un mec décent. Il ne sait juste pas comment s'y prendre, a dit Elise avec un sourire narquois.

J'ai levé les yeux au ciel. Je n'ai pas envie de sortir avec un crétin.

—J'en ai fréquenté pas mal de ceux-là, a dit Willow. Ça n'en vaut pas la peine.

—Je pense qu'il est juste mal guidé, a dit Elise. Tu as

toujours dit du bien de lui, tout comme Karissa. Il est très doué dans ce qu'il fait, mais il est prudent. Il ne semble pas avoir beaucoup de personnes dans sa vie. Colin a dit qu'il est venu chez O'Kelley's, mais qu'il a failli partir les deux fois. Ses compétences sociales laissent un peu à désirer.

—Tout le monde n'a pas de bonnes aptitudes sociales. Peut-être qu'il est juste habitué à être le Dr Allison et qu'il ne sait pas vraiment comment être Nico, a dit Willow.

—Je ne suis pas sûre de pouvoir supporter de devoir toujours gérer ses deux facettes. Je ne veux pas sortir avec quelqu'un qui ne peut pas être lui-même. Ou quelqu'un dont je dois deviner qui il est chaque fois qu'on se parle, ai-je dit.

—Tu ne devrais pas avoir à le faire, a dit Willow. Rowan a son côté flic, mais quand il n'est pas au travail, il est différent. Oui, il reste un dur à cuire et un alpha, mais il ne me surveille pas pour repérer les trucs négatifs. Il sait qu'il doit se calmer. Ça pourrait prendre un peu de temps à Nico pour comprendre la même chose. Surtout si toutes les autres femmes qu'il a fréquentées le voulaient pour son titre.

—C'est nul, a dit Elise. Je sais qu'il y a des gens comme ça, mais c'est une situation difficile pour lui. Que les gens ne s'intéressent qu'à son argent ou à son statut ou je ne sais quoi. Je ne pensais pas que les gens d'ici se souciaient de ce genre de choses.

—Combien de femmes ont dragué Colin quand il est arrivé ici ? Parce qu'il possède cet endroit ? lui ai-je demandé.

Elise a gémi et hoché la tête. C'est vrai. Bien sûr, j'ai vécu dans une caravane la majeure partie de ma vie d'adulte. J'étais bien plus préoccupée par me sentir en sécurité et être indépendante que par l'argent.

—Ta caravane était géniale. Je suis toujours fière que tu l'aies vendue pour emménager avec Colin, lui ai-je dit.

Elle a souri et ses joues ont rosé. Il est différent de tous ceux que j'ai connus. Je n'aurais jamais pensé trouver quelqu'un comme lui.

—Je suis tout à fait d'accord, a dit Willow. Rowan est différent des autres hommes que j'ai fréquentés. J'avais presque abandonné l'idée de trouver quelqu'un.

—J'en suis pratiquement là, ai-je admis. J'ai continué à sortir avec des gens ces derniers temps parce que je veux croire que je peux trouver quelqu'un, mais j'ai presque abandonnÉ.

—Et ton dernier match ? Je pensais que tu aimais discuter avec lui, a dit Elise.

J'ai hoché la tête. C'est vrai. Je pense qu'il a du potentiel, mais—

—Tu n'es pas encore prête à renoncer à Nico, a complété Willow pour moi.

—Ouais.

—C'est compréhensible. Tu es amoureuse de Nico depuis que tu as emménagé ici, a taquiné Elise.

Mes joues ont chauffé et j'ai secoué la tête. Peut-être pas depuis si longtemps.

Elise a ri. Alors tu fais ce qu'il faut en lui donnant une autre chance. Tu te dois de découvrir s'il est l'homme que tu as toujours pensé qu'il pourrait être. S'il mérite d'être aimé.

J'ai pris une inspiration et j'ai hoché la tête. —Tu as raison.

—Depuis quand es-tu devenue si sage ? a demandé Willow.

—Probablement au même moment où tu as cessé de te comporter comme une idiote et que tu as réalisé que tu devais changer, a dit Elise.

J'ai secoué la tête. Elise et Willow étaient devenues amies ces derniers mois, principalement parce qu'Elise refusait de prendre des gants avec Willow. Willow respectait le fait qu'Elise soit prête à lui rappeler ses erreurs passées. J'étais simplement heureuse de les voir toutes les deux sourire.

Nous avons marché encore un peu puis nous sommes retournées à la grange. L'agitation s'était calmée et la plupart des visiteurs étaient partis pour la journée. J'ai acheté du beurre d'érable et un kit pour faire des pancakes, puis j'ai dit au revoir à mes amies et je suis partie me préparer pour mon rendez-vous.

Après ma douche, j'ai hésité sur ce que j'allais porter. J'étais frottée et récurée, me sentant resplendissante et bien dans ma peau. Je me suis enduite de lotion et j'ai fixé mon placard, toujours indécise sur ce que je voulais mettre.

Nico avait dit qu'il aimait ma robe, mais nous allions chez O'Kelley's. Porter une robe là-bas donnerait l'impression que j'en faisais trop. Beaucoup trop. C'était à lui de faire des efforts cette fois. Je voulais être à l'aise.

J'ai finalement opté pour un jean qui mettait mes courbes en valeur et un haut long, doux et confortable qui me faisait sentir bien. J'ai ajouté une veste légère puisque le printemps n'était encore qu'une suggestion pour ce temps capricieux, et je suis sortie.

Je n'ai pas vu Nico quand je suis arrivée chez O'Kelley's, alors j'ai pris place au bar et j'ai souri à Hudson.

—Tu es très élégante. Tu as rendez-vous avec quelqu'un ? a-t-il demandé en me préparant un verre qu'il a posé devant moi.

—C'est le cas.

—Un rendez-vous amoureux ?

—Oui, mais ne t'inquiète pas. Il ne vient pas de l'application.

—Vraiment ? Tant mieux pour toi. Quelqu'un que je connais ?

Je lui ai souri. —Tu es doué, tu sais ça ?

—Je ne vois pas du tout de quoi tu parles, a-t-il dit avec un sourire narquois qui me montrait qu'il savait exactement ce qui se passait.

Il a commencé à me préparer un autre verre et j'étais sur le point de lui dire que je n'avais pas encore besoin d'un second quand Nico s'est glissé sur le tabouret à côté de moi.

—Salut, a-t-il dit, ajoutant un signe de tête vers Hudson.

Hudson a fait glisser le verre qu'il préparait devant Nico. —Content de te voir, Doc.

Nico a souri et secoué la tête. —Merci. Toi aussi.

Je les ai observés tous les deux, sachant que je n'obtiendrais de réponses ni de l'un ni de l'autre.

—Vous allez commander quelque chose à manger ? a demandé Hudson.

—Oui. Tu veux commander maintenant ou attendre un peu ? m'a demandé Nico.

J'ai aperçu le sourire satisfait sur le visage de Hudson avant qu'il ne baisse la tête. —Attendons un peu.

Nico a hoché la tête et pris une gorgée de son verre. Il m'a vue le regarder et a dit : —Hudson a compris que j'aimais les boissons sucrées. Je ne sais pas ce que c'est, mais c'est bon.

—Des boissons sucrées ? ai-je demandé.

Nico a acquiescé. —Un de mes nombreux secrets. J'ai commandé une bière et il m'a démasqué. Je fais des cocktails à la maison, mais je bois rarement de la bière sauf quand je suis sorti.

—Des boissons sucrées ? ai-je redemandé.

Il a ri et hoché la tête. —Oui. J'aime mes femmes comme j'aime mes boissons. Extra sucrées.

J'ai pouffé de rire et j'ai fait un mouvement pour me lever. —Je suppose que ce rendez-vous est terminé.

Il a ri et a posé sa main sur ma cuisse pour me retenir. J'ai baissé les yeux vers celle-ci et me suis léché les lèvres. Il l'a retirée, mais je me suis réinstallée sur mon siège.

—Je suis désolé, a-t-il dit. —Je devrais demander avant de poser mes mains sur toi.

—Ça ne m'a pas dérangée, ai-je avoué.

Son regard s'est fixé sur le mien tandis qu'il hochait lentement la tête. —Bon à savoir. Il a inspiré profondément, sa poitrine se soulevant avec ce mouvement. —Les fléchettes ? Ou tu préfères rester ici ? Peut-être prendre une table ?

J'ai acquiescé. —Prenons une table. On verra ensuite.

Nico a fait un signe à Hudson et a pris son verre. Le bar était bondé puisque c'était samedi soir. Dans une ville comme L'anse MacKellar, il n'y avait pas grand-chose à faire à part boire, donc O'Kelley's était toujours plein.

De l'autre côté de la piste de danse improvisée, il y avait une table intime pour deux. J'espérais trouver quelque chose de plus grand, peut-être une table pour quatre, mais c'était la seule table libre à ma connaissance.

—Celle-là te convient ? a demandé Nico, sa voix dans mon oreille. Ma nuque a frissonné sous son souffle.

J'ai acquiescé et me suis dirigée vers la table. Une fois assise, elle semblait encore plus isolée et retirée qu'elle ne le paraissait. Nous étions nichés dans un coin, si bien cachés que je n'étais pas sûre qu'on viendrait nous servir.

—Tu viens souvent ici avec tes amis ? a-t-il demandé.

—Encore des questions sur mes amis ?

Il a souri. —Je te connais, mais je ne te connais pas vraiment. Je sais ce que tu fais comme métier et où tu habites. Je ne sais pas où tu as grandi ni rien sur ta famille. Je te vois cinq jours par semaine, mais nous sommes pratiquement des étrangers l'un pour l'autre. Je veux te connaître, Laura, alors oui, je vais te poser des questions sur tes amis, ta famille, ton passé, et tu vas devoir me dire quand je deviens trop personnel parce que je veux tout savoir de toi.

J'ai dégluti difficilement, ma bouche soudainement sèche. Il me fixait avec attente, comme s'il attendait que j'ouvre la bouche et vomisse toutes les réponses à ses questions. Je n'étais pas sûre de ce que je devais faire ou dire. Je voulais le connaître aussi, mais il avait raison. J'avais construit cette image fantasmée de lui dans ma tête, mais je ne savais pas s'il ressemblait à l'homme que je pensais qu'il était. Je ne savais pas si le Nico que j'aimais, quand il montrait à quel point il se souciait des patients, était réel ou si c'était juste une façade.

—Je te l'ai déjà dit, mes amis sont des personnes formidables. Ils sont comme une famille pour moi. On est là les uns pour les autres quoi qu'il arrive.

—As-tu de la famille à part eux ? Je ne me souviens pas que tu aies pris des congés pour les fêtes.

J'ai secoué la tête. —Non, je n'ai pas de famille.

—J'en suis désolé.

J'ai souri. —Merci. Ma mère est morte il y a longtemps, et mon père l'a suivie peu après. Ils étaient fous amoureux l'un de l'autre. Perdre ma mère a été la chose la plus difficile pour mon père et je pense qu'il ne supportait tout simplement pas de vivre sans elle. Il devait la rejoindre.

—C'est à la fois triste et magnifique.

—Oui. Ils me manquent, mais je suis heureuse qu'ils soient ensemble. Ils m'ont montré à quoi ressemble vraiment l'amour. Je le vois aussi avec mes amis, mais grandir avec cet exemple m'a fait croire que l'amour est possible.

—As-tu déjà été amoureuse ?

J'ai souri. —Tu ne te retiens pas, n'est-ce pas ?

Il a souri et a bu une gorgée de son verre.

—Amoureuse. Non. Je ne pense pas. J'ai l'impression que ce genre d'amour, on sait qu'il est juste. Il n'y a pas de retour en arrière possible.

—J'ai vu ce genre d'amour. Si plein de confiance et d'engagement que rien ne peut les séparer.

—Tes parents ?

Il secoua la tête. —Mes amis les plus proches.

—Ils habitent dans le coin ?

—Non, malheureusement. Mais je les vois chaque fois que je vais à Syracuse.

—Ah, oui. Bien sûr. Syracuse était où habitait son ex. Espérons que c'était bien son ex. Je ne lui avais toujours pas posé la question.

—J'essaie d'y aller environ une fois par mois pour les voir. Ça fait quelques semaines maintenant.

J'ai hoché la tête, mal à l'aise. C'était l'occasion parfaite pour lui poser des questions sur elle. Je devrais la saisir. Il fallait que je la saisisse. Je ne l'ai absolument pas saisie.

—On commande ? ai-je demandé brusquement. J'avais besoin d'arrêter de parler de Veronica et de Syracuse.

—Euh, bien sûr, a-t-il dit. Il a cherché un serveur du regard et a croisé celui de quelqu'un pas loin de nous. Il lui a fait un signe de tête, et elle s'est approchée de notre table.

—Bonjour. Puis-je vous resservir ?

—Oui, et nous aimerions commander à manger. Est-ce qu'on peut le faire avec vous ? a demandé Nico.

—Absolument. Vous savez ce que vous voulez ou vous avez besoin que je vous apporte des menus ?

—Je prendrai le club à la dinde avec des bouchées de fromage en grains, lui ai-je dit.

—Ce sont mes préférées, a-t-elle dit en notant ma commande.

—Elles sont tellement bonnes. Je ne m'en lasse pas.

—C'est Hudson qui a préparé vos boissons ? a-t-elle demandé.

—Oui, c'est lui.

—D'accord, je vais lui demander de vous resservir. Et pour vous ? Elle s'est tournée vers Nico avec un sourire et en penchant la tête.

—Je prendrai un sandwich au poulet grillé avec du fromage suisse et des champignons. Et je vais essayer les bouchées de fromage. Je ne les ai pas encore goûtées.

—Vous ne le regretterez pas. Faites-moi confiance. Je vous apporte tout ça rapidement. Et au fait, je m'appelle Megan.

—Merci, lui avons-nous dit.

Quand Megan est partie, Nico a pris une autre gorgée de son verre. Il semblait nerveux, comme s'il ne savait pas quoi dire ou faire.

—Dis-moi quelque chose que tu regrettes, ai-je dit.

—De ne pas t'avoir invitée à sortir il y a des années, a-t-il répondu sans hésiter.

—Des années ?

—D'accord, maintenant je regrette d'avoir admis ça.

J'ai ri doucement. —J'aurais aimé que tu m'invites aussi, mais je crois aussi que tout arrive pour une raison. Je ne vais pas me demander pourquoi ça nous a pris tant de temps pour mieux nous connaître.

—Qu'est-ce que tu regrettes, toi ?

J'ai pris mon temps pour réfléchir à la question. Il y avait plein de choses que j'aurais préféré ne pas voir arriver, mais des regrets...

—Je n'en ai pas. Surtout après le travail qu'on fait. Trop de nos patients meurent en voulant encore faire quelque chose. Perdre mes parents m'a appris la même chose que nos patients. Ça ne vaut pas la peine de regretter la vie. Même les journées pourries sont meilleures au-dessus du sol qu'en dessous.

—C'est vraiment profond, a-t-il dit.

J'ai haussé les épaules. —La vie n'est pas faite pour être vécue à moitié. On doit en profiter. Devenir fou, se lâcher, être sauvage. Oui, je suis responsable, j'ai un travail et un endroit stable que j'appelle chez moi, mais ces derniers temps, je me suis perdue dans le travail et je ne veux plus faire ça. Demain, je vais au Canada avec un ami. On va traverser les ponts et traîner quelques heures. On parle d'aller à Montréal cet été et à New York un jour. Peut-être des voyages plus longs à l'avenir, mais la vie est trop courte."

—J'ai besoin d'un peu de ça dans ma vie."

—Un peu de quoi ?" ai-je demandé.

—Un peu de folie et d'extravagance. Un peu d'impulsivité. Un peu moins de souci pour ce que les autres pensent de moi."

J'ai souri. —Je pense qu'on pourrait tous en profiter un peu. J'essaie toujours de voir le bon côté des choses. Ce n'est pas toujours facile, mais je dois croire que tout arrive pour une raison."

—Danse avec moi."

—Pardon ?"

—Danse avec moi. Je veux te tenir près de moi et te faire tournoyer sur cette piste de danse jusqu'à ce que tu oublies le gâchis que j'ai fait de notre premier rendez-vous et que tu acceptes de continuer à me donner cette chance."

—Et tu penses que danser va aider pour ça ?"

Il s'est levé et m'a tendu la main. J'ai regardé de sa main jusqu'à sa chemise bleu ciel. Il avait remonté ses manches et déboutonné le bouton du haut, mais il ressemblait toujours au médecin soigné et distingué du travail. Son pantalon noir était parfaitement repassé. Sa barbe était soigneusement taillée, entourant deux lèvres parfaitement pulpeuses qui se relevaient aux extrémités tandis qu'il attendait que je prenne sa main.

J'ai finalement cédé et mis ma main dans la sienne. Il m'a tirée de mon siège et a collé mon corps contre le sien. Il me tenait près de lui avec sa main libre tandis qu'il enveloppait ses doigts autour des miens.

—Si rien d'autre, danser signifie que je peux te tenir dans

mes bras d'une manière parfaitement acceptable en public. Parce que, pour être honnête, je ne savais pas combien de temps j'allais pouvoir attendre."

Toutes mes pensées se sont envolées. Son regard s'est abaissé vers mes lèvres alors que je prenais la lèvre inférieure entre mes dents. Il a grogné et m'a fait tournoyer, me guidant vers la piste de danse sans retirer ses mains de moi.

—Je te préviens, j'ai aussi étudié la danse en grandissant. C'est ma grand-mère qui m'a appris."

—Ça veut dire que tu es bon ?"

Il a haussé les épaules puis m'a fait tournoyer avant de me ramener dans ses bras si rapidement que j'en étais étourdie. —Je me débrouille."

—Je pourrais regretter d'avoir accepté de danser avec toi," ai-je dit doucement.

—Ne t'inquiète pas, je vais y aller très, très lentement."

Mon pouls s'est emballé d'anticipation. Tout mon corps s'est réchauffé de désir. Je n'étais pas sûre de survivre à une danse avec lui. C'était définitivement un côté de Nico dont j'ignorais l'existence.

Nous avons bougé ensemble, Nico me guidant sans effort autour de la petite piste de danse. Il gardait son regard fixé sur le mien, me faisant me demander comment il évitait les autres personnes.

—J'aime te voir les cheveux détachés. Littéralement et au figuré."

J'ai ri. —Je ressens la même chose."

Une chanson plus rapide a commencé et Nico m'a relâchée pour que nous puissions danser au rythme. Il a glissé une main autour de ma taille et a rapproché mon corps du sien. J'ai rejeté la tête en arrière, levé les bras et savouré la sensation de son corps contre le mien.

Chaque centimètre de mon corps vibrait d'énergie. J'ai toujours aimé danser, mais danser avec lui était une nouvelle expérience. Danser avec Nico était comme des préliminaires. J'étais venue à ce rendez-vous en me demandant si ça allait être un désastre. Une heure plus tard, je me demandais si nous pouvions sauter le dîner et passer directement au dessert.

14

NICO

Laura riait. Peu importait de quoi elle riait, l'essentiel était qu'elle riait. Elle s'amusait. Elle parlait, riait et me taquinait. Mon Dieu, comme elle me taquinait. Pas seulement avec ses mots, mais aussi avec son corps, ses sourires et ses regards.

Je n'avais pas l'intention de pousser les choses plus loin après notre rendez-vous, mais je n'allais certainement pas refuser si elle le demandait. J'étais excité depuis le moment où je l'avais prise dans mes bras sur la piste de danse. J'étais certain d'exploser à un moment donné, mais au lieu de ça, je devenais de plus en plus dur. Putain de merde, cette femme était enivrante. Meilleure que n'importe quel alcool. Meilleure que tout.

—Je pense que tu devrais montrer cette facette de ta personnalité au reste du personnel, dit Laura. Ils adoreraient te voir détendu.

—Je ne me sens pas vraiment détendu en ce moment, avouai-je.

—Tu sais ce que je veux dire. Tu es toujours tendu et tu nous aboies dessus. Je sais que tu es notre patron, mais c'est bon de savoir que tu as aussi un côté amusant. Je ne l'aurais jamais cru.

—Pourquoi as-tu accepté ce rendez-vous ? Si tu ne pensais pas que j'étais amusant, qu'est-ce qui t'intéressait chez moi ?

Elle haussa les épaules. —Je t'admire. Je t'ai toujours admiré. Avant de m'installer ici, je me suis renseignée sur toi. Je savais que ton travail était impressionnant, et je voulais en faire partie. Mais quand je suis arrivée, j'ai vu comment tu traitais tes patients. La façon dont tu leur parlais, dont tu les rassurais et dont tu donnais chaque parcelle de toi-même pour les aider. C'était difficile de ne pas trouver ça attirant.

J'ai lentement acquiescé en l'observant. Ses joues étaient rouges à cause de la danse, des boissons et des rires, mais il y avait quelque chose dans son regard. Une vulnérabilité qui disait qu'elle n'était pas sûre d'avoir dû me confier tout cela.

—Je suis désolé de ne jamais t'avoir accordé cette même attention.

Elle haussa les épaules et fit un geste de la main comme si ce n'était pas important, mais ça l'était. C'était énorme. Elle prenait un risque avec moi. Elle pariait qu'il y avait quelque chose en moi qui valait la peine d'être découvert.

—J'adore ce que je fais, ce que nous faisons. Ce n'est pas facile, mais ça vaut la peine de savoir que nous avons tout essayé pour sauver autant de personnes que possible. Et dans cette région, il n'y a pas assez de médecins qui traitent les patients atteints de cancer. Mais ça m'a rendu... distant la plupart du temps. Ma thérapeute, Veronica, dit—

—Attends, Veronica ? C'est ta thérapeute ? demanda Laura. Ses sourcils se froncèrent.

—Et une amie, mais oui. Nous étions ensemble à la fac de médecine. Pourquoi ?

—Je pensais qu'elle était ta... remplaçante ou quelque chose comme ça.

—Remplaçante ?

Laura haussa les épaules, mal à l'aise. Elle évitait mon regard et tripotait le papier de sa paille. —La femme que tu emmènes aux événements et tout ça.

—C'est le cas. Comme nous sommes tous les deux médecins, nous assistons à beaucoup d'événements ensemble. Son mari n'est pas médecin et déteste y aller. Il trouve ça terriblement ennuyeux.

—Elle est mariée ?

—Oui. Depuis quelques années maintenant. Il est dans la politique. Elle est psychiatre pour des personnes influentes. Des médecins qui traitent des cas comme nous, la mort et la maladie, mais aussi des scandales ou des diffamations ou ce genre de choses. Beaucoup de douleur.

Laura pencha la tête sur le côté. Ses sourcils se froncèrent. Elle regarda au-delà de moi, cherchant une explication qui n'existait pas. —Attends, je suis perdue. Elle est ta remplaçante, mais elle est mariée ? Tu couches avec ton amie mariée de la fac de médecine ?

—Quoi ? Non ! Je n'ai jamais couché avec elle. Elle est mariée ! m'écriai-je avant de jeter un coup d'œil aux personnes à proximité qui me regardaient avec des expressions curieuses.

—C'est ce que je voulais dire par remplaçante. Vous allez à des événements et quand tu te sens seul, vous couchez ensemble, siffla-t-elle comme un serpent prêt à attaquer.

—Non. Non. Non. Jamais. Elle est extraordinaire, intelligente et drôle, mais c'est ma meilleure amie. Il ne s'est jamais rien passé entre nous. Nous étions colocataires à l'université et nous avons toujours été là l'un pour l'autre, mais rien de plus que de l'amitié. Je suis maintenant très ami avec elle et son mari.

—Toutes ces fois où tu es allé à Syracuse pour le week-end...C'était juste pour rendre visite ? Son expression disait clairement qu'elle pensait que je racontais des conneries.

—Oui. Je n'ai pas beaucoup de proches ici, alors j'allais voir Veronica et Jeff. Tu pensais que je couchais avec elle ?

Elle hocha la tête. Lentement. Son regard était fixé sur ses genoux, les joues roses. Quand elle leva enfin les yeux vers moi, j'y vis une douleur que je n'aurais jamais imaginée. —Pendant longtemps.

Je pris sa main et la serrai. —Ça fait un moment que je n'ai été impliqué avec personne. J'ai cette magnifique infirmière en tête. Elle m'a rendu impossible de penser à qui que ce soit d'autre.

Elle retint son souffle et se mordit la lèvre. —Tu veux qu'on s'en aille d'ici ?

—Oui.

—J'habite tout près.

Je voulais lui dire que nous n'étions pas obligés de faire quoi que ce soit, mais je ne voulais pas qu'elle pense que j'essayais de me défiler. Je suivais son initiative. Aussi longtemps qu'elle voudrait me guider.

J'ai payé l'addition et nous avons traversé la foule, sa main dans la mienne. Une fois dehors dans la fraîcheur de cette nuit de printemps, nous nous sommes arrêtés. Je l'ai regardée attentivement, m'assurant qu'elle ne se remettait pas en question.

Elle se jeta sur moi. Ses bras s'enroulèrent autour de mon cou et je l'attrapai, nos lèvres entrant en collision comme nos corps. Je gémis et la serrai plus fort, ayant besoin de sentir chaque parcelle d'elle. Elle poussa sa langue entre mes lèvres et gémit quand elle frôla la mienne. Je m'appuyai contre le mur, la protégeant de la surface rugueuse. Elle était aux commandes. Elle avait le contrôle. Elle allait... me faire perdre la tête en pleine rue devant un bar bondé.

—On doit y aller, grognai-je, ayant besoin de bouger avant de me ridiculiser.

Elle saisit ma main et partit en direction du parc Catherine sans un mot. Elle traversa et continua dans l'une des rues adjacentes. Elle tourna dans l'allée de son petit pavillon éclairé par une lampe au-dessus de la porte d'entrée en bois massif. Elle déverrouilla la porte et, en quelques secondes, nous étions à l'intérieur et de nouveau dans les bras l'un de l'autre.

Je la pressai contre la porte et couvris son corps du mien. Je lui fis sentir à quel point je la désirais désespérément, voulant qu'elle sache que j'étais pleinement engagé. Elle gémit et se frotta contre moi, tirant sur ma chemise avant d'étaler ses mains sur mon dos.

—Laura, gémis-je.

Nous nous écartâmes et nous regardâmes. Une lampe sur une table proche me donnait assez de lumière pour la voir, pour voir le désir dans son regard. Je la voulais, mais je serais parti si elle n'avait pas été aussi intéressée que moi. Si elle avait le moindre doute.

Mais son regard était limpide. Ses lèvres étaient rouges de nos baisers et ses joues roses de désir. Son souffle sortait d'elle en halètements impatients.

—Je te veux, Nico. Je sais que tu as besoin d'entendre ces mots parce que tu es mon patron, mais en ce moment, tu es juste un homme. Je me mets à nu en te disant cela, mais je te veux. Si tu ne ressens pas la même chose, je—

—Crois-moi, ce n'est pas quelque chose que tu as besoin de deviner. Je veux toucher chaque centimètre de ton corps. Je veux te goûter pendant que tu jouis sur mes lèvres. Je veux te tenir dans mes bras pendant que je te remplis. Je veux t'embrasser et te faire l'amour et être avec toi jusqu'à ce que tu en aies marre et que tu me jettes dehors. Mais ne pense jamais que je ne ressens pas la même chose. Ça me tue de rester ici sans enlever chaque couche qui recouvre ton magnifique corps pour pouvoir te voir. J'ai rêvé de toi depuis bien trop longtemps, et je te veux tellement que mes mains tremblent. J'espère que ton amie part au Canada demain parce que j'ai l'intention de te garder éveillée toute la nuit.

—Oh, mon Dieu, souffla-t-elle.

—Viens ici, dis-je, lui faisant signe du doigt de s'approcher de nouveau. —Puis montre-moi où est ton lit. Nous allons en avoir besoin.

Un sourire sensuel courba ses lèvres après quelques secondes. Elle sourit puis se retourna et s'éloigna, me laissant la suivre. Quand nous arrivâmes dans sa chambre, elle alluma les lumières et s'approcha de son lit.

—Lumières allumées ? demandai-je.

Elle acquiesça. —Je veux te voir.

Je souris. —Parfait.

Je fis un pas vers elle, mais elle leva la main. —Chemise.

J'ai souri et déboutonné ma chemise. J'avais envisagé de porter quelque chose que je ne mettrais normalement pas pour aller travailler, mais je voulais qu'elle sache que je faisais des efforts. Tandis que je me tenais devant elle et défaisais lentement les boutons, observant le désir s'accumuler dans son regard, j'ai su que la chemise était le bon choix.

Une fois les boutons libérés, j'ai fait glisser ma chemise. Elle s'est léché les lèvres et m'a fait sentir que toutes ces années où j'avais manqué d'aller à la salle de sport n'auraient pas fait de différence. Je n'avais pas d'abdos sculptés, je n'en ai jamais eu. Je n'étais pas un mannequin. Mais Laura me regardait comme s'il n'y avait rien qu'elle voudrait changer. Et bon sang, ça a boosté mon ego. Et ma queue.

—À ton tour, lui ai-je dit.

Son regard a croisé le mien. Elle a saisi le bas de son t-shirt et l'a passé par-dessus sa tête. En dessous, elle portait un soutien-gorge bleu avec de la dentelle sur le bord supérieur.

Un petit collier en argent reposait entre ses seins. Ses boucles sauvages descendaient vers sa poitrine et autour de son dos, lui donnant un air détendu et insouciant.

—Tu es magnifique, ai-je murmuré, incapable de retenir ces mots. J'ai serré les poings pour m'empêcher de traverser la pièce en courant et de poser mes mains partout sur elle. Patience. Nous avions toute la nuit.

—Toi aussi, a-t-elle halété. —Ne t'arrête pas.

J'ai souri narquoisement, espérant que ce ne serait pas la dernière fois qu'elle prononcerait ces mots ce soir.

J'ai déboutonné mon pantalon et l'ai laissé glisser au sol. J'ai retiré mes chaussures du bout des orteils et les ai poussées sur le côté avec mon pantalon avant de m'équilibrer pour enlever mes chaussettes. Les chaussettes n'étaient pas sexy. Sauf sur Laura. Tout était sexy sur elle.

Je me tenais devant elle en boxer noir et j'essayais de ne pas rentrer le ventre pendant qu'elle me dévorait des yeux. Je pulsais contre le doux coton qui me couvrait à peine. Je voulais en sortir.

Préservatif. J'avais presque oublié. J'ai attrapé mon pantalon et en ai sorti trois préservatifs. Je les avais mis dans mon portefeuille avant notre premier rendez-vous. Pas parce que je pensais les utiliser, mais parce que j'espérais que peut-être un jour je le pourrais. Je les ai jetés sur le lit et j'ai observé ses yeux enregistrer les trois.

—On va avoir besoin de tout ça ?

—Si j'en avais plus, j'en utiliserais plus. Je te l'ai dit, Laura. Toute la nuit. Si tu veux bien de moi.

Elle a inspiré d'un souffle tremblant et a glissé ses pouces sous les côtés de son jean. Elle l'a descendu et l'a poussé sur le côté avec les petites chaussures à talons qu'elle portait. Sa culotte était assortie à son soutien-gorge.

Putain.

De.

Dieu.

Sa culotte était assortie à son soutien-gorge.

Je me serais fiché de ce qu'elle portait sous ses vêtements, mais voir cela m'a fait comprendre qu'elle espérait ce moment autant que moi. Elle ne se lançait pas là-dedans sur un coup de tête. Elle voulait que je voie le bleu. Elle voulait que je la voie. Elle voulait ça.

J'ai grogné et traversé la pièce en trois grands pas. Je l'ai tirée contre mon corps et l'ai embrassée, capturant son halètement surpris et plongeant ma langue entre ses magnifiques lèvres. Elle a enroulé ses bras autour de mon cou et m'a rendu mon baiser. Nos langues se sont battues, se léchant et glissant ensemble. Je me fichais de qui gagnait parce que nous gagnions tous les deux. Laura était dans mes bras, presque nue. Nous étions debout à côté de son lit. Elle allait être mienne.

J'étais déjà sien.

Nous nous sommes déplacés ensemble sur le lit, à moitié en tombant, riant encore une fois comme si nous avions le même esprit. Laura a remonté sur le lit et s'est allongée sur le dos. Je me suis positionné au-dessus d'elle et ai écarté les cheveux de son visage.

—Je suis honoré que tu me veuilles. Vraiment. Merci.

Elle a souri, les yeux brillants. Elle s'est mordu l'intérieur de la joue et a hoché la tête. —Merci.

Je l'ai embrassée doucement, gardant mon poids loin d'elle autant que possible. Je voulais prolonger ce moment aussi longtemps que possible. Étirer notre nuit jusqu'à ce qu'elle me supplie. En partie parce que je voulais qu'elle se sente bien et en partie parce que si j'allais trop vite, tout serait fini trop rapidement.

Les petits gémissements heureux qu'elle faisait pendant que nous nous embrassions m'ont dit qu'elle n'allait pas être aussi patiente que moi. Ses mains ont glissé le long de mon dos, puis sont remontées. Elle se tortillait sous moi, essayant de positionner nos corps juste comme il fallait. J'ai ri contre ses lèvres et me suis écarté pour embrasser son cou.

—Qu'est-ce que tu fais ? ai-je demandé.

—Je ne suis pas très douée pour la lenteur.

—Je sais très bien prendre mon temps. Tu vas devoir attendre.

—Je ne veux pas attendre. J'ai déjà assez attendu.

—Crois-moi, l'attente en vaudra la peine.

Elle gémit et fit glisser ses ongles le long de mon dos. Je sifflai et mordillai sa clavicule. Elle laissa échapper un doux gémissement. Je léchai la morsure puis fis glisser ma langue entre ses seins en taquinant les bords de la dentelle.

Elle essaya de bouger pour enlever son soutien-gorge, mais je pressai mon poids contre elle pour l'en empêcher. Elle gémit à nouveau. —Pourquoi ?

Je souris contre sa peau. —Parce que j'aime te voir comme ça.

—Frustrée et excitée ?

—Oh que oui, dis-je. —Je te veux tellement mouillée et prête pour moi que tu perdes la tête aussi vite que moi quand je m'enfonce enfin en toi. Je veux te voir te tortiller et me supplier. Je te veux désespérée d'avoir un orgasme pour que, quand je te remplis, tu ne puisses pas t'empêcher de jouir sur moi.

—S'il te plaît, Nico.

—J'aime ça.

—Quoi donc ?

—Mon nom sur tes lèvres, lui dis-je, en relevant les yeux de ses seins pour croiser son regard. —Au travail, je suis toujours Dr Allison, mais t'entendre dire mon prénom me rend encore plus dur.

—Nico, souffla-t-elle. —Nico. Nico.

Je gémis. —Tu ne vas pas réussir à me faire accélérer. Je

repris ma progression, léchant le contour de ses seins pendant qu'elle haletait mon nom. Mais je mentais complètement. Entendre ses supplications murmurées de mon prénom me donnait envie de m'agenouiller entre ses cuisses et de lui donner ce dont nous étions tous les deux désespérés. Mais je n'allais pas céder. Pas encore.

Je dépassai ses seins sans lui donner ce qu'elle voulait. Quand j'embrassai son ventre puis passai mes dents sur l'os de sa hanche, elle se redressa et dégrafa son soutien-gorge. Elle le fit glisser le long de ses bras et le jeta hors du lit. Puis elle saisit une de mes mains et la plaça sur son sein.

Je gémis et pulsai en le sentant dans ma main. Elle serra et frotta son pouce sur son téton. Ses hanches se soulevèrent à ce contact, et bon sang, j'étais complètement soumis à ses désirs. Je fis rouler son téton entre mon pouce et mon index et gémis quand elle laissa échapper un soupir et pressa ses hanches contre moi.

—S'il te plaît, Nico.

J'aurais dû savoir que je ne pouvais pas être aux commandes. Pas avec elle. Elle me tenait. Je lui aurais donné tout ce qu'elle voulait. J'aurais tout abandonné pour elle. Et elle était en train de le prouver à cet instant même.

Je tirai sa culotte sur le côté avec ma main libre et écartai ses jambes avec mes épaules. Je serrai son téton au moment même où je suçai son clitoris et elle perdit tout contrôle.

—Oui, gémit-elle, longuement et bruyamment. —Oh, mon Dieu, oui.

—Enlève-la, grognai-je. Je retirai ma main pour pouvoir utiliser les deux pour lui ôter sa culotte. Elle souleva ses hanches et m'aida à la faire glisser. Une fois arrivée à ses pieds, je plongeai à nouveau entre ses cuisses, léchant sa chaleur humide et caressant ses seins pendant qu'elle gémissait et suppliait.

—S'il te plaît, Nico. S'il te plaît. Elle posa ses mains sur les miennes et balança ses hanches avec chacun de mes mouvements. Je retirai une main et écartai davantage ses hanches avant de glisser deux doigts en elle.

Elle jouit instantanément, ses gémissements et ses cris résonnant dans mon esprit. Je voulais enregistrer ce son et le réécouter encore et encore. Ses halètements de mon prénom, ses supplications pour que je la pénètre. Ses gémissements de plaisir. C'était la plus belle chose que j'aie jamais entendue.

Pendant qu'elle redescendait, j'enfilai un préservatif et me positionnai entre ses cuisses. Elle me regarda avec une expression enivrée de satisfaction dans les yeux. —Ça valait vraiment l'attente.

Je souris en taquinant son entrée. Ses yeux se fermèrent brusquement et elle gémit. Elle bougea ses hanches pour venir à ma rencontre, son corps me suppliant.

—S'il te plaît, Nico, dit-elle. Elle tremblait à chacun de mes mouvements. Je me frottai contre elle, pouvant à peine me retenir.

Un de ses mouvements nous aligna parfaitement et je m'enfonçai profondément en elle. Je gémis tandis que son corps m'aspirait, pulsant autour de moi alors qu'elle jouissait une fois de plus.

—Nico, gémit-elle. Ne t'arrête pas. S'il te plaît, ne t'arrête pas.

Je me retirais pour mieux revenir en elle. J'observais son visage alors qu'elle luttait contre le plaisir qui parcourait son corps. Sa bouche s'ouvrit sur un gémissement silencieux, puis se tordit sous l'assaut des sensations qui la submergeaient. Lentement, je nous torturais tous les deux, me retirant puis m'enfonçant à nouveau. Lui donnant une chance de reprendre son souffle tandis que je perdais sans cesse le mien.

Elle tendit les bras vers moi, ses mains cherchant à tâtons. Je pris l'une d'elles et la portai à mes lèvres. J'embrassai sa paume et elle soupira. Elle caressa ma joue et m'attira vers elle.

—Embrasse-moi, supplia-t-elle.

Je me soutins sur mes coudes et l'embrassai rapidement. Elle me suivit quand je tentai de me retirer et me ramena vers elle. Elle lécha mes lèvres et je gémis, la laissant se goûter sur ma langue. Elle gémit et se cambra contre moi à mon prochain coup de reins.

Nous bougions ensemble tandis que nous nous embrassions, nos corps à l'unisson. Des mouvements lents et profonds et des baisers lents et profonds nous emportèrent jusqu'à l'extase, jusqu'à ce que nous explosions ensemble, gémissements, soupirs et suppliques résonnant dans la chambre autrement silencieuse.

La perfection.

15

LAURA

out était silencieux. Un silence assourdissant. Notre respiration avait ralenti au point de ne plus faire de bruit. Notre conversation et nos rires s'étaient arrêtés. Le monde entier semblait silencieux. Tellement silencieux que je pouvais entendre la peur qui traversait mon esprit.

Était-ce juste une aventure d'un soir ?

Ne me respectait-il plus ?

Est-ce que je me respectais moi-même ? Ou lui ?

Pourquoi avais-je couché avec lui si vite ?

Qu'est-ce que cela signifiait ?

C'était cette dernière question qui m'empêchait de m'endormir tandis que Nico dérivait vers le sommeil. Sa main restait contre mon dos, sa poitrine se soulevant et s'abaissant doucement à chaque respiration. Son corps était détendu, souple, relaxé. Mais pas moi.

Qu'est-ce que cela signifiait ?

J'avais déjà couché avec des hommes lors d'un premier ou d'un deuxième rendez-vous. Ça ne me dérangeait pas du tout. Le sexe était amusant et il n'y avait rien de mal à en avoir autant qu'on le souhaitait. Mais sauter au lit trop vite se terminait généralement en catastrophe pour moi.

Je ne voulais pas de catastrophe avec Nico. Je voulais plus. Surtout après un rendez-vous aussi incroyable.

Il était gentil et drôle. Il était exactement comme je l'espérais. Je savais qu'il avait reçu des conseils, mais je savais aussi que l'homme avec qui j'étais était bien Nico. Il n'avait pas quelqu'un à son oreille lui dictant quoi faire. Il avait pris leurs conseils et nous avions passé un très bon moment.

Qu'est-ce que cela signifiait ?

Après l'échec de notre premier rendez-vous, j'avais été déçue. Je l'avais tellement idéalisé dans mon esprit que cette expérience unique était plus que décevante. Cela signifiait que je m'étais trompée à son sujet, et qu'il n'était pas l'homme que j'avais créé dans ma tête. Mais il a prouvé le contraire. Il était bien l'homme que je pensais qu'il serait. Mais maintenant... était-ce à nouveau une histoire sans lendemain ? Allait-il se réveiller et s'éclipser sans qu'on ne reparle jamais de cette nuit ?

J'essayais de me dire que si cela arrivait, alors il n'était pas l'homme qu'il me fallait. Si c'était ainsi qu'il allait me traiter, alors je saurais qui il était vraiment, et je pourrais lâcher prise. Mais je voulais avoir tort.

Ma mère aurait appelé ça s'inquiéter pour rien. Elle m'aurait dit de ne pas me tracasser pour des choses avant qu'elles n'arrivent. Mais j'aimais être préparée, même si ce n'était que mentalement. Et pour quelqu'un qui voyait toujours le bon côté des choses, s'inquiéter à l'avance n'était pas quelque chose que j'aimais faire.

Nico s'agita et prit une inspiration. Je fermai rapidement les yeux, feignant de dormir. Il dégagea doucement mon bras et glissa hors du lit. Je restai là, à l'écouter, essayant de comprendre ce qu'il faisait.

La chasse d'eau retentit et l'eau coula dans ma salle de

bain attenante. Je gardai les yeux fermés, tendant l'oreille à travers le silence de mon cœur battant.

—Comment ai-je pu avoir autant de chance ? murmura-t-il.

Je luttai pour garder un visage impassible.

Il se glissa doucement dans le lit, et je me retournai à son mouvement. Je souris, dos à lui, prétendant dormir. Il pressa son corps nu contre mon dos et embrassa mon épaule. Sa main glissa sur ma taille et enveloppa mon ventre avant de tirer doucement mon corps contre le sien. Il enfouit son nez dans mes cheveux et son sexe tressaillit.

Peut-être pas une histoire sans lendemain.

Je fis semblant de dormir pendant une minute encore, mais ses mains baladeuses rendaient impossible de cacher à quel point je le désirais encore. Quand il me fit rouler sous lui, nous nous regardâmes dans les yeux. Aucun de nous ne dit un mot. Nous nous observions simplement. C'était l'expérience la plus érotique de ma vie, lire chaque émotion, chaque pensée, chaque trace de plaisir sur son visage.

Quand je jouis, lui profondément en moi et nos corps entrelacés, il m'embrassa puis me suivit dans l'extase. Il roula hors de moi et se débarrassa du préservatif avant de revenir dans mon lit et de me blottir une fois de plus contre son corps.

Puis le silence m'accueillit et me dit que ce n'était définitivement pas une histoire sans lendemain.

Nico et moi nous sommes tournés l'un vers l'autre plus d'une fois durant la nuit, et quand il a finalement quitté mon lit tôt le lendemain matin, il m'a dit qu'il partait et m'a souhaité de profiter de mon voyage au Canada.

Finley est venue me chercher en milieu de matinée avec

les excuses de Karissa qui terminait une application et ne pouvait pas nous rejoindre. Elle avait déjà hésité à venir, donc ce n'était pas une surprise, mais j'étais quand même déçue.

— Comment vas-tu ? Tu as l'air épuisée, dit Finley. Tu veux qu'on annule ?

J'ai secoué la tête. — Je vais super bien. Un peu courbaturée, et certainement épuisée, mais super bien.

— Non, tu n'as pas fait ça.

J'ai souri. — Si, je l'ai fait. Jusqu'à ce qu'il n'ait plus de préservatifs. Ensuite, on a été créatifs.

— Oh, je suis tellement jalouse maintenant. Bien joué. Raconte-moi tout.

J'ai ri et n'ai épargné aucun détail en racontant à Finley tout sur mon rendez-vous avec Nico. Au moment où j'ai terminé, nous nous arrêtions, prêtes à explorer un peu.

— J'adore que vous soyez enfin ensemble. Je crois que je suis un peu obsédée par les histoires d'amour.

— Tu as le job parfait pour ça, lui ai-je dit. J'ai attaché mes ondulations blondes alors que nous sortions. Il y avait un peu de vent, et la dernière chose dont j'avais besoin était un tas de nœuds en rentrant à la maison.

Finley a souri et a replacé ses cheveux bruns derrière son oreille. Les quatre clous en diamant qu'elle portait quotidiennement ont capté la lumière du soleil et scintillé. — Parfois, j'aimerais moins penser à l'amour et aux relations. Surtout que je suis tellement célibataire que je me demande si je trouverai quelqu'un un jour. Mes parents ont cette super relation et Ian et Blake sont fous amoureux, le reste de nos amis en couple sont heureux. Je veux juste la même chose, mais je commence à craindre de ne jamais la trouver.

— Dit la femme qui possède la librairie spécialisée en romance et qui lit tout le temps des livres sur ce sujet précis, ai-je dit d'un ton sec.

Finley a ri. — Je sais, mais c'est peut-être ça le problème. Ça a toujours l'air facile, mais la romance n'a pas été facile pour moi.

— Ce n'est pas facile pour moi non plus. Je ne pense pas que ça ait été facile pour beaucoup de gens. On voit ce que les gens nous montrent, on regarde de l'extérieur, mais être à l'extérieur d'une relation signifie qu'on ne voit pas la douleur et la frustration qu'il y a à l'intérieur. Mon premier rendez-vous avec Nico était horrible. Je suis partie bouleversée parce qu'il n'était pas l'homme que je pensais qu'il était. J'étais bles-sée, et je me sentais stupide d'avoir vu quelqu'un qui n'exis-tait pas.

— Oui, mais tu lui as donné une seconde chance.

J'ai hoché la tête. — C'est vrai. Parce qu'il s'est excusé. Parce qu'il a admis qu'il avait merdé et qu'il m'a demandé une autre chance. S'il avait dit qu'il voulait réessayer, sans me demander si j'étais d'accord, je n'aurais pas accepté. C'était mauvais. Vraiment mauvais. Mais il était prêt à raconter aux gars ce qui s'était passé et à accepter leurs conseils.

— Que veux-tu dire ?

J'ai souri. — Hudson était fidèle à lui-même. Il savait que je rencontrais Nico avant que Nico n'arrive et quand Nico m'a demandé si j'étais prête à commander, j'ai surpris Hudson qui souriait en coin. C'était assez évident qu'ils avaient coaché Nico, mais il les a écoutés.

Finley a ri. — C'est bon de savoir que certains hommes peuvent être formés. Je pense généralement qu'ils naissent soit avec la capacité d'être des petits amis décents, soit sans.

J'ai ri. — Je suis sûre qu'il y a un peu de ça en chacun d'eux, mais tu me connais. Je crois au conte de fées.

Elle a ricané. — Tu crois que mourir pour être ensemble est mieux que vivre séparés. Je n'ai jamais pu adhérer à Roméo et Juliette.

— C'est l'amour. Pour moi, c'est la façon la plus vraie

d'aimer quelqu'un. Être prêt à mourir pour eux et être incapable de vivre sans eux. C'est ce qui est arrivé à mon père après la mort de ma mère. Il ne s'est pas suicidé, mais il est mort le jour où elle est décédée. Son corps a juste mis quelques années à suivre. Quand il est mort, j'étais soulagée pour lui parce que ça signifiait qu'il n'avait plus mal. Il était avec elle, et il était heureux.

— Mais ça voulait dire que tu étais seule.

J'ai haussé les épaules. — C'est vrai, mais j'étais leur enfant, pas l'amour de leur vie. J'ai toujours espéré trouver quelqu'un qui me fasse ressentir ça. Qui me donne envie de tout sacrifier.

— Penses-tu que Nico pourrait être cette personne ?

— Peut-être, mais je n'en ai encore aucune idée. Je l'aime beaucoup, mais il est clair après nos rendez-vous qu'il y a beaucoup de choses que je ne sais pas sur lui. Mais s'il ne l'est pas, je ne vais pas abandonner. Je veux dire, j'en aurai certainement envie, mais j'aurai bientôt trente-neuf ans. J'ai déjà pratiquement renoncé à avoir des enfants, même si je n'étais pas sûre d'en vouloir de toute façon. Je ne suis pas prête à renoncer à l'amour. Pas encore. Pas pour toujours.

— Et maintenant que tu sais qu'il ne sort pas avec Veronica, ça t'aide à t'ouvrir à une relation avec lui.

— Oui, c'était plus qu'un peu gênant à admettre. Il l'a bien pris, mais je me suis sentie tellement idiote quand il parlait d'elle.

— Je suis ravie que ton instinct ait eu raison à son sujet.

J'ai ri doucement. — Moi aussi. J'espère que mon instinct de réessayer est bon aussi. Hier soir était incroyable.

— Je pense que je pourrais simplement avoir du bon sexe pour le reste de ma vie. Ne pas m'inquiéter du côté relationnel.

— Je vois certainement l'attrait de cette option, ai-je dit. — Allez, voyons ce qu'on peut trouver ici.

Nous avons parcouru le marché en plein air ensemble, nous arrêtant pour examiner les articles des artistes locaux. Nous avons déjeuné dans un joli café puis nous avons continué à flâner. Sur notre chemin de retour à L'anse MacKellar, nous nous sommes arrêtées pour prendre un café et avons passé en revue tous nos achats.

— C'est vraiment magnifique, m'a dit Finley quand j'ai sorti une impression d'un lever de soleil sur les Mille-Îles.

— Je trouve aussi. Personne ne le sait vraiment encore, mais Nico est en train de réaménager l'étage supérieur de la clinique pour l'agrandir. Je pensais lui demander s'il voulait accrocher ça dans l'une des pièces. Quelque chose de beau que les patients pourraient regarder.

— C'est une excellente idée. Elle a regardé l'impression pendant un long moment. — Je suis désolée si j'ai donné l'impression que je ne pense pas que vous devriez être ensemble.

J'ai secoué la tête. — Tu n'as pas donné cette impression. Je suis prudemment optimiste à propos de ma relation avec lui en ce moment, mais j'essaie vraiment de contrôler mon intérêt. Roméo et Juliette est mon histoire préférée, mais je ne cherche pas à suivre tous leurs exemples et à épouser quelqu'un que je connais à peine.

— Ou, tu sais, mourir, j'espère, a-t-elle dit en riant.

J'ai hoché la tête en signe d'accord. — Ça aussi.

— Je veux trouver l'amour, et je veux que les personnes qui me sont chères trouvent l'amour, mais c'est... c'est décourageant à la longue. Et je déteste le dire, mais parfois c'est difficile de voir tout le monde trouver l'amour alors que moi, non.

— Tu n'as pas à m'expliquer. Je comprends. J'étais terriblement jalouse des fiançailles de Peyton et Wyatt, même si ça n'avait rien à voir avec eux. Et quand Blake et Ian se sont mis ensemble, et tous les autres. Comme tu l'as dit, ça semble si facile pour les autres, mais je connais Nico depuis des années et jusqu'à récemment, j'abandonnais l'idée qu'il me voie comme plus qu'une employée.

Finley a souri. — Je suis contente qu'il ait enfin sorti la tête de son cul et qu'il t'ait remarquée.

J'ai ri avec elle. — Moi aussi.

J'AI FAIT une petite sieste en rentrant, puis je me suis préparée pour la soirée entre filles. Un jogging et un t-shirt en coton doux étaient définitivement prévus pour ma tenue du soir. J'étais encore épuisée mais j'avais hâte de passer du temps avec mes amies.

J'étais presque arrivée à Petits ami du Livre Illimité quand j'ai reçu un SMS de Nico. J'ai souri en le lisant.

— Pourquoi souris-tu comme ça ? a demandé Elise, me surprenant quand elle est apparue à côté de moi dans la rue.

— Nico, ai-je dit.

Elle a ri doucement. — Le deuxième rendez-vous s'est bien passé ?

J'ai hoché la tête. — Très bien.

— Bien. Je suis de tout cœur avec toi. Colin a dit qu'il aime bien Nico. Il lui rappelle lui-même, mais tu es beaucoup moins folle que moi, alors j'espère que les choses seront plus faciles pour toi et Nico.

—Tu n'es pas folle, lui ai-je dit. —Tu es prudente. Il n'y a rien de mal à ça.

—Heureusement, j'ai fait un bon choix cette fois-ci, a dit Elise avec son propre sourire rêveur.

—Ces sourires ne peuvent signifier qu'une chose, a dit Trinity en nous rejoignant devant Petits ami du Livre Illimité.

Nous avons frappé à la porte et acquiescé. —Les hommes,

a précisé Elise. —C'est encore nouveau pour moi d'avoir quelqu'un qui me rend aussi heureuse.

—Ça fait un an que vous êtes ensemble. Est-ce que ça te semble toujours étrange ? ai-je demandé.

Elise a haussé les épaules. —Un peu, oui. J'ai été seule pendant si longtemps et je m'étais convaincue que je le resterais. Je n'ai jamais vu Colin venir.

—Je suis clairement arrivée au mauvais moment de cette conversation, a dit Finley en nous ouvrant la porte.

Nous avons toutes ri et Elise a expliqué pendant que nous nous dirigions vers l'arrière pour rejoindre les autres.

—Je voulais trouver l'amour mais je me sens encore bizarre avec James parfois, a dit Trinity. —Quand je le surprends à me regarder avec un sourire niais, je me demande à qui il pense. Ce n'est pas facile de passer de celle qui n'intéresse pas la plupart des hommes à être la seule femme qui intéresse un homme.

—Ouais, mais c'est tellement agréable comme sensation, a dit Blake. —Toutes ces années avec William, je me sentais invisible, mais Ian ne me fait jamais sentir que je suis moins que parfaite à ses yeux.

—Je veux ça, a admis Finley avec un sourire dans ma direction. —J'ai l'impression d'être ivre d'amour ces derniers temps. Je commence aussi à lire plus de livres avec des anti-héros ou des histoires d'opposés qui s'attirent. J'ai l'impression d'avoir besoin de voir que l'amour n'est pas toujours facile.

Les membres du groupe en couple ont gémi et j'ai adressé un sourire à Finley.

—L'amour n'est pas facile, a dit Willow. —Rowan m'a dit ce matin que j'étais un désastre et qu'il aurait besoin de reprendre son propre appartement si je ne commençais pas à ranger.

—Tu es un peu bordélique parfois, a dit Melody à sa sœur.

—De quel côté es-tu ?

—Du tien. Toujours. Mais ça signifie te voir heureuse, et ça veut dire garder Rowan dans ta vie. Il va s'en remettre, surtout quand il réalisera que ces moments sont temporaires. Mais chaque relation nécessite un peu d'aller-retour. Donner et recevoir. Si quelqu'un le sait, c'est bien moi.

Willow a souri et acquiescé. —Tu as raison. Comme toujours.

Melody a ricané. —J'ai rarement raison, mais je prends ce que je peux.

Tout le monde est resté silencieux pendant une minute. Piper a coupé la tarte au citron meringuée qu'elle avait apportée et a distribué les parts. Nous avons toutes gémi en prenant nos premières bouchées.

—Wow. Je dirais que c'est meilleur que le sexe, mais Colin était particulièrement coquin aujourd'hui, a dit Elise avec un clin d'œil.

—Tout à fait d'accord, a dit la moitié d'entre nous.

—Ne pense pas t'en tirer comme ça, m'a dit Piper. —Avec qui as-tu un sexe meilleur-que-la-meringue ?

—Dr Nico, a taquiné Finley.

—Quoi ? Tu es sérieuse ?

—Bien joué !

—Raconte-nous tout.

—Je lui ai donné une seconde chance hier. Merci à tous vos hommes qui lui ont donné des conseils pour être un rendez-vous décent. Il a écouté. Notre rendez-vous était vraiment bien. Vraiment, vraiment bien. Ai-je souri.

—Super ! Je suis contente que ça marche enfin, dit Karissa.

Je lui ai souri sans rien dire.

—Elle est parano, a expliqué Finley à ma place. —Elle s'est

tellement fait toute une idée de lui qu'elle pense que ses attentes sont trop élevées.

—Ne le sont-elles pas toujours ? a demandé Piper. —Je ne parle pas de toi en particulier, mais en général. On pense que les hommes vont être corrects. On a ces croyances sur les gens. Quand ils nous montrent qui ils sont vraiment, on est choquées et blessées parce qu'on n'a jamais vu la vérité. Ils ne voulaient pas qu'on voie la vérité.

—C'est ce qui m'inquiétait après notre premier rendez-vous, ai-je dit. —J'étais blessée parce que ce n'était pas l'homme que je pensais connaître. Mais le deuxième rendez-vous l'était. Il a dit que la plupart des femmes veulent sortir avec le médecin.

—Maintenant je me sens mal pour lui, a dit Karissa. —Ça craint.

J'ai hoché la tête. —Il a l'habitude de faire semblant pour ses rendez-vous, alors il essayait de m'impressionner. Je ne voulais pas de tout ça, c'est pourquoi notre deuxième rendez-vous était bien meilleur. On est allés chez O'Kelley's, on a dansé, mangé, puis on est retournés chez moi.

—Hé, c'est comme ça que j'ai embrassé Ian pour la première fois. Blake a pris un air rêveur. —Je pense que Hudson est un entremetteur de génie.

—Tu penses que Hudson a quelque chose à voir avec le fait qu'on se mette en couple avec nos hommes ? a demandé Elise.

—Où as-tu rencontré Colin pour la première fois ?

—À sa ferme.

—Et votre première sortie ?

—Oui, mais je l'ai repoussé ce soir-là, a argumenté Elise.

—Il n'a pas abandonné. Hudson, a dit Blake avec un sourire. —Il a parlé à Ian, je sais qu'il a parlé à Ramsey. Colin, James, Gavin et Rowan aussi. Il tire les ficelles pour tous nos hommes.

—Il sait comment être un bon petit ami et un bon mari, a dit Finley. —Si Hillary était encore là, il serait toujours un mari.

—Pensez-vous qu'il sortira à nouveau avec quelqu'un un jour ? ai-je demandé. Je ne connaissais pas Hillary, mais elle était manifestement très appréciée, à en juger par la façon dont tout le monde en ville parlait d'elle. Hudson la mentionnait rarement, mais tout le monde l'adorait.

—Je ne sais pas. Ça fait des années, mais il ne semble pas vraiment intéressé par les rencontres, a dit Piper. —Il dit qu'il est marié au bar.

—Tant qu'il est heureux, être seul n'est pas la pire chose au monde, a dit Karissa.

—Mais s'il n'est pas heureux, c'est différent, ai-je dit.

—Hudson est heureux. Il est blessé, mais je ne sais pas s'il est possible de surmonter la perte de l'amour de sa vie. Je pense qu'il est aussi heureux qu'il peut l'être. Et s'il joue les entremetteurs pour tout le monde en ville... il croit manifestement encore en l'amour, a dit Piper.

—On devrait lui trouver quelqu'un. Je me demande s'il a un compte À la Recherche du Héros Littéraire Parfait, a dit Finley.

Karissa a pouffé de rire. —Euh, non. Il n'en a pas. Et tu ne vas pas non plus en créer un pour lui.

—Tu n'es pas drôle, a dit Finley.

Karissa a hoché la tête. —On me l'a dit une fois ou deux. Mais je ne vais pas non plus te laisser faire du catfishing.

—D'accord. Je veux juste le voir heureux, a dit Finley.

—Nous aussi. Mais pour l'instant, nous devons empêcher Laura de jouer les Roméo et Juliette avec Nico, a dit Karissa.

J'ai ri et secoué la tête. —Je disais exactement la même chose à Finley aujourd'hui. J'ai besoin de toute l'aide possible.

16

J'étais encore sur un petit nuage au travail ce lundi matin. Je n'avais pas parlé à Nico depuis qu'il avait quitté ma maison tôt dimanche, mais j'étais d'excellente humeur. La matinée passait rapidement et même si nous n'avions pas échangé un mot, il ne cessait de me lancer des regards séducteurs qui faisaient monter en moi des vagues de chaleur et de désir.

Cet homme me faisait ressentir toutes sortes de choses.

J'ai pris une profonde inspiration et souriais en ouvrant la porte de la salle d'attente pour appeler Damien. Il semblait légèrement mieux que la dernière fois que je l'avais vu. Il m'a adressé un petit sourire et m'a dit bonjour alors que nous nous dirigions vers une salle d'examen.

—Comment vous sentez-vous ? lui ai-je demandé.

Il a haussé les épaules, qui semblaient plus maigres que dans mon souvenir. —Ça va.

—Mangez-vous correctement ? Buvez-vous suffisamment d'eau ?

—J'essaie.

—Passons à la pesée.

Il a gémi et j'ai souri.

Il avait perdu plus de deux kilos. En deux semaines. Ce n'était pas bon.

—La chimio vous pose des problèmes ? J'ai noté son poids et l'ai entouré pour que Nico le remarque.

—Oui, mais c'est normal, non ?

—C'est effectivement normal, mais votre perte de poids m'inquiète. Arrivez-vous à manger quoi que ce soit après le traitement ?

Il a essayé de sourire mais sans conviction. Il a soupiré. — C'est difficile. Beth... je pensais que nous serions ensemble pour toujours. Pour le meilleur et pour le pire, dans la maladie comme dans la santé et tout ça. Nous n'étions pas mariés, mais nous parlions de nous marier. Et maintenant, elle est juste partie. A fait ses valises, a déménagé, disparue.

Je lui ai souri et j'ai posé ma main sur la sienne. —Je suis vraiment désolée. Vous méritez mieux que ça. Vraiment. C'est une chose horrible à faire à une personne dont on se soucie.

—C'est ça le problème. C'est ce qui me travaille. On ne fait pas ça à quelqu'un dont on se soucie. On ne traite pas les gens comme ça. Si nous venions juste de nous rencontrer, j'aurais pu comprendre parce que faire connaissance avec quelqu'un dans cette situation est difficile, mais nous vivions ensemble depuis plus d'un an. Et tout était un mensonge. Tout. Et je me sens tellement stupide d'avoir cru que c'était réel. D'avoir cru qu'elle était une bonne personne.

—Vous n'êtes pas stupide, Damien. Certaines personnes sont nulles. Vous méritez tellement mieux. En fait, il y a une patiente que j'aimerais vous présenter. Quand nous retournerons pour la chimio, je vous la présenterai.

Il a secoué la tête. —Je ne suis pas intéressé par une autre relation. Je ne peux pas. Je dois me concentrer sur ma guérison.

—Je-

—Bonjour, a dit fermement Dr Allison.

Damien et moi avons levé les yeux, mais Nico me fixait d'un regard furieux.

—Comment ça se passe ici ?

—Bien, Docteur. Comment allez-vous ?

Dr Allison a fermé la porte derrière lui et a souri à Damien. —Très bien, merci. Il s'est approché de moi, son regard furieux verrouillé sur le mien. J'avais envie de fuir, mais je ne voulais pas me laisser intimider. Je ne faisais rien de mal. C'était mon travail de prendre soin de mon patient, et cela incluait sa santé mentale.

Dr Allison a pris la tablette que je tenais, y a jeté un coup d'œil avant de me la rendre. —Comment vous sentez-vous aujourd'hui, Damien ?

—Ça va, Docteur.

—Vous avez perdu du poids. Cela m'inquiète. Est-ce que vous mangez ? Buvez-vous assez d'eau ? Prenez-vous soin de vous ?

—J'essaie, Docteur. La vie est devenue... difficile.

—Vraiment ?

Damien a hoché la tête. —Ma copine m'a quitté quand elle a appris pour le cancer, et je... Il a ri doucement. —Vous ne comprendriez pas les problèmes avec les femmes. Je parie qu'elles font la queue pour vous.

—Expliquez-moi quand même, a dit Dr Allison, gardant son attention sur Damien.

—Je... j'ai l'impression que j'aurais dû voir quelque chose qui m'aurait révélé qui elle était vraiment. Comme si j'aurais dû savoir qu'elle ferait une chose pareille.

Dr Allison a pincé les lèvres. —Ce que j'ai appris sur les femmes, c'est qu'elles sont très douées pour vous montrer ce qu'elles veulent que vous voyiez. Si vous en trouvez une bien, elle ne retiendra rien. Mais on ne sait pas toujours. Et c'est difficile.

—Oui, c'est vrai, a dit Damien avec un sourire désabusé. —J'essaie de trouver une routine et tout ça, mais c'était toujours Beth qui faisait les courses et qui préparait le dîner. Après la chimio, je me sens mal et j'ai envie de dormir. Je m'effondre généralement, puis je me sens bof pendant quelques jours. Je n'ai pas vraiment été malade, mais je n'ai pas d'appétit.

Dr. Allison hocha la tête. —J'entends ça souvent. Nous avons une liste d'aliments suggérés. Des choses que d'autres patients nous ont dit pouvoir tolérer après la chimio. Ce ne sont pas des exigences diététiques, juste des idées à essayer. Si vous le pouvez, faites attention à ce qui vous semble appétissant dans les prochains jours. Si nécessaire, mangez ça. Beaucoup de patients ne tolèrent qu'une ou deux choses pendant quelques jours. Même si ce n'est pas particulièrement sain, perdre beaucoup de poids ne l'est pas non plus."

Damien hocha la tête. —Vous avez raison. Je sais. Je vais faire plus attention. Et je vais examiner la liste. Merci, Docteur."

Dr. Allison hocha la tête. —Montez sur la table pour un examen rapide et nous vous enverrons à la perfusion."

Damien fit ce qu'on lui demandait. J'ai pris des notes pendant que Dr. Allison l'examinait. Heureusement, tout semblait bon.

Une fois que Dr. Allison eut terminé, j'ai accompagné Damien à la clinique de perfusion et commencé sa première dose. Une fois que le liquide coulait, j'ai dit : —Je n'allais pas vous présenter quelqu'un pour une rencontre amoureuse."

—Vraiment ?" demanda-t-il.

J'ai souri et secoué la tête. J'ai retiré mon équipement de protection et pris des notes sur son dossier. —Non. J'allais vous présenter à un autre patient, un homme, qui est également céli-bataire. Il a trois filles, et sa femme est décédée il y a quelques années. Je pensais que ce serait bien d'avoir un autre homme à qui parler. Quelqu'un qui comprendrait ce que vous traversez."

Il a ri doucement et hoché la tête. —Merci, Laura. Je suis désolé d'avoir tiré des conclusions hâtives."

J'ai tapoté sa main. —Je comprends. Je ne voulais pas vous mettre mal à l'aise. Je vais chercher Lucas tout de suite. Je vais l'installer à côté de vous et vous présenter. Sans pression, juste quelqu'un à qui parler."

Damien hocha la tête. —Merci. Je pense que j'aurais besoin d'un ami."

J'ai souri et suis allée chercher Lucas. Sur le chemin du retour, nous avons discuté de ses filles et de comment il se sentait. Il supportait bien la chimio, et puisqu'il était venu la semaine précédente pour son rendez-vous avec Dr. Allison, nous pouvions aller directement au centre de perfusion.

J'ai installé Lucas à côté de Damien et les ai présentés l'un à l'autre. Pendant que je commençais la chimio de Lucas, j'ai discuté avec les deux hommes, leur parlant un peu l'un de l'autre et de certaines choses qu'ils avaient en commun. Au moment où Lucas était à mi-chemin de sa première dose, ils parlaient facilement et riaient. Les deux hommes avaient l'air mieux.

—Infirmière Kempis," dit Dr. Allison. —Puis-je vous parler ?"

J'ai terminé mes notes et l'ai suivi jusqu'à son bureau. Me retrouver là-bas devenait une habitude, quelque chose qui était rare avant. Et certainement pas quelque chose de bon signe.

—Veuillez fermer la porte."

J'ai levé les yeux au ciel et fait ce qu'il demandait. Il était derrière son bureau, ce qui signifiait que j'étais encore en difficulté. Super.

—Pourquoi vous immiscez-vous dans la vie des patients ?"

—Je ne m'immisce pas."

—Ce n'est pas ce que j'ai entendu."

—Quand ? Qu'avez-vous exactement entendu qui vous a fait penser que je m'immiscais ?"

—Vous avez dit à Damien que vous vouliez lui présenter quelqu'un. J'ai du mal à croire que ce n'est pas s'immiscer. Cet homme vient d'être quitté, et vous vous insérez dans sa vie. Ce n'est pas pour ça que vous êtes ici."

—Damien est mon patient, Dr. Allison. Je lui parle. Je sais ce qui se passe avec lui. Je l'écoute. Vous avez surpris quelques instants d'une conversation, et si vous ne m'aviez pas interrompue à ce moment-là, vous auriez appris que je voulais lui présenter Lucas." J'ai pointé vers le centre de perfusion comme s'il pouvait voir les deux hommes à travers le mur. J'ai inspiré profondément et baissé ma main.

—Lucas ? Pourquoi ?"

—Parce que je voulais que Damien ait un ami. Un autre homme qui sait combien c'est difficile et qui traverse également ment cette épreuve sans partenaire."

—Vous me racontez des conneries ?"

J'ai levé les mains et grogné. —Ils parlent en ce moment même. Je les ai assis l'un à côté de l'autre pour qu'ils puissent discuter. Je pense qu'ils se sentent tous les deux très seuls, et j'ai pensé que ce serait bien pour eux. Je ne joue pas les entremetteuses. J'essaie de remonter le moral de mes patients."

Dr. Allison m'a étudiée pendant un long moment. —Vous êtes vraiment quelque chose, vous savez ça ?"

J'ai ricané. —Ce n'est généralement pas un compliment."

—Je le dis comme tel, Laura. Je vous présente mes excuses pour vous avoir jugée."

—Vous faites ça souvent ? Me juger, ainsi que les autres infirmières ?"

Il a haussé les épaules. —Probablement trop. Surtout vous. Je ne vois pas toujours le meilleur dans les situations, ou les personnes. J'attends toujours que quelqu'un fasse quelque chose que je n'approuve pas. J'ai tendance à réagir de façon excessive quand il s'agit de vous."

—Réagir de façon excessive ?"

Il a soupiré. —D'accord, devenir jaloux et en colère."

J'ai essayé de ne pas sourire, vraiment, mais je n'ai pas pu empêcher mes lèvres de se recourber aux coins.

Il a ri doucement. —Va-t'en avant que je t'étale sur ce bureau.

Mon corps s'est embrasé. Je me suis mordu la lèvre et j'ai jeté un coup d'œil à son bureau. Je pourrais définitivement adhérer à cette idée. —Une autre fois.

Il a gémi tandis que je sortais de son bureau pour retourner auprès de mes patients.

Le reste de la journée est passé rapidement. Lucas et Damien ont discuté pendant qu'ils étaient là, et Damien m'a remerciée de les avoir présentés quand il est parti. Ils ont échangé leurs numéros et prévu de se retrouver pour dîner durant le week-end.

J'étais douée.

Ally m'a interrogée sur mon sourire quand nous étions dans la salle de repos à la fin de la journée. —J'ai rendu deux patients heureux aujourd'hui.

—Comment as-tu fait ça ?

—Ils semblaient tous les deux avoir besoin d'un ami. Je les ai présentés l'un à l'autre.

—Tu sais qui d'autre pourrait avoir besoin d'une amie ? Moi. Que fais-tu maintenant ? a demandé Ally. Elle souriait mais ses yeux me suppliaient.

—Euh, rien. Pourquoi ?

—Je dois dîner avec ma sœur, et je ne sais jamais quoi lui dire. Tu veux bien m'accompagner ? S'il te plaît ?

—Ta sœur ?

Ally a gémi et hoché la tête. —Nous avons le même père, mais Goldie est beaucoup plus âgée que moi. Sa mère était mariée à mon père, puis ils ont divorcé et il a épousé ma mère. Mon père a toujours essayé de nous faire bien nous entendre, mais c'est gênant. Si tu viens, ce sera tellement mieux.

—Tu es sûre ? C'est ta sœur.

Ally a secoué la tête. —Non, j'ai vraiment besoin d'aide. S'il te plaît. D'habitude, je force Spencer à venir avec moi, mais il ne peut pas ce soir. Je ne sais jamais quoi dire à Goldie. S'il te plaît, Laura.

J'ai hésité. C'était vraiment bizarre, mais j'aimais bien Ally. Je ne voulais pas la laisser dans l'embarras.

—Je paie le dîner.

J'ai ri. —Tu n'as pas à payer le dîner. Je t'accompagnerai. Est-ce que j'ai le temps de rentrer me changer ?

Ally a regardé sa montre et grimacé.

—D'accord, alors. J'y vais en tenue de travail. J'espère qu'on ne va pas quelque part de chic.

Ally a secoué la tête. —On se retrouve chez O'Kelley's.

J'ai acquiescé. Ce ne serait pas la première fois que j'y allais en tenue de travail. Et probablement pas la dernière non plus.

Ally m'a attendue pendant que je rassemblais mes affaires et nous nous sommes dirigées vers la sortie. Dr Allison nous a vues partir et nous a arrêtées.

—Vous rentrez chez vous ? a-t-il demandé, son regard passant de l'une à l'autre.

Ally a hoché la tête. —Nous partons, mais pas pour rentrer. Laura vient dîner avec moi et ma sœur.

—Oh. Je ne savais pas.

J'ai essayé de déchiffrer son expression. —Vous aviez besoin de quelque chose ?

Il a secoué la tête comme s'il venait de réaliser que quelqu'un d'autre était là avec nous. —Non. Je... non. Passez une bonne soirée.

J'ai essayé de croiser son regard, mais il s'est retourné et est rentré dans son bureau. Ally m'a poussée vers la porte tout en cherchant ses clés.

—Je suis toujours si nerveuse avec Goldie. Elle est... parfaite. Je ne peux jamais me mesurer à elle.

J'ai souri et gardé la bouche fermée. Je trouvais Ally parfaite, alors ce serait intéressant de rencontrer sa sœur parfaite.

Ally et moi avons conduit séparément jusqu'à O'Kelley's. Je me suis garée quelques rues plus loin, plus près du parc Catherine. Ally était debout devant O'Kelley's quand je suis arrivée. Ses épaules étaient crispées et elle vérifiait son téléphone toutes les cinq secondes. Elle se balançait sur la pointe des pieds et chassait des mèches de cheveux imaginaires de son visage.

—Ally. Calme-toi. Ça ne peut pas être si terrible.

Elle a ri sans joie. —Tu n'as aucune idée. Tu es prête ?

J'ai hoché la tête et l'ai suivie à l'intérieur. Elle s'est arrêtée et a balayé la salle du regard. Je ne savais pas qui je cherchais, mais j'ai regardé autour de moi aussi. Si certains de mes amis étaient là, peut-être qu'Ally voudrait qu'ils se joignent à nous. Un tampon plus grand ? Assez grand peut-être pour que je ne sois plus le tampon.

—Elle est là, murmura Ally. Elle se dirigea vers les box sur la droite, se faufilant entre les tables. Je la suivis, essayant de voir où nous allions avant qu'Ally ne s'arrête.

Une femme blonde était assise à la table devant nous. Elle avait la tête baissée, les yeux rivés sur son téléphone. Elle portait un tailleur coûteux et arborait une mine renfrognée.

—Bonjour, Goldie, dit Ally doucement, attirant à peine l'attention de la femme.

—Ally, tu es là. Et tu as amené une amie. Bonjour, je m'appelle Goldie. La sœur d'Ally. Ravie de faire votre connaissance.

Je serrai la main qu'elle me tendait. —Bonjour, Goldie. Je m'appelle Laura. Ally et moi sommes collègues.

—Êtes-vous médecin ?

—Non, je suis infirmière en perfusion.

—Wow. Le travail que vous faites est tellement inspirant. Je dis tout le temps à Ally à quel point son métier m'impressionne.

—Je suis essentiellement une assistante administrative, dit Ally.

—Et je sais combien ce travail est difficile. J'en ai une, et c'est la seule raison pour laquelle je ne perds pas constamment la tête. Comment va Nico ?

Je me crispai plus que je n'aurais dû à la mention désinvolte de Nico par Goldie. Peut-être n'était-il pas le seul à être jaloux.

—Il va bien. Toujours au travail, bien sûr.

Goldie rit. —Évidemment. Comment vas-tu ? Comment se passe la vie de couple ? Elle frissonna puis me sourit. — Mon premier mariage a été un désastre. J'ai juré de ne plus jamais me marier. Mais je suis tout à fait pour les mariages heureux comme celui d'Ally.

Je souris. Je pouvais parfaitement comprendre pourquoi Ally trouvait sa sœur parfaite, mais je ne voyais pas pourquoi Ally ne se sentait pas à l'aise avec elle, ou pourquoi elle disait qu'elle était distante. Goldie était gentille et bavarde. Elle n'avait rien dit qui aurait pu, selon moi, mettre Ally mal à l'aise. Elle semblait beaucoup aimer Ally. J'étais perplexe.

—La vie de couple est agréable. Spencer a dû travailler ce soir.

—Ça arrive. Voulez-vous des boissons ? Puisque vous êtes là, je peux aller au bar et commander pour nous. Une carafe de quelque chose ou des boissons individuelles ? Qu'est-ce qui vous ferait plaisir ?

Je regardai les deux sœurs et compris qu'aucune d'elles n'allait se décider. Elles craignaient toutes les deux de marcher sur les plates-bandes de l'autre. Ce qui signifiait que nous pourrions rester assises là toute la nuit sans rien obtenir.

—Et si j'allais nous chercher une carafe de margaritas ? proposai-je. —Hudson fait de très bonnes margaritas à la pêche. Ça convient à tout le monde ?

Goldie acquiesça et m'adressa un sourire éclatant. Ally hocha la tête aussi, mais son sourire exprimait surtout de la gratitude. Jusqu'à ce que je me lève. Alors la panique envahit son regard quand elle réalisa que j'allais la laisser seule avec sa sœur.

—Je reviens tout de suite, leur dis-je.

Les yeux d'Ally s'écarquillèrent mais sa bouche resta close. Je m'éloignai, me glissant sur un siège au bar et attirant l'attention d'Hudson.

—Tu es venue seule ? demanda-t-il.

Je secouai la tête. —Ma collègue rencontrait sa sœur et voulait un tampon. Tu peux nous préparer une carafe de margaritas à la pêche ? Je pense qu'on a besoin de toute l'aide possible.

Hudson sourit. —Je m'en occupe. Vous n'avez pas de serveur ?

Je secouai encore la tête. —Pas depuis que je me suis assise.

Hudson leva les yeux au ciel. —Merde.

—C'est difficile de trouver du bon personnel.

—C'est sacrément vrai. Je vous apporterai votre carafe dans une minute. Trois verres ?

J'acquiesçai.

—À manger ?

—Oui. Je sais que j'ai besoin de manger. Je suppose qu'elles aussi.

—D'accord. Désolé pour le serveur.

Je souris. —Moi aussi.

Il rit doucement et saisit un mixeur pour préparer nos margaritas. Je me frayai un chemin jusqu'à la table et souris en m'asseyant de nouveau.

—Pas de boissons ? demanda Ally.

—Hudson est en train de les préparer. Il a dit qu'il nous les apportera dans une minute. Et prendra notre commande de nourriture.

—Oh, oui, je meurs de faim, dit Goldie. —Venez-vous souvent ici ?

J'ai acquiescé. —Oui, généralement deux fois par semaine. Hudson est un ami.

—Sympa. Je ne sors pas beaucoup. Je ne sais même pas qui est Hudson.

—Il est propriétaire d'O'Kelley's. Désolée. Je pensais que tout le monde le connaissait, ai-je dit.

Goldie a hoché la tête. —Ça a plus de sens maintenant. J'ai grandi ici, mais j'étais dans une école privée puis je suis partie à l'université et ne suis revenue dans la région qu'il y a quelques années. Je suis directrice du tourisme pour la région.

—Vraiment ? Wow. C'est un poste important.

Goldie a souri. —En effet. Mais j'aime ça. Je travaille avec les organisateurs d'événements locaux et les entreprises locales pour coordonner des événements qui attirent les touristes. Cet endroit est magnifique, spécial et un peu secret. Nous n'avons pas toujours fait un bon travail pour faire savoir au monde que nous existons. Je veux changer cela.

—Sans changer la beauté des Mille-Îles, a ajouté Ally.

Goldie a acquiescé. —Exactement. C'est un équilibre délicat. Mais notre capacité hôtelière limitée aide à cela.

—Souhaiteriez-vous augmenter la capacité hôtelière ?

Goldie a haussé les épaules. —Si je devais le faire, ce serait très légèrement, mais je préfère remplir les hôtels que nous avons. Aucun d'entre eux n'est à pleine capacité tout le temps. La plupart ont beaucoup de chambres disponibles. Je veux aider les propriétaires d'entreprises locales, pas les voir faire faillite.

—Mes amis qui possèdent des entreprises locales seront ravis d'entendre ça, lui ai-je dit.

—J'aimerais rencontrer toutes vos connaissances. Voir ce que nous pouvons faire pour travailler ensemble et améliorer les choses, a dit Goldie. —Je peux vous donner mon numéro à partager avec eux. Si vous êtes d'accord.

J'ai acquiescé. —Absolument. Ce serait super.

Pendant que Goldie entrait son numéro dans mon téléphone, Hudson nous a apporté notre pichet. Il a pris nos commandes tandis qu'Ally se servait un verre bien rempli et en buvait la moitié presque instantanément.

Quelque chose n'allait pas dans cette situation.

$\mathcal{A}$lly continuait à boire pendant que Goldie me parlait de son travail et de ses idées pour les activités estivales. Certaines m'étaient inconnues et d'autres étaient les mêmes événements qui se produisaient chaque année, mais avec une nouvelle perspective.

—Est-ce ta première année à ce poste ? ai-je demandé à Goldie.

—Oui. Je travaillais avant pour le département des événements à l'hôtel Bayside à A-Bay, mais quand ce poste s'est libéré, j'ai dû postuler. Je ne suis en fonction que depuis quelques mois.

—C'est passionnant. Félicitations.

—Merci. J'adore vraiment ça. Et je pense qu'avec tes contacts, je pourrai faire avancer bon nombre de mes projets. J'apprécie particulièrement ton amie qui conçoit des applications. Elle sera mon premier appel.

Je lui ai souri tandis qu'Ally poussait un reniflement dédaigneux à côté de moi. Elle n'avait presque rien dit depuis l'arrivée des margaritas. J'ai lancé un regard confus et inquiet entre elles, mais aucune ne semblait le remarquer.

—Voilà, a dit Hudson en apportant notre nourriture. J'espère que tout a l'air bon. Avez-vous besoin d'eau par ici ? Ou d'autre chose ?

—En fait, a dit Goldie, as-tu une minute ?

Hudson m'a regardée, les sourcils froncés. J'ai hoché la tête pour lui faire comprendre que c'était bon d'accepter.

—Euh, bien sûr. Qu'est-ce qu'il y a ?

—Je suis la directrice du tourisme pour la région et je cherche à rencontrer les propriétaires d'entreprises locales concernant certains événements que j'aimerais programmer pour l'été. Je souhaite aussi avoir la possibilité d'inclure les événements que toi, et d'autres, organisez sur notre site web. Serait-il possible de discuter de quelques idées ?

Hudson a acquiescé. Il a ajusté sa casquette de baseball et a changé de position. Il préférait rester derrière le bar et que personne ne sache qu'il était le responsable, même si tout le monde le savait. Se retrouver sous les projecteurs n'était pas son idéal. —Je n'organise pas vraiment d'événements ici. Du moins, pas ceux qui sont ouverts au public. Je participe à tout ce que la ville fait.

—Si tu étais sponsor d'un événement, nous pourrions quand même ajouter ton entreprise au site web. Un peu de publicité pour toi, a dit Goldie.

—Il a dit non, Goldie, a grogné Ally.

Hudson a regardé les deux sœurs puis moi. J'ai haussé les épaules, lui faisant comprendre que je n'étais pas sûre non plus de ce qui se passait.

—Ce n'est pas grave, a dit Hudson. Je me débrouille assez bien. Et quand j'aide, je ne le fais pas pour avoir plus de publicité. Je le fais parce que c'est la bonne chose à faire.

—Bien sûr, a dit Goldie. Et les gens comme toi sont exactement ceux que nous devons mettre en avant.

—Les gens comme moi ?

Goldie a hoché la tête. —Absolument. Tu es d'ici, non ? Et

tu as fait de ce bar le tien. Tu es très représentatif des Mille Îles. Un propriétaire d'entreprise prospère qui redonne à la communauté. C'est pour ça que cet endroit est si spécial.

Hudson a lentement hoché la tête. —C'est spécial. Mais les gens qui vivent ici ne veulent pas le changer.

—Moi non plus, l'a rassuré Goldie. Je veux m'assurer que les gens qui viennent ici en visite sachent à quel point c'est incroyable. Je veux qu'ils le disent à tous leurs amis et qu'ils reviennent. Je veux que cet endroit soit une destination pour les gens.

—Et tu penses que cela profitera à la communauté ?

—En fait, oui. Je suis allée au centre communautaire. La première chose que j'ai l'intention de faire est d'y injecter de l'argent. Le parking doit être creusé et complètement refait. Le bâtiment lui-même aurait besoin de travaux. Et l'équipement qu'ils ont est vieux et insuffisant. J'en ai parlé avec la directrice. Elle est partante.

—Amelia peut certainement utiliser l'aide, a admis Hudson.

—Tu la connais ? a demandé Goldie, plus que surprise.

—Son aîné est un ami à moi. James est policier local, a dit Hudson.

Goldie a pris des notes sur son téléphone et a souri largement. —J'adore cette ville. Tout le monde connaît tout le monde. J'ai l'impression d'avoir raté beaucoup de choses en allant dans une école privée.

—Probablement, a dit Hudson. Je dois retourner derrière le bar, mais si vous avez besoin d'autre chose, faites-le-moi savoir.

—Merci, Hudson, lui ai-je dit. Il m'a fait un clin d'œil et a tapoté la table, puis s'est éloigné.

—Il est mignon, dit Goldie.

Ally renifla.

—Il l'est. Et c'est vraiment un type bien, lui dis-je.

—Il est célibataire ?

J'ai hoché la tête. —Oui, mais je ne suis pas sûre qu'il soit prêt pour une relation.

Goldie haussa les épaules. —Ce n'est pas grave. Moi non plus. Je n'aime simplement pas admirer des hommes qui ne sont pas disponibles. Ça me semble incorrect.

Ally marmonna quelque chose que je n'ai pas entendu. Quand je me suis retournée pour lui demander ce qu'elle avait dit, elle s'est excusée et a filé droit vers les toilettes.

J'ai forcé un sourire à Goldie, me demandant si je devais trouver des excuses pour Ally ou non.

—Ma mère ne lui a jamais facilité la vie, dit Goldie. —Elle était jalouse et méchante, et elle a rendu les choses difficiles pour Ally.

—Que veux-tu dire ?

—Elle insistait pour que mon père soit présent aux fêtes avec moi et elle le forçait à assister à tout ce que je faisais. Elle m'a même déposée chez eux quelques fois sans prévenir.

—Vraiment ? ai-je lâché.

Goldie a hoché la tête et jeté un coup d'œil vers les toilettes. —Je ne pense pas qu'elle m'aime beaucoup, mais j'essaie. J'aime ma mère, mais j'ai toujours eu l'impression de ne pas vraiment trouver ma place quand j'étais enfant. Mon père avait cette famille heureuse dont je ne faisais pas partie, et quand j'y étais, je me retrouvais au milieu de tout. C'était amusant et j'appréciais ces moments, mais j'étais quand même à l'écart. Ally et son frère formaient une équipe, et ils sont beaucoup plus jeunes que moi. Il a déménagé au Texas après l'université, alors notre père a essayé de rapprocher Ally et moi, mais elle n'est pas intéressée.

—Je suis désolée. Quand elle m'a invitée, je ne savais pas quoi faire.

Goldie a souri. —Ce n'est pas ta faute. Tout comme ce n'était pas ma faute si nos parents n'ont pas su gérer notre situation en grandissant. J'avais neuf ans quand Ally est née. Au moment où j'ai pu interagir avec elle, j'étais une adolescente en colère contre le monde parce que je n'avais pas mes deux parents sous le même toit. Quand Ally est devenue adolescente, je vivais déjà seule, et peu après, je me suis mariée et j'ai eu mon propre enfant. Nos vies n'ont jamais été synchronisées.

—En effet. Mais vous êtes quand même sœurs, ai-je dit.

Le sourire de Goldie était triste. —Le sang ne fait pas de nous des sœurs. Mon envie de la connaître non plus.

—Je peux essayer de lui parler.

Goldie a secoué la tête. —Non, je ne peux pas te demander de faire ça. Elle te détestera si tu t'en mêles.

—Elle voulait nous présenter depuis un moment. Elle me dit sans cesse que toi et moi devrions être l'entremetteuse l'une de l'autre. Ne t'inquiète pas.

—Vraiment ? Les lèvres de Goldie se sont relevées aux commissures. —C'est intéressant.

J'ai souri. —Peut-être qu'une relation avec elle n'est pas une cause perdue.

Goldie a hoché la tête. —Peut-être pas.

ALLY EST ARRIVÉE au travail le lendemain matin avec d'énormes lunettes de soleil et des ballerines. Son apparence habituellement éclatante était terne et son sourire était visiblement forcé.

—Ça va ? demanda Bonnie, une autre infirmière.

Ally secoua la tête, puis grimaça. —Laura m'a fait boire hier soir.

—Pas du tout ! Tu as fait ça toute seule.

—C'est entièrement la faute de Laura, gémit Ally. —Elle a acheté un pichet de margaritas.

—C'était censé être pour nous toutes, pas juste pour toi, ai-je répliqué.

—Ouais, eh bien, ma sœur était là.

—Oh, dit Bonnie en battant rapidement en retraite.

—C'est quoi l'histoire entre toi et Goldie, ai-je demandé à Ally. Je me posais la question depuis qu'Ally était allée aux toilettes et que Goldie s'était autant confiée à moi, mais je n'avais pas eu l'occasion de demander quoi que ce soit à Ally la veille au soir.

—Goldie est la perfection incarnée. Super boulot, vie parfaite, tout parfait. C'est la seule personne que je connaisse qui a quitté son mariage et qui s'en est sortie gagnante. Elle pourrait arrêter de travailler si elle le voulait, selon mon père. Et son fils est une sorte de prodige adolescent. C'est juste...

L'émotion brute dans ses yeux indiquait qu'il se passait bien plus qu'elle ne disait. Non seulement elle était jalouse de sa sœur, mais elle avait l'impression que leur père mettait Goldie sur un piédestal tandis qu'Ally était juste... là.

—As-tu pensé que peut-être ton père veut que tu apprécies Goldie et qu'il partage toutes ces choses pour que tu l'aimes bien ?

Ally a ricané. —Non. Pourquoi me dirait-il toutes ces choses si ce n'était pas vrai ?

—Je ne dis pas que ce n'est pas vrai. Seulement que je pense qu'il veut que tu l'apprécies. Elle me disait-

—Vous êtes amies maintenant ?

J'ai ouvert et fermé la bouche puis secoué la tête. —Non, mais ce n'est pas ma sœur, alors je lui ai parlé hier soir. Elle est sympa.

Ally a hoché lentement la tête. —Bon à savoir qu'elle peut te retourner si vite.

—Ally, c'est toi qui voulais que je la rencontre. Tu m'as invitée. Tu n'arrêtais pas de me dire que je devrais la rencontrer. Et maintenant tu es fâchée parce que c'est ce que j'ai fait ?

—Je ne pensais pas que tu prendrais son parti si rapidement.

—Je ne prends le parti de personne, lui ai-je dit calmement. —Je veux juste que vous parliez ou je ne sais quoi. Vous ne serez peut-être jamais amies, mais tu ne devrais pas avoir à boire un pichet de margaritas toute seule pour supporter une soirée avec elle.

Ally a grimacé à la mention des margaritas. —C'est vrai. Et je suis désolée. Je t'ai mise dans une situation délicate sans aucune information. Je n'aurais pas dû faire ça.

—Ce n'est pas grave. Je te promets.

—Merci, Laura. Je te dois une faveur.

J'ai souri. —Prends un repas avec Goldie sans consommer une quantité copieuse d'alcool et on sera quittes.

Ally a grimacé. —Tu es sûre que je ne peux pas te donner mon premier-né à la place ? Quelque chose de plus facile à gérer ?

J'ai ri avec elle et je suis partie commencer ma journée. Ça allait être une longue journée.

JE VENAIS de m'asseoir pour déjeuner quand un message de Nico est apparu.

> Viens me voir quand tu seras disponible, s'il
> te plaît.

J'ai regardé ma nourriture et j'ai secoué la tête. Je n'allais pas courir vers lui juste parce qu'il me le demandait. Il ne m'avait jamais envoyé de message au travail, alors je savais que c'était personnel et pas lié au travail.

> Je viens de m'asseoir pour déjeuner. Seras-tu disponible dans dix minutes ?

> Oui.

Je lui ai envoyé un emoji pouce en l'air et j'ai posé mon téléphone. J'étais la seule dans la salle de pause, ce qui était définitivement inhabituel, mais pas indésirable. Ma matinée avait été difficile et l'après-midi ne s'annonçait pas mieux.

J'ai mangé rapidement mon déjeuner, me disant que je n'étais pas pressée de le voir même si j'avais hâte. Je sortais de la salle de pause quand Bonnie y entrait. Elle avait l'air aussi fatiguée que moi et m'a seulement offert un petit sourire.

J'ai frappé à la porte de Nico et il m'a invitée à entrer. J'ai passé la tête par l'entrebâillement pour qu'il puisse voir que c'était moi. —Entre. Ferme la porte, s'il te plaît.

Je suis entrée et j'ai fermé la porte tandis qu'il se levait de son siège. Il est venu vers moi et ne s'est pas arrêté jusqu'à ce que je sois dans ses bras, mon visage enfoui contre sa poitrine.

Je l'ai tenu un long moment, incertaine de ce qui se passait. —Est-ce que ça va ?

Il a hoché la tête et m'a serrée plus fort un moment puis m'a lâchée. —Merci. J'en avais besoin.

—Tout va bien ?

— Oui. Ce travail me pèse parfois. Ce n'est pas toujours facile.

J'ai laissé échapper un petit rire. — Ce n'est jamais facile. Même quand c'est facile, ce n'est pas facile. Nous tenons la vie des gens entre nos mains. Nous les remplissons de poison en espérant que cela tue les bonnes choses. C'est de la science-fiction, mais nous le faisons parce qu'il n'y a pas d'alternative.

— Ouais. Tu as raison. Il n'y a pas d'alternative. Et si

nous ne nous battons pas pour nos patients, personne ne le fera. Mais ce n'est pas pour ça que je t'ai demandé de venir ici.

— Ah non ?

Il a secoué la tête. — Non. Je voulais te montrer les plans pour l'étage. J'espérais te voir hier, mais Ally m'a devancé. Es-tu libre aujourd'hui après le travail ?

J'ai hoché la tête. — Je le suis.

— Ça te dirait de commander à dîner et de parcourir tout ça avec moi ?

— C'est pour le travail ou c'est personnel ?

Il a penché la tête. — Est-ce que ça doit forcément être l'un ou l'autre ?

J'ai haussé les épaules. — Si c'est pour le travail, ça me va, mais si c'est personnel, je voudrais peut-être passer chez moi prendre une douche.

Il a souri. — Est-ce que je peux te dire que c'est pour le travail pour te garder ici et ensuite rendre ça personnel ?

J'ai ri doucement. — Je suis déjà en sueur.

— Ça m'est égal.

— Et dégoûtante.

— Ça m'est toujours égal.

— Et épuisée.

— Alors laisse-moi prendre soin de toi un peu ce soir.

J'ai haussé un sourcil, ce à quoi il a simplement souri.

— C'est un oui ?

J'ai hoché la tête. — Oui, c'est un oui. Ça a toujours été un oui.

— Bien. On peut commander... je veux dire, qu'est-ce que tu veux commander ?

J'ai souri. — Tu peux toujours faire des suggestions, tu sais.

— J'aimerais savoir ce que tu veux.

J'ai haussé les épaules. — Je suis ouverte aux idées. Je

viens de manger un sandwich pour le déjeuner, donc quelque chose de différent, mais je ne suis pas difficile.

Il a ricané. — À peine. Que dirais-tu de tacos pour le dîner ?

— Ça a l'air délicieux.

— D'accord. Je te revois ici dans quelques heures.

J'ai souri et hoché la tête, puis j'ai fait un mouvement pour ouvrir la porte et retourner au travail.

— Euh, encore une chose, a-t-il dit en se rapprochant de moi. Il m'a prise dans ses bras et a scellé ses lèvres aux miennes. Il a exploré ma bouche de sa langue et a serré mon corps contre le sien.

Mes mains se sont posées sur ses bras et ont lentement remonté. Je les ai enroulées autour de son cou tandis qu'il me pressait contre la porte. Ses mains s'étalaient largement sur mon dos, me tenant contre lui alors qu'il appuyait son corps contre le mien.

Il me taquinait avec sa langue, alternant entre des caresses douces et des poussées plus fortes, faisant l'amour à ma bouche. Je ne pouvais rien faire d'autre que m'accrocher et prier pour que ça ne s'arrête jamais.

Il a finalement reculé et a pressé son front contre le mien. Son souffle effleurait mon visage à chaque respiration haletante. Sa chaleur s'infiltrait en moi, rendant presque impossible tout mouvement pour partir.

— Merci.

Je lui ai souri. J'ai glissé ma main le long de son visage, caressant sa mâchoire. Il s'est blotti contre ma paume et l'a embrassée. Il m'a serrée contre lui pour une étreinte puis a ouvert la porte et m'a laissée partir.

—Je te verrai bientôt, dis-je doucement avant de sortir de son bureau. J'ai presque trébuché. J'avais l'impression de flotter.

Cet homme était vraiment enivrant. Je ne pouvais pas me

lasser de lui. Et plus j'en avais, plus j'étais certaine que j'en aurais besoin.

QUAND MA JOURNÉE s'est enfin terminée, j'ai pris quelques minutes pour moi dans les toilettes. Je me suis forcée à respirer profondément et à repousser tout le négatif. C'était une technique que j'avais apprise d'un conseiller il y a des années, une qui m'avait aidée à traverser toutes les épreuves difficiles de ma vie.

Je savais que des choses terribles se produisaient, mais j'avais choisi de me concentrer sur le bon côté de la vie. Mais après des journées comme celle-ci, le négatif devenait accablant. Les mardis étaient difficiles à cause des patients qui venaient. Une jeune mère célibataire qui devait programmer ses rendez-vous autour de l'école maternelle de son fils, un grand-père dont le traitement ne fonctionnait pas bien, et un mari et père dévoué qui pleurait à chaque visite. Tous les trois me brisaient le cœur. Je les écoutais, je parlais et j'essayais de les encourager, mais c'était difficile. Tout était difficile.

Quand ma mère est morte, j'ai décidé de ne pas laisser entrer le négatif. Mon père avait laissé entrer le négatif et ça avait fini par le tuer. Je ne pouvais pas faire ça. Je n'avais pas d'autre choix que de repousser le négatif et de me concentrer sur le positif.

Comme ma soirée avec Nico.

Je me suis aspergé le visage d'eau et me suis rafraîchie autant que possible, puis je suis allée dans la salle de repos. Tout le monde était déjà parti, donc j'avais l'espace pour moi toute seule. J'ai enfilé une paire propre de tenue médicale, une tenue supplémentaire que je gardais dans mon casier pour les urgences. J'ai remis du déodorant et j'ai laissé mes ondulations tomber librement. J'ai démêlé mes cheveux avec mes doigts et j'ai décidé que mon apparence était aussi bien qu'elle pouvait l'être.

Je suis allée au bureau de Nico pour le trouver mais il était vide. Son ordinateur était éteint. Les lumières étaient allumées, mais il n'y avait personne. J'ai fait le tour du reste du rez-de-chaussée mais je ne l'ai pas trouvé. Je pensais que nous devions nous retrouver dans son bureau, mais j'ai supposé que je m'étais trompée et je me suis dirigée vers le deuxième étage.

Nico se tenait à l'extrémité de la pièce quand les portes de l'ascenseur se sont ouvertes. Il s'est retourné pour me regarder, le soleil de fin d'après-midi le mettant en valeur par derrière. On aurait dit qu'il appartenait à une publicité.

—Salut. Je me demandais où tu étais, dis-je en marchant vers lui.

—Je pensais que tu étais partie.

Je me suis arrêtée. —Tu m'as demandé de rester.

—Oui, mais tu es partie. Il a commencé à venir vers moi.

J'ai secoué la tête. —Je me suis changée.

—J'ai vérifié dans la salle de repos. Tu n'y étais pas.

—J'étais aux toilettes. J'avais besoin de quelques minutes.

—Est-ce que tout va bien ? Il a tendu la main vers moi, attrapant la mienne.

J'ai retenu mon souffle. —Ça va mieux maintenant.

Il m'a attirée dans ses bras et m'a serrée fort. C'était définitivement mieux maintenant.

18

NICO

*L*aura tremblait. Elle tremblait vraiment. Je ne l'avais jamais vue bouleversée, mais elle tremblait. —Est-ce que ça va ?

Elle secoua la tête. —Pas vraiment, mais ça ira. Parfois les choses deviennent difficiles. Aujourd'hui a été difficile.

J'ai ri doucement. —Les choses sont toujours difficiles pour moi.

—Tu ne donnes pas cette impression. Tu es si stable.

J'ai secoué la tête. —Pas vraiment. Je le cache. Je me replie sur moi-même. Je rentre chez moi et je m'isole. Je ne laisse personne me voir quand je craque.

—Je ne craque pas souvent, a admis Laura. —Depuis ma mère... je sais à quel point la perte peut être dévastatrice. Je l'ai vu de mes propres yeux. J'ai regardé mon père complètement disparaître devant moi. Ce n'était pas intentionnel et ce n'était pas parce qu'il ne m'aimait pas, mais il s'est quand même évanoui. La seule personne pour qui il vivait n'était plus là, et il n'avait plus rien d'autre, alors il a disparu aussi. Aussi douloureux que ce soit, ça m'a aidée à devenir une meilleure soignante. Ça m'a aidée à pouvoir lâcher prise. Ce n'est pas obligé d'être aussi dur pour les gens. On ne connaît jamais la raison derrière une perte, mais je dois croire qu'il y a une raison. Je dois croire que chaque perte est là pour aider ceux d'entre nous qui restent à apprendre quelque chose.

—Je ne suis pas aussi évolué, ai-je avoué. —Les pertes me mettent en colère. Je veux tous les sauver, et si je n'y arrive pas, je le prends personnellement.

—Et est-ce que tu changes ? Est-ce que tu en tires des leçons ? Est-ce que tu reviens sur un cas, sur ce qui a mal tourné, et essaies de faire mieux pour le suivant ?

—Bien sûr.

Elle a souri et haussé les épaules. —Alors tu en tires des leçons.

J'ai ri doucement. —D'accord, j'en tire des leçons. Je préférerais apprendre d'une autre façon.

Elle a hoché la tête. —Ouais.

—Qu'est-ce qui s'est passé aujourd'hui qui était si grave ?

Elle a inspiré profondément. —Certains patients m'affectent. Quand les traitements ne fonctionnent pas bien ou quand ils fonctionnent mais les épuisent. C'est dur à regarder. Je m'attache émotionnellement, même si je sais que je ne devrais pas.

—Je pense que ça te rend meilleure. Si tu t'en soucies, tu n'abandonnes pas. Tu continues à te battre.

Elle a hoché la tête. —Toujours. Elle a pris une profonde inspiration et fermé les yeux en expirant. J'ai observé son corps se détendre et son visage se transformer en une expression de paix.

—Tu te sens mieux.

Elle a hoché la tête et ouvert les yeux. —Oui. Merci.

—Je n'ai jamais pu me libérer des choses comme tu viens de le faire.

—On est tous différents. Je ne mets pas longtemps à faire mon deuil. J'ai passé beaucoup d'années à le faire et ça n'a rien changé. Je choisis de me concentrer sur le positif, sur le bon côté. Je trouve un côté positif à tout, même aux choses terribles. Et ce n'est pas difficile de trouver le bon côté ici. Parle-moi des plans.

J'ai souri, à nouveau impressionné par elle. Je lui ai expliqué tout ce dont j'avais discuté avec Peter. Elle a acquiescé et posé des questions pendant que nous parcourions l'espace. —Qu'en penses-tu ? ai-je demandé quand j'ai eu terminé.

Elle a souri. —Je pense que c'est parfait. Je pense que ce sera exactement ce que tu veux que ce soit. Une combinaison de relaxant et paisible avec les exigences médicales appropriées. Quand commencent-ils ?

—Demain. Même si j'ai signé le contrat la semaine dernière, nous étions encore en train de finaliser tous les petits détails. Il a dû apporter quelques modifications à ce que je voulais pour respecter les codes de construction et des choses dont je ne connais rien. Ils vont tout débarrasser demain et commencer les changements de disposition. Peter est confiant qu'il n'aura pas besoin de modifier le calendrier et terminera dans quatre à six semaines comme nous en avons parlé à l'origine.

—Wow. Ça paraît rapide.

J'ai ri. —C'est ce que j'ai dit, mais c'est bien. La prochaine étape est d'embaucher quelqu'un de nouveau pour aider.

—Un autre médecin ?

J'ai acquiescé. —Ouais. J'ai cherché, mais je n'ai pas été plus loin que ça.

—Cet endroit est en train de changer. Je pense que c'est bon pour toi. Peut-être qu'un autre médecin signifiera que tu pourras prendre un peu plus de temps libre.

—Peut-être.

Elle a ri de mon expression. —Non. Tu n'as aucun projet dans ce sens.

J'ai souri. Elle me connaissait bien.

Mon téléphone a vibré avec un message du service de livraison. —Le dîner est là. Je reviens tout de suite.

Elle a acquiescé et incliné la tête pour un baiser alors que je passais. Un seul goût d'elle m'a donné envie de dire au livreur de revenir dans une heure, mais Laura s'est reculée rapidement et a souri.

J'ai récupéré la nourriture auprès du livreur et l'ai remercié, puis j'ai vérifié que toutes les portes étaient verrouillées et je suis remonté. Laura se tenait à la fenêtre, regardant le coucher de soleil.

—C'est vraiment une belle vue, a-t-elle dit tandis que je m'approchais.

J'ai acquiescé. —Oui, c'est vrai. Je ne parlais pas du coucher de soleil.

—J'ai ramassé quelques œuvres d'art quand je suis allée au Canada. Une pièce qui, je pense, fonctionnerait bien dans les pièces du fond. Si ça t'intéresse. Elle a fait défiler son téléphone et finalement l'a tourné vers moi.

J'ai détourné mon regard d'elle pour regarder l'image qu'elle me montrait. Coucher de soleil, ou lever de soleil, surplombant les Mille-Îles. —Ça me plaît.

—Si ça ne te plaît pas, ce n'est pas grave. Je peux te l'apporter un jour pour que tu puisses la voir en personne.

J'ai hoché la tête. —Je ne veux plus parler de travail. C'est un rendez-vous, tu sais.

—Ah bon ? Je pensais que c'était un dîner d'affaires. Tu voulais me montrer la clinique. Je ne me souviens pas que tu aies dit que c'était un rendez-vous. Le ton taquin de sa voix a fait apparaître un sourire sur mes lèvres. Elle m'a souri en retour et s'est léché les lèvres.

—Je suis excellent en multitâche. J'ai déjà pris soin de la partie affaires. Maintenant, nous passons à la partie rendez-vous.

—Vraiment ? Et est-ce que la partie rendez-vous comprend le dîner ?

J'ai acquiescé et me suis rapproché d'elle. Le soleil captait ses cheveux et les faisait briller. Les mèches blondes flottaient librement sur ses épaules. Elle a penché la tête en arrière alors que je m'approchais et a secoué ses cheveux pour les faire tomber derrière elle. J'ai pris une mèche et l'ai enroulée autour de mes doigts.

—Je suis prêt pour le dessert, lui ai-je dit. —Tu as quelque chose pour moi.

—Je crois que j'aime les propos coquins de mon patron.

J'ai fait un pas en arrière. —Je ne suis pas ton patron en ce moment, Laura. Ce n'est pas parce que je suis ton patron.

Elle a souri et s'est approchée. —Est-ce que ça veut dire que c'est moi qui te donne les ordres maintenant ?

J'ai ri doucement. —Je n'en suis pas si sûr. Je ne suis peut-être pas ton patron en ce moment, mais je préfère définitivement être aux commandes.

—Et tu penses que c'est toi qui contrôles la situation ?

J'ai secoué la tête. —Pas du tout. C'est toi qui donnes les ordres.

Elle a attrapé ma chemise et m'a tiré vers elle, se penchant pour que nos lèvres se rencontrent. Mes mains sont tombées sur ses hanches, attirant son corps contre le mien. J'ai gémi alors qu'elle pressait sa langue contre la couture de mes lèvres et je me suis ouvert avec empressement à elle.

Elle gardait une main serrée sur ma chemise et enroulait l'autre autour de mon cou. Elle avait le contrôle. En quelque sorte. Je la laissais croire qu'elle était aux commandes pendant que je nous dirigeais vers la table sur le côté. Quand ses jambes ont heurté le bord, elle s'est écartée de moi. Je l'ai soulevée sur la surface et me suis positionné entre ses cuisses. La table était juste à la bonne hauteur pour que je puisse me presser contre elle et sentir sa chaleur.

—Oh, mon Dieu, a-t-elle gémi, me ramenant vers ses lèvres.

Putain de merde, cette femme me faisait un effet fou. Je m'étais toujours considéré comme un solitaire, mieux sans personnes proches de moi, mais avec Laura...je ne voulais pas être seul. Je la voulais tout entière. Chaque centimètre, chaque seconde de chaque jour.

Ses ongles ont labouré mon dos. Elle a tiré ma chemise hors de mon pantalon et a essayé de la déchirer. Elle a ri puis a froncé les sourcils.

—Ça a l'air tellement facile dans les films.

J'ai pris les bords et tiré, incertain que ça marcherait. Quand les deux côtés se sont déchirés et que les boutons ont volé, l'expression sur son visage valait bien le prix de la chemise ruinée.

Ses yeux se sont écarquillés. Elle s'est léché les lèvres et en a pris une entre ses dents. Elle a étalé ses mains sur ma poitrine et s'y est attardée. Ses mains ont glissé vers le haut et ont poussé ma chemise de mes épaules. Je l'ai laissée tomber tandis qu'elle se penchait en avant et léchait l'un de mes tétons.

—Oh, putain, Laura, ai-je gémi. Mon souffle haletait. Mon sexe s'est dressé douloureusement. Je n'avais qu'un préservatif, et je comptais bien en faire bon usage, mais bon sang, elle me faisait douter de pouvoir me contenter de ne l'avoir qu'une seule fois.

—Tu aimes ça ? Elle m'a regardé sous ses cils. Elle ne demandait pas pour être aguicheuse. Elle demandait parce qu'elle voulait me faire du bien. Elle n'avait aucune idée du bien qu'elle me faisait.

—Oui.

—Dis-moi ce que tu aimes d'autre.

—J'aime te goûter. Et j'aime te voir perdre la tête. Et j'aime sentir ton corps m'enserrer quand je suis en toi. Mais par-dessus tout, j'aime sentir ton odeur sur moi pendant des heures après. Savoir que je suis le seul homme qui porte ton odeur.

Son sourire a vacillé une seconde. Assez longtemps pour que j'hésite.

—Ne le suis-je pas ? ai-je demandé. J'avais besoin de savoir. Je n'avais aucune intention d'être avec quelqu'un d'autre, mais si elle ne l'était pas...

—Tu l'es. Mais je ne suis pas vierge.

J'ai secoué la tête. —Je ne l'ai jamais imaginé. Je ne couche avec personne d'autre. Et toi ?

Elle a secoué la tête. Il y avait quelque chose dans ses yeux, mais elle a dit : —Juste toi.

J'ai poussé un soupir de soulagement et ignoré le doute qui chatouillait mon esprit. Je lui disais la vérité, mais je savais que ce n'était pas toute la vérité. La femme avec qui je parlais sur À la Recherche du Héros Littéraire Parfait...je ne savais pas ce que je dirais si elle voulait me rencontrer. Elle n'était pas Laura, mais elle était facile à qui parler.

Laura a de nouveau léché mon téton, et toutes pensées d'autres femmes se sont envolées. C'était elle qui comptait. C'était elle que je voulais. C'était la femme dont j'avais fantasmé pendant des années.

Et elle n'était plus un rêve.

J'ai entrelacé mes mains dans ses cheveux et j'ai incliné sa tête en arrière pour pouvoir goûter ses lèvres à nouveau. Elle a gémi et a bougé son corps pour se presser contre le mien. Son haut de travail m'empêchait de sentir sa peau, alors nous l'avons enlevé en silence.

Je l'ai poussée en arrière jusqu'à ce qu'elle soit allongée sur la table. J'ai couvert son corps du mien et j'ai embrassé mon chemin vers le bas. Au niveau de sa ceinture, j'ai léché sa peau. Elle a gémi et a soulevé ses hanches, poussant son pantalon hors du chemin.

Je me suis reculé et je l'ai aidée à retirer son pantalon et sa culotte, la laissant uniquement en soutien-gorge sur la table. Le soleil couchant filtrait à travers les fenêtres et illuminait son corps. Elle rayonnait, chaque centimètre de sa peau implorant mes lèvres. Je voulais les poser partout. Tout ressentir. La goûter.

—Nico, murmura-t-elle. Elle tendit la main vers moi.

—De quoi as-tu besoin ?

—Tout.

Ce simple mot, brut et arraché de ses lèvres, lui avait coûté. Elle avait hésité à le dire, mais une fois prononcé, je ne pouvais plus me retenir.

J'ai passé ma main derrière sa nuque pour la ramener en position assise. Nos lèvres se sont écrasées l'une contre l'autre au moment même où j'enfonçais un doigt profondément en elle. Elle a sursauté à cette intrusion soudaine, puis s'est fondue contre moi en gémissant. Elle s'est avancée jusqu'au bord de la table pour me donner plus d'espace et s'est accrochée à moi.

J'ai ajouté un second doigt et son corps s'est resserré autour d'eux. J'ai appuyé mon pouce sur son clitoris et elle s'est abandonnée, se raidissant un instant avant que la tension ne la quitte et qu'elle libère son orgasme.

—Oh, oui, s'écria-t-elle.

Je l'ai soutenue alors que son corps devenait mou. Son intimité pulsait autour de mes doigts. Je l'ai taquinée, glissant lentement en elle puis en sortant. Ses doux miaulements de plaisir m'empêchaient de m'arrêter. Je l'ai allongée sur la table et me suis mis à genoux. J'ai respiré profondément, presque prêt à jouir devant cette magnifique vision d'elle étalée et prête pour moi. Pour moi. Je n'avais jamais imaginé que cela puisse réellement arriver.

Mon premier coup de langue l'a fait cambrer le dos. Ses mains ont glissé sur la surface lisse de la table, cherchant un point d'appui. Ses jambes ont tressailli. J'ai fait pulser mes doigts en elle et exploré sa chaleur humide avec ma bouche. Je voulais tout savoir de ce qu'elle aimait.

Elle gémissait, tremblait et haletait. Elle respirait de plus en plus vite en s'approchant du bord. Et quand elle a finalement basculé, elle a crié mon nom à nouveau, me faisant sentir comme le meilleur amant du monde.

—Nico, j'ai besoin de toi. S'il te plaît. Tu as un préservatif ?

—J'en ai un. Un seul.

—Oh, mon Dieu, s'il te plaît. Elle gémissait et se tortillait en me suppliant. Quand je me suis relevé et j'ai déboutonné mon pantalon, elle s'est appuyée sur ses coudes et m'a regardé. Son regard s'est fixé sur mon érection. Elle s'est léché les lèvres.

—Tu dois arrêter de me regarder comme ça, ai-je grondé.

—Je ne peux pas m'en empêcher, dit-elle, sans détourner le regard, «tu es magnifique. Je... je n'ai jamais pensé que tu me remarquais.

J'ai ri doucement. —Je t'ai toujours remarquée. La façon dont tes blouses s'étirent sur tes magnifiques seins. Comment tes fesses paraissent si invitantes quand tu te penches. La manière dont ta tête bascule en arrière quand tu ris. Comment tu souris aux patients pour les mettre à l'aise. Ta façon de prendre soin d'eux. Je t'ai toujours vue, Laura.

Elle s'est léché les lèvres et en a mordu une doucement. Elle a hoché la tête et reniflé comme si elle retenait ses larmes.

—Je n'arrive toujours pas à croire que tu sois avec moi. Je reste le type intello que personne ne voulait comme ami.

Elle a secoué la tête et s'est levée devant moi. —Tous ceux qui travaillent pour toi t'adorent. Tes patients t'adorent. Tu n'es plus ce type-là. Tu es respecté et tout le monde veut te connaître. Être un intello est une bonne chose quand on est médecin.

J'ai ri et acquiescé. —Je suppose que c'est vrai.

—Je sais que c'est vrai. Et je tiens vraiment à toi, Nico.

J'ai retenu mon souffle. —Je tiens à toi, aussi.

Elle a souri et a pressé son corps contre le mien. Nous nous sommes perdus dans notre baiser et nous haletions et gémissions avant même que je n'ai mis le préservatif. Elle a enroulé sa main autour de moi et a commencé à me caresser, et j'ai failli perdre tout contrôle à cet instant.

—Putain, Laura.

—Maintenant, Nico. J'ai besoin de toi maintenant.

J'ai déroulé le préservatif pendant qu'elle s'asseyait au bord de la table. Elle a souri quand je me suis approché d'elle. Je me suis enfoncé en elle d'un coup sec qui nous a fait gémir tous les deux, accrochés l'un à l'autre.

—Oh, mon Dieu, a-t-elle murmuré.

—Oui, ai-je approuvé. J'ai dû me retenir pour ne pas jouir avant d'avoir vraiment commencé. Elle était serrée, chaude et humide. La perfection.

Je me suis retiré doucement puis rentré à nouveau, la tenant près de moi en utilisant seulement mes hanches. Elle a frissonné tandis que son orgasme montait lentement en elle. Quand elle s'est laissée retomber sur ses coudes, j'ai perdu tout sens du contrôle et l'ai pénétrée avec force.

—Nico, supplia-t-elle.

J'étais perdu, désespéré de nous emmener au-delà du bord. Sa tête bascula en arrière et son corps s'embrasa. Je la fixais du regard, ses seins rebondissant à chaque mouvement de nos corps, ses cheveux formant une cascade, ses courbes tremblant sous la tension qui luttait en elle.

Puis elle a basculé. Sa bouche s'est ouverte sur un gémissement. Elle est retombée sur la table en griffant la surface de ses ongles. Ses jambes se sont resserrées autour de moi. Et son intimité a palpité avec sa délivrance, m'entraînant avec elle comme un raz-de-marée.

La soudaineté m'a choqué. Je me suis enfoncé en elle avec force, la sueur ruisselant de mon corps alors que je passais du chaud au froid. J'ai explosé en elle, déversant tout de moi. Elle me possédait. Elle possédait tout de moi. Chaque dernière goutte de ce qui faisait de moi ce que j'étais lui appartenait.

Je savais déjà que j'étais perdu, mais à cet instant, j'ai compris qu'il n'y avait pas de retour possible. Laura était la femme de ma vie. Elle était la seule que je voulais pour le reste de mes jours. Elle était la perfection, et même envisager d'être avec quelqu'un d'autre était absurde. C'était elle.

Ma tête s'est finalement éclaircie après une minute et elle me regardait avec un sourire endormi sur son visage.

—Quoi ?

—J'aime te regarder, a-t-elle avoué. —Tu as l'air...

—Comblé ?

Elle ricana. —Oui, ça aussi. Mais c'est plus que ça. Tu as l'air de penser que c'est le seul endroit où tu veux être."

Je laissai échapper un petit rire. Je ne pouvais pas lui dire. Pas encore. Pas quand c'était si nouveau. Elle ne comprendrait pas. Alors j'ai simplement hoché la tête. —Comment pourrais-je vouloir être ailleurs qu'ici, avec toi ?"

Elle sourit. —Moi aussi."

Je me penchai pour l'embrasser et mon estomac gronda bruyamment. Elle éclata de rire.

—On devrait peut-être dîner. Puisque nos tacos sont probablement froids maintenant."

J'acquiesçai. —Bonne idée. Et ensuite le dessert."

Elle rit. —Tu as déjà eu ton dessert."

—La vie est trop courte pour ne manger du dessert qu'une seule fois."

Elle inspira brusquement et se mordit la lèvre. Son corps s'empourpra à nouveau. —Je ne dirais pas non à un peu de dessert."

Putain de merde. Adieu temps de récupération. Et dîner.

19

LAURA

Les tacos étaient froids et ramollis au moment où nous avons fait une pause pour les manger. Ils étaient encore bons, mais je suis sûre qu'ils auraient été meilleurs chauds.

Nico et moi avons regardé le coucher de soleil depuis les fenêtres de l'étage, assis ensemble sur une couverture qu'il avait prise dans la clinique du rez-de-chaussée. Ce n'était pas la chose la plus douce au monde, mais c'était propre, ce qui était le plus important.

Nous avons paresseusement profité du corps l'un de l'autre jusqu'à ce que le soleil se couche, puis nous avons admis que nous avions besoin de dormir avant l'arrivée du matin. J'ai envisagé de lui demander s'il voulait rester chez moi, mais je me suis retenue. Les choses allaient vite. Très vite. Et je ne lui avais pas encore parlé de mon match. Ça me semblait incorrect.

J'y pensais encore le lendemain soir quand j'ai retrouvé Elise et Sofia chez O'Kelley. Sofia était à une table et parlait avec Piper quand je suis arrivée.

—Salut, ai-je dit en m'asseyant.

—Salut ! Comment vas-tu ? a demandé Piper.

J'ai haussé les épaules. —Je vais bien, je suppose.

—Ça n'a pas l'air très convaincant, a dit Sofia. Elle s'est penchée en avant.

—Qu'est-ce qui se passe ? a demandé Piper.

—C'est juste que... les choses se passent bien avec Nico. Vraiment bien. C'est bizarre à quel point elles se passent bien.

—Mais ? a demandé Piper.

—Mais j'ai été mise en relation avec quelqu'un juste avant que Nico et moi commencions... ce que nous faisons. Mon match est intelligent, drôle et j'aime discuter avec lui.

—D'accord, a dit Sofia, son ton ajoutant une interrogation.

—Je ne l'ai pas dit à Nico, ai-je avoué.

—Tu n'as pas dit quoi à Nico ? a demandé Elise en s'asseyant. —Et salut. Désolée du retard.

—Salut, et tu n'es pas en retard, lui ai-je dit. —Et je n'ai pas parlé à Nico de mon match.

—Colin était mon match. Nous le savions avant de commencer à coucher ensemble, a dit Elise. —Pas de conversations gênantes. Pourquoi dois-tu parler de ton match à Nico ?

J'ai haussé les épaules. —J'ai l'impression que je devrais. Nous avons parlé hier soir de ne coucher qu'ensemble, ce que je fais, mais cet autre gars...

—Tu attends que les choses explosent avec Nico, a dit Sofia.

J'ai laissé échapper un rire et j'ai hoché la tête. —Oui. C'est vrai.

Sofia m'a offert un sourire compatissant qui n'a fait qu'empirer mon sentiment d'une certaine façon. —Je ne suis pas la mieux placée pour t'en dissuader, malheureusement. Je sais que je réagirais de la même façon.

—J'ai totalement attendu que tout explose avec Colin. Puis je me suis assurée que ça arrive, a dit Elise. —Je suis horrible en relations. Je l'ai repoussé à chaque occasion. Et il a failli partir. Il aurait dû. Mais j'ai eu de la chance.

—Les choses avec Gavin n'étaient pas faciles non plus. Il est parti. Il est vraiment parti. Les choses sont devenues trop intimes, et il est parti. Mais ensuite il est revenu, a dit Piper.

—Les relations seront toujours difficiles, a dit Sofia. —As-tu vraiment peur que les choses tournent mal, ou est-ce autre chose ?

J'ai haussé les épaules et expiré profondément. Ils m'ont regardée et attendu, ne me laissant aucune excuse pour ne pas exprimer exactement ce que je ressentais. —Je n'ai jamais eu de relation qui ait bien fonctionné. Et l'exemple d'amour que j'ai eu en grandissant était paralysant. Mon père aimait tellement ma mère qu'il ne pouvait pas vivre sans elle. Littéralement. Il est mort quelques années après elle. J'ai vécu ma vie en essayant d'aider les gens à éviter ce genre de douleur, mais éviter cette douleur signifie...

—Signifie éviter ce genre d'amour, a complété Elise pour moi. Elle a souri et hoché la tête. —Je comprends ça. C'est pourquoi je me suis tenue à l'écart des relations pendant longtemps. L'amour apportait de la douleur. Mais ce n'était pas de l'amour. L'amour te rend meilleure. L'amour te rend plus forte. L'amour te rend tout ce que tu n'as jamais pensé pouvoir être. Être avec Colin, c'est... c'est tout pour moi. L'idée de le perdre me fait me demander si je survivrais, mais ça me rend aussi heureuse de l'avoir maintenant. Si nous n'avons que quelques années ensemble, je veux ces années.

—Moi aussi, a dit Piper. —Aucun de nous ne sait quand notre temps sera écoulé. Je sais que tu y es confrontée beaucoup plus que nous. Tu le vois tout le temps, et tu as grandi avec ça, mais tout le monde ne subit pas une perte tragique. Tu dois vivre sans regrets comme tu dis le faire.

J'ai ri doucement. J'ai lentement hoché la tête. —Vous avez raison. Toutes les deux. Je dis à mes patients qu'ils devraient profiter de chaque minute et vivre leur vie pleinement, mais je me retiens dans la mienne.

—Alors arrête de te retenir, a dit Sofia. —J'ai grandi à l'opposé, avec un parent qui se lançait à fond dans tout. C'était imprudent et terrifiant, et ça m'a rendue excessivement prudente dans tous les aspects de ma vie. Je te propose un marché.

J'ai haussé un sourcil vers Sofia. —Quel marché ?

—Si tu te lances à fond avec Nico, lui parles de votre correspondance et donnes vraiment une chance à cette relation, je ferai quelque chose qui me fait peur.

—Comme quoi ? a demandé Elise. Elle a souri, ses yeux ambrés pétillant d'excitation.

—Je m'inscrirai à À la Recherche du Héros Littéraire Parfait, a dit Sofia.

J'ai regardé Piper pour évaluer l'importance de cette décision. La plupart d'entre nous étions inscrites et ce depuis un moment. Je supposais que Sofia l'était aussi, mais l'expression sur le visage de Piper indiquait qu'elle n'aurait jamais cru que ça arriverait.

—Sof, tu es sûre ? a demandé Piper.

Sofia a hoché la tête. —Oui. Ça me fait peur de m'exposer ainsi, mais je suis prête à le faire pour Laura.

Sofia a croisé mon regard. —Je sais que tu ne comprends pas, mais c'est énorme.

—Pourquoi ne pas simplement sortir avec Sebastian au lieu de t'inscrire à un site de rencontres ? a demandé Elise.

Sofia a ri et secoué la tête. —Parce que Sebastian et moi, ce n'est pas comme ça. Et parce que les rencontres me font peur, mais je ne veux pas non plus rester seule pour toujours.

—La vie ne serait-elle pas tellement plus simple si on pouvait rencontrer la personne avec qui on est destiné à être pour toujours sans avoir à deviner ? Juste boum, voilà, des âmes sœurs, a dit Elise.

Nous avons toutes hoché la tête.

—Alors toi et Sebastian n'auriez pas besoin de sortir avec d'autres personnes, a ajouté Elise.

Sofia a ri et secoué la tête. —Un jour tu verras que tu as tort. Sebastian est comme un frère pour moi, honnêtement. Il n'a jamais été quelqu'un que je vois de cette façon. Pas du tout.

—Ils travaillent vraiment bien ensemble, a ajouté Piper, —mais ils se disputent comme des frères et sœurs. C'est drôle parce que certaines conversations entre Gavin et Zoey sont très similaires à celles entre Sebastian et Sofia. Ils sont vraiment comme des frères et sœurs.

Elise a fait la moue.

—Je dois retourner travailler. Ma pause est terminée. Je vais vous apporter des boissons et prendre votre commande dans une minute, a dit Piper.

Nous avons hoché la tête tandis qu'elle se dirigeait vers la table suivante pour demander s'ils avaient besoin de quelque chose.

—Je m'en charge, ai-je dit à Sofia. —Je vais lui dire.

Elle a forcé un sourire et pris une respiration tremblante. —Bien. Maintenant je 'suis terrifiée, mais c'est bien.

—Tu veux de l'aide pour créer ton profil ? a demandé Elise avec un sourire réjoui. —Je suis vraiment douée pour ça.

Sofia a pouffé de rire et secoué la tête face au sourire malicieux et au frottement de mains machiavélique d'Elise. —Je crois qu'il vaut mieux que je te garde loin de mon profil.

—Sage décision, lui ai-je dit.

Elise m'a tiré la langue.

J'ai ri. J'avais de la chance d'avoir des amies comme elles.

J'AI RÉUSSI à éviter Nico le lendemain matin puisque je travaillais aux perfusions et qu'il consultait, mais c'était mon après-midi à passer avec lui. Je savais que je devais lui parler de mon match, et plus tôt je le ferais, mieux ce serait, mais ça ne voulait pas dire que j'en étais heureuse.

J'étais aussi anxieuse à l'idée de parler à Dictateur de Nico. Je l'appréciais, et mettre fin à notre relation allait être difficile, mais je devais le faire. Les rencontres en ligne signifiaient que beaucoup de personnes sortaient avec plusieurs partenaires à la fois, mais je ne m'étais jamais sentie à l'aise avec ça. Peu m'importait que Dictateur voie quelqu'un d'autre ou non, mais je n'allais pas jongler avec deux hommes.

J'ai pris ma pause déjeuner après que mon dernier patient de la matinée soit terminé et en route pour se reposer chez lui. Ma nourriture est tombée dans mon estomac comme une enclume. J'appréhendais mon après-midi.

Mon téléphone a vibré avec une alerte, et j'ai ouvert À la Recherche du Héros Littéraire Parfait. Dictateur m'avait envoyé un message.

DICTATEUR

Tu as une minute ?

AUCUN REGRET

Oui, bien sûr. Tout va bien ?

DICTATEUR

Oui et non.

AUCUN REGRET

Euh, super. Ça a l'air bien.

DICTATEUR

MDR. Désolé. Je n'essaie pas d'être
énigmatique. Écoute, je vois quelqu'un. Nous
avons commencé à sortir ensemble après
que toi et moi avons commencé à discuter,
mais ça me semble incorrect de continuer
ceci alors que je suis impliqué avec elle.

J'ai inspiré profondément et souri. J'étais un peu jalouse, pour être honnête, mais je savais que c'était pour le mieux. Et j'espérais que ça marcherait pour lui.

AUCUN REGRET

Je comprends tout à fait. J'allais te contacter
plus tard aujourd'hui pour la même raison.
C'est difficile, cependant, parce que j'aime
vraiment te parler.

DICTATEUR

Je ressens la même chose. J'espère que tout
ira bien pour toi.

AUCUN REGRET

Merci. Pareillement.

Il s'est déconnecté de l'application. J'ai fermé les yeux et souri. C'était une bonne chose. J'allais quand même en parler à Nico, mais c'était bien.

J'ai terminé ce que je pouvais de mon déjeuner et suis allée aux toilettes avant de me diriger vers l'accueil pour recevoir le premier patient de l'après-midi.

J'ai pris les signes vitaux et parlé avec chaque patient avant que Nico nous rejoigne pour son examen et une revue des résultats d'analyses. Pour la plupart, mes patients répondaient bien au traitement. C'était toujours une bonne journée quand les choses se passaient bien. Contrairement à lundi.

Au moment où mon dernier patient est parti, j'avais presque oublié que je devais parler à Nico. Presque. Dès que le travail fut terminé et que je pouvais le trouver, l'anxiété qui mijotait sous la surface est revenue.

—Tu es prête ? m'a demandé Ally quand elle m'a vue dans la salle de repos.

J'ai secoué la tête.—Je dois rester quelques minutes. Je te verrai demain.

Elle a hoché la tête, m'a fait un signe de la main et s'est dirigée vers la porte. J'avais envie de m'enfuir et d'ignorer la conversation que je devais avoir. J'espérais que ça se passerait bien, mais il était tout aussi probable que Nico mette fin à notre relation. Je lui avais dit quelques jours plus tôt que je n'étais impliquée avec personne d'autre, et maintenant j'allais admettre que je parlais à quelqu'un que je n'avais jamais rencontré.

J'ai attrapé mes affaires et ai passé mon sac à main sur mon épaule pour pouvoir partir après lui avoir parlé. Je ne voulais pas rester plus longtemps que nécessaire, surtout si la conversation prenait la tournure que je redoutais.

Il était assis à son bureau quand j'ai frappé à sa porte. Il regardait dans le vide comme s'il était dans un autre monde.

—Dr Allison ? ai-je dit, ramenant brusquement son attention vers moi.

—Euh, salut. Dr Allison ?

J'ai haussé les épaules. —J'ai besoin de te parler de quelque chose.

Il s'est adossé et a inspiré profondément. Il s'est redressé sur sa chaise, ses mains reposant sur la surface de son bureau. Un muscle a tressailli dans sa mâchoire. —Que puis-je faire pour toi ?

—Euh, eh bien, je... j'ai parlé avec un autre homme, ai-je lâché, forçant les mots à sortir avant de pouvoir serrer les lèvres et les retenir.

Il s'est figé pendant une seconde, tout son corps parfaitement immobile. Ses yeux se sont plissés vers moi, puis il a incliné la tête. —Quoi ?

J'ai pris une respiration et fermé les yeux. Je les ai rouverts et ai rencontré son regard, refusant de me cacher de lui. Si nous devions être ensemble, vraiment être ensemble, je devais lui dire la vérité. Cela pouvait signifier la fin, mais je ne me sentais pas à l'aise de continuer notre relation sans le lui faire savoir. Même si les choses étaient terminées avec Dictateur, Nico devait être au courant.

—J'ai parlé avec un autre homme. Plutôt échangé des messages. Il y a cette application de rencontres, À la Recherche du Héros Littéraire Parfait. J'y ai un profil, et j'ai parlé avec l'un des hommes avec qui j'ai été mise en relation. Habituellement, je parle avec eux pendant quelques semaines ou un mois, puis on se rencontre et on décide si on veut continuer à se parler. Je parle avec ce type depuis juste avant que toi et moi... enfin, nous ne nous sommes jamais rencontrés en personne ni rien, et il a mis fin aux choses aujourd'hui parce qu'il voit quelqu'un dans la vraie vie, mais j'allais mettre fin aux choses avec lui à cause de toi. Mais je pensais que tu devrais savoir parce qu'on a parlé l'autre jour d'être exclusifs et je le pensais vraiment, mais j'aimais bien cet homme. Et ça ne me semblait pas correct de continuer les choses entre nous sans que tu saches pour lui. Ce vomissement de mots était partout, répandu tout autour du bureau entre nous. Je ne pouvais pas nettoyer ça même si j'essayais.

—Quel était son nom ? a demandé Nico. Il n'avait pas bougé. Encore une fois, il était immobile.

—Son nom ?

Il a hoché la tête. —Quel était son nom ? Le nom de l'homme à qui tu parlais.

J'ai secoué la tête. —Je ne... je ne sais pas. Nous n'avons jamais échangé nos vrais noms.

—Quel était son pseudo ?

—Pourquoi ?

—S'il te plaît, dis-le-moi.

—C'était Dictateur.

Il a ri doucement.

—Pourquoi tu te moques de moi ?

Il a secoué la tête et a repoussé sa chaise. Il s'est levé et a fait le tour du bureau pour venir vers moi. Il m'a tendu son téléphone.

—Pourquoi...?

—Lis, a-t-il dit.

J'ai regardé l'écran, confuse. —Pourquoi as-tu ma conversation sur ton téléphone ?

—Parce que j'ai rompu avec toi tout à l'heure parce que je me sentais mal d'avoir couché avec toi et de te parler.

—Quoi ?

—C'est moi Dictateur, Laura.

—Tu es... J'ai fait défiler les conversations et j'ai laissé échapper un rire. —Wow, alors nous étions... ouais.

Il a ri et a repris son téléphone. —Je suppose que je ne peux pas être en colère contre toi, et tu ne peux pas être en colère contre moi.

—Tout à fait, ai-je dit. J'ai ri à nouveau. —Wow. Quand l'as-tu découvert ?

—À l'instant quand tu me l'as dit. Je n'en avais aucune idée, je te le promets. Ses yeux me suppliaient de le croire.

J'ai pris son visage entre mes mains et j'ai souri. —Moi non plus, mais j'en suis heureuse. Tu... attends une minute, tu m'as raconté cette horrible histoire sur la femme qui est morte !

Il a haussé les sourcils d'un air suggestif. —Et toi, tu étais opératrice de téléphone rose à l'université.

Mes joues ont rougi au timbre grave de sa voix. —Je... je ne te l'aurais pas dit si j'avais su que c'était toi.

—Pourquoi pas ? a-t-il demandé. Il a replacé une mèche de cheveux rebelle derrière mon oreille.

J'ai haussé les épaules. —C'est un peu gênant. Je ne le dis pas à beaucoup de gens. Non pas que j'en aie honte parce que ce n'était pas un mauvais boulot, mais ce n'est pas quelque chose dont je parle.

—Je trouve ça sexy, a-t-il murmuré à mon oreille. Il a léché le côté de mon cou. —Tu devrais tout me raconter à ce sujet.

J'ai gémi doucement tandis qu'il remontait le long de mon cou en m'embrassant et mordillait le lobe de mon oreille.

—Je pense que tu devrais me dire ce que tu veux que je te fasse. Il n'y a personne ici, Laura. Juste toi et moi.

Il a enroulé son bras autour de mon dos et a fait glisser ses dents le long de ma gorge. Il a léché ma clavicule. Je me suis accrochée à lui, savourant la sensation de son corps contre le mien. —Je te veux, Nico.

—Je te veux aussi. Pas de regrets, d'accord ?

J'ai souri et hoché la tête. —Je ne suis pas si sûre pour Dictateur, par contre.

—C'est toi qui m'as donné ce surnom," a-t-il dit avec un sourire contre mon cou. —Je me suis inscrit sur cette application en pensant à toi. Je savais que tu y étais, mais je n'aurais jamais imaginé que tu étais la femme avec qui je parlais. Cette femme sexy aux propos coquins qui me faisait rire.

Il nous a guidés vers son bureau et s'est reculé quand mes cuisses ont heurté le bord. Il a haussé un sourcil sombre.

—Je veux que tu m'étales sur ce bureau, Nico.

—Dis-moi exactement ce que tu veux.

—Je veux te regarder enlever tous tes vêtements, ai-je dit.

Il s'est empressé de suivre mes instructions.

—Maintenant, enlève les miens.

Il a tiré ma blouse d'infirmière par-dessus ma tête et a parcouru mes seins de baisers et de coups de langue. Il a détaché mon soutien-gorge et l'a ajouté à la pile de vêtements abandonnés. Puis il s'est agenouillé et a fait descendre mon pantalon et ma culotte dans le même mouvement. Il m'a regardée du sol, ses yeux sombres et dangereux.

—J'aime te donner des ordres, ai-je avoué.

Il a souri et a saisi mes hanches. Il a léché sous mon nombril. —Profites-en pendant que ça dure.

J'ai souri.

—Monte sur le bureau, a-t-il ordonné.

Je n'ai pas hésité à suivre ses instructions.

—Écarte largement tes cuisses.

J'ai posé mes pieds sur le bureau. Il a gémi et a écarté mes hanches avec ses grandes mains. Des frissons ont parcouru ma peau sous son toucher tendre.

—Que veux-tu que je fasse, Laura ?

—Lèche-moi, ai-je dit. —Fais-moi jouir sur ta langue.

Il a plongé, léchant mon clitoris sans relâche. Il n'a pas fallu longtemps avant que je m'allonge sur son bureau, reconnaissante qu'il l'ait gardé dégagé tandis que je m'abandonnais au plaisir.

Nico a gémi et a poussé un doigt épais en moi alors qu'il suçait fort mon clitoris. J'ai explosé, chaque centimètre de mon corps lâchant prise. Je me suis complètement abandonnée à lui, mon corps, mon âme, même mon cœur à cet instant. Je me suis toujours dit que je l'aimais, mais jusqu'à ce moment, étalée sur son bureau après avoir partagé mes secrets les plus intimes et sachant que les deux hommes que je désirais n'en faisaient qu'un, j'ai su que Nico était fait pour moi.

J'espérais seulement ne pas me perdre en lui.

Il a poussé à mon entrée et j'ai tendu aveuglément la main vers lui. Il a attrapé ma main, et j'ai ouvert les yeux pour le voir. La profondeur et l'obscurité dans ses yeux disaient qu'il était aussi perdu que moi. Je n'étais pas seule.

Il a porté ma paume à ses lèvres et l'a embrassée tandis qu'il entrait en moi. Nos regards se sont verrouillés. J'ai enroulé mes jambes autour de ses hanches, le tenant près de moi. Il haletait en allant et venant en moi, son corps se tendant. Le regarder, voir tout ce qui était en lui, m'a fait tournoyer de plus en plus haut jusqu'à ce que je ne puisse plus retenir une autre jouissance.

J'ai crié, son nom comme une prière sur mes lèvres. Il a grogné et poussé plus fort, le lourd bureau bougeant sous ses mouvements. Il s'est enfoncé en moi une dernière fois, me regardant et me laissant le voir, vraiment le voir.

—Nico, ai-je soupiré.

Il tremblait en soulevant mon corps du bureau et en nous pressant l'un contre l'autre. Il respirait encore lourdement quand il m'a embrassé le cou et a dit : —Oui, Laura. Moi aussi.

—Tu as dit « moi aussi » alors qu'elle venait juste de dire ton nom ? demanda Veronica. Ou plutôt, elle hurla.

Je grimaçai. —C'est sorti tout seul.

Veronica soupira et s'enfonça dans son siège. Elle secoua la tête et fixa un point hors champ.

—Je ne suis pas doué avec les gens, surtout les femmes. Je ne l'ai jamais été.

—Ne me sors pas ça, Nico. Je te connais mieux que quiconque sur cette planète. Tu n'es plus ce gamin intello qui se fait tabasser. Tu es un oncologue très recherché avec un parcours remarquable. On te demande de prendre la parole lors de conférences et de donner des cours. Tu es incroyable.

—Pas avec les femmes. Je n'ai jamais été doué avec les femmes.

—Non, dit-elle en soupirant. —C'est vrai. Sauf avec moi, mais je sais que tu ne me vois pas comme une femme. Je suis juste Veronica.

J'ouvris la bouche pour dire quelque chose mais elle leva la main.

—Je ne dis pas ça comme si c'était une mauvaise chose. Je comprends. Tu es mon meilleur ami au monde. Et tu me vois de la même façon. Il n'y a jamais eu de malaise entre nous parce que nous avons toujours été sur la même longueur d'onde. Mais avec Laura, et toutes les autres femmes que tu as fréquentées, tu les mets dans une catégorie différente. Une qui exige un niveau de vulnérabilité avec lequel tu as du mal.

—Ouais, reconnus-je.

—Ce dont nous avons besoin, c'est de trouver un moyen pour que tu puisses être vulnérable. J'ai essayé, mais quand la plupart de nos conversations sont centrées sur le deuil des patients, la vulnérabilité est reléguée au second plan. Si tu veux garder Laura, tu dois lui montrer qui tu es vraiment. Invite-la sur l'île.

—Quoi ? Veronica savait ce que mon île représentait pour moi. C'était mon sanctuaire. Ma maison. C'était le seul endroit où je me sentais vraiment moi-même. J'avais transformé une chambre en bibliothèque quand j'ai emménagé pour ne jamais manquer de lecture. J'ai gardé ma chambre exactement comme je le voulais. Tout était comme je le souhaitais.

J'ai essayé, une fois, de laisser une femme entrer dans mon monde. Pas ici, mais avant de déménager aux Mille-Îles. Je sortais avec une femme, Amber, et je l'ai invitée à emménager avec moi. C'était...

—Laura n'est pas comme Amber, insista Veronica. — Amber était une femme horrible. Elle ne voulait qu'une seule chose de toi. D'après tout ce que tu m'as dit, Laura n'est pas comme ça.

Amber m'avait ciblé. Elle s'était mise suffisamment sur mon chemin pour que je la remarque. Quand nous avons commencé à sortir ensemble, elle était timide et douce. Elle m'a fait croire qu'elle était quelqu'un qui me comprenait. C'était une manipulatrice hors pair. Elle jouait avec moi depuis le début, mais je ne l'ai compris que lorsqu'elle m'a volé. Et m'a menti à ce sujet.

—Je n'ai pas vu qui était vraiment Amber. Et si je passais à côté de quelque chose avec Laura ?

Veronica se recula et me laissa méditer sur cette question. C'était ma plus grande peur. Non, ce n'était pas vrai. Ma plus grande peur était-

—Tu n'aimais pas Amber, dit Veronica après un moment. —Tu voulais l'aimer, mais tu ne l'aimais pas. Tu aimais ta mère, et sa perte était…impossible à surmonter. Je me souviens quand tu me l'as annoncé. Je ne sais pas si tu t'en souviens, mais tu étais presque catatonique pendant des semaines. Perdre quelqu'un qu'on aime nous arrache une part de nous-mêmes. Tes patients t'ont fait souffrir, et tu as ressenti leurs pertes, mais tu t'en es remis en quelques jours, voire moins. Ta mère est une perte que tu ressentiras toujours. Mais Amber ? Tu ne l'as jamais aimée.

Je pris une profonde inspiration et l'expirai lentement.

—Je crois que tu aimes vraiment Laura, et je pense que ça te fait plus peur que tout le reste parce que l'amour est fragile. Mais tout amour ne finit pas dans la douleur, Nico. Il y a tellement plus que ça.

—Et si elle ne ressentait pas la même chose ?

Veronica me sourit tristement. —Alors tu sauras qu'elle n'est pas celle qu'il te faut. Mais savoir vaut toujours mieux que supposer. Savoir signifie que tu peux commencer à guérir et à avancer, ou décider si tu es prêt à attendre qu'elle partage tes sentiments. Nous n'évoluons pas tous au même rythme. Tu as toujours été en avance sur tout le monde. À l'école comme dans la vie, tu as toujours été celui qui filait en tête. Tu étais plus intelligent et meilleur que tous les autres en fac de médecine. Et maintenant, tu es tombé amoureux intensément. Si Laura n'en est pas là, ne prends pas ça comme un signe qu'elle n'y sera jamais. Mais toi seul peux décider si tu es prêt à attendre et à voir si elle te rattrapera.

—Et si elle ne le fait jamais ? Si je perds mon temps à attendre et qu'elle n'y arrive pas ?

—Aimer une autre personne n'est jamais une perte de temps. C'est une bénédiction.

—Même seul ?

Elle sourit. —Même seul. Mais si tu la laisses entrer, si tu la laisses vraiment entrer, tu pourrais découvrir que tu n'es pas seul.

J'ai hoché la tête. Ça sonnait bien. Je n'étais pas sûr qu'elle avait raison, mais ça sonnait bien.

LES CONSEILS de Veronica tournaient dans ma tête pendant les semaines suivantes. Laura et moi avions trouvé une sorte de routine, mais de temps en temps, il y avait une distance entre nous. Une tension dont je n'étais pas sûr.

—Dr Allison, dit-elle en entrant dans mon bureau un après-midi. Elle restait très professionnelle au travail, et j'avais cessé de m'inquiéter de ce qu'elle allait dire quand elle m'appelait ainsi. Enfin, j'avais presque cessé.

—Oui ?

—Marie Kaufman ne va pas très bien aujourd'hui. Pourriez-vous lui accorder un rendez-vous ?

—Marie est ici ? J'avais vu Marie la semaine précédente. Elle n'était pas censée être dans le planning. —Est-elle là pour une perfusion ?

Laura a secoué la tête. —Elle est censée venir le vendredi pour sa perfusion. Elle s'est juste présentée. Elle est dans la salle d'attente. Tina vient de m'appeler.

J'ai acquiescé et jeté un coup d'œil à mon emploi du

temps. —Amène-la dans une salle d'examen. As-tu le temps de la voir avec moi ?

Laura a hoché la tête. —J'ai quelques minutes. Voulez-vous que j'aille la chercher maintenant ?

—S'il te plaît. Merci.

Laura a acquiescé et a quitté mon bureau. Marie avait été un cas difficile depuis le début. C'était une patiente dont je savais que l'état pouvait basculer à tout moment. Je suivais les protocoles et je la surveillais de près, mais son cas me tenait particulièrement à cœur.

Tout comme Marie elle-même. Elle me rappelait tellement ma mère, et pas seulement parce qu'elles partageaient le même diagnostic. Elles étaient toutes les deux fortes et indépendantes. Ma mère savait qu'elle était malade depuis longtemps, mais elle avait été ignorée par tant de médecins qu'elle avait fini par croire que tout allait bien. Au moment où ils ont compris ce qui n'allait pas, il y avait très peu de choses qu'ils pouvaient faire. Marie n'était pas aussi avancée que ma mère, mais ses chances étaient tout de même plus faibles que si elle était venue quand ses symptômes étaient apparus pour la première fois.

Je suis allé dans la salle d'examen et j'ai trouvé Marie en train de parler à Laura. Marie semblait avoir du mal à rester assise sur la chaise d'examen. Son amie de la dernière fois était à nouveau avec elle.

—Bonjour, Dr Allison, a dit faiblement Marie.

—Que se passe-t-il, Marie ? Comment vous sentez-vous ?

—Je suis—

—Elle peut à peine sortir du lit, a dit son amie. —Elle ne mange presque rien. Elle se plaint que son estomac lui fait mal la plupart du temps. Elle essaie de me faire croire que c'est normal, mais rien de tout cela ne semble normal.

J'ai examiné Marie pendant que son amie détaillait ses symptômes. Rien de tout cela n'était inattendu, mais cela ne signifiait pas que c'était normal. Son corps se battait contre lui-même. Il s'était habitué à cette chose mortelle qui l'habitait. Il l'avait accueillie, même si le cancer la tuait lentement. Maintenant, nous ripostions. Nous disions au cancer qu'il devait partir. Et le cancer n'aimait pas ça.

—Quand est-ce que c'est le pire ? ai-je demandé à l'amie. Marie ne me dirait pas la vérité, mais son amie le ferait.

—Le lendemain de la chimio est toujours le plus difficile pour elle. Elle sort à peine du lit. Ça s'améliore lentement, mais cette semaine a été la pire. Elle perd du poids, Dr Allison. Elle ne va pas bien.

Laura m'a tendu la tablette avec tous les derniers examens et analyses de Marie. Elle devait passer un autre scanner, mais pas avant quelques semaines. Nous pouvions en faire un, mais il y avait autre chose. Et si j'avais raison, elle avait besoin de plus d'aide que ce que je pouvais lui donner.

—Marie, je pense qu'il est temps d'essayer autre chose, lui ai-je dit.

—Que voulez-vous dire ? Sa voix était rauque et faible. Ses vêtements pendaient sur ses épaules. Rien dans sa façon d'être assise ne semblait naturel. Elle souffrait, juste là, assise, elle souffrait. J'ai dû faire un effort pour ne pas réagir. Je reconnaissais cette posture affaissée. Ma mère l'avait eue.

—Je vais passer quelques coups de téléphone, mais j'aimerais vous hospitaliser. J'ai des privilèges à l'hôpital d'East Syracuse. Je sais que c'est un peu loin, mais c'est l'établissement que je recommande toujours. Si vous pouvez vous y rendre tous les deux, j'aimerais que vous y alliez immédiatement.

—Maintenant ? demanda l'amie qui, pour la première fois, semblait effrayée. Elle avait été forte, la plus féroce des deux, mais mes paroles lui avaient ôté toute combativité.

Marie, quant à elle, semblait soulagée.

J'acquiesçai d'un signe de tête. —Oui. Si vous ne pouvez

pas l'emmener, nous pouvons organiser un transport médical, mais c'est un trajet coûteux. Si possible, je recommande toujours d'y aller en voiture. Dans le cas de Marie, conduire ne pose pas de problème. Si vous en êtes capable.

—Appelle ma mère, dit Marie en attrapant la main de son amie. —Mes parents peuvent venir me chercher. Tu en as déjà trop fait.

—Non, répondit son amie. —Je vais te conduire. J'appellerai tes parents et leur demanderai de nous retrouver là-bas. Que devons-nous faire d'autre, Dr Allison ?

—Laura peut vous donner des copies de tous les documents de Marie, mais l'hôpital a également tous nos dossiers. Nous les aurons préparés pour votre arrivée. Marie devra signer quelques formulaires d'admission, mais l'un de mes collègues vous accueillera à l'hôpital. Je veux de nouvelles analyses et un bilan complet. Nous devons découvrir ce qui se passe, Marie. Et nous le découvrirons.

Son amie retint un sanglot. Laura lui tapota la main. —Je sais, Janice.

Janice. Je détestais ne pas avoir retenu son nom. Laura était douée pour ce genre de choses. Avec les patients. C'était une des nombreuses qualités que j'aimais chez elle.

Je captai son regard et lui souris. Elle me rendit un triste sourire. Nous savions tous les deux que ce n'était pas bon pour Marie, mais nous refusions d'abandonner l'espoir.

Je leur dis que je les contacterais bientôt et que je viendrais voir Marie dès que possible. Janice poussa Marie dans un fauteuil roulant que Laura leur avait procuré. J'attendis qu'elles tournent au coin du couloir.

Je continuai à fixer l'endroit où elles avaient disparu.

—Dr Allison ? demanda Bonnie.

Je revins brusquement à la réalité et me concentrai sur elle. Elle avait une tablette dans les mains. Un autre patient. Une autre vie à sauver. Cela ne s'arrêtait jamais.

LES ANALYSES de Marie montraient que la tumeur d'origine sur son pancréas avait légèrement diminué, mais celles sur ses autres organes n'avaient pas régressé. Une nouvelle tumeur sur son foie provoquait sa douleur en appuyant sur son estomac, et cette croissance en si peu de temps pendant le traitement m'obligeait à modifier son plan thérapeutique. J'étais encore en train de le réviser quand Laura entra dans mon bureau après que tout le monde fut parti pour la journée.

—Des nouvelles ?

—Le traitement ne fonctionne pas. Nous allons essayer autre chose.

Laura ne répondit pas. Je n'étais pas sûr qu'elle soit encore là jusqu'à ce que je lève les yeux et la trouve en train de m'observer.

—Quoi ?

—Je n'avais jamais remarqué cet aspect de ta personnalité.

—Quel aspect ?

Elle haussa les épaules. —Celui qui se soucie tellement des autres que tu négliges ta propre santé.

—Ma santé peut récupérer. Celle de Marie, peut-être pas.

—C'est vrai, mais si tu travailles jusqu'à l'épuisement, beaucoup d'autres personnes n'y survivront pas. As-tu trouvé un autre oncologue ? Le deuxième étage sera terminé dans quoi ? Une semaine ou deux ?

J'acquiesçai. —Oui. Et non. Je n'ai pas encore eu le temps de chercher quelqu'un d'autre.

—As-tu dîné ? demanda-t-elle après un long moment.

Je soupirai. —Non. J'ai quelques plats surgelés sous mon bureau. Je vais probablement en manger un.

—Nico, soupira-t-elle, son ton m'implorant de m'arrêter et de lever les yeux.

Elle pencha la tête sur le côté, ses cheveux blonds formant un rideau sur son épaule. Sa tenue médicale bleue était froissée mais toujours propre. Elle avait le poids sur un pied. Un sourcil levé.

— Je suis désolé. Je me laisse emporter et... je devrais te prêter attention.

Elle renifla. — Ce n'est même pas ce qui me préoccupe. C'est pour toi que je m'inquiète.

— Et moi, je m'inquiète pour Marie.

— Je sais. Pourquoi ne viendrais-tu pas chez moi ce soir ? Je préparerai le dîner pendant que tu te perdras dans son affaire. On pourra se détendre et regarder Weird Science ou autre chose.

Je ne pus m'empêcher de sourire.

— Demain sera un jour meilleur.

Son sourire me mettait au défi. Pas intentionnellement, mais parce qu'elle savait mettre le travail de côté. Je n'avais jamais été capable d'en faire autant. Une affaire était un problème que je devais résoudre. Mais elle avait raison, et je devais aussi manger. Et un vrai repas fait maison était un luxe que je ne m'offrais pas souvent.

— D'accord, finis-je par accepter.

Laura sourit et attendit patiemment pendant que j'empaquetais la moitié de mon bureau. J'étais sûr de ne pas pouvoir dormir, alors j'ai pris tout ce dont je pourrais avoir besoin pour avoir suffisamment de travail.

Laura proposa de conduire jusqu'à chez elle et de laisser mon véhicule utilitaire sport au bureau. J'hésitai mais acceptai quand elle me dit que je pourrais lire mes mails ou parcourir mes notes pendant qu'elle conduirait.

J'étais un peu surpris qu'elle ne me fasse pas la tête quand je me suis installé à sa table de cuisine et que j'ai étalé tout ce que j'avais apporté. Au lieu de cela, elle se déplaçait dans la cuisine comme si je n'étais pas là. Elle chantonnait avec la musique douce qui sortait d'une enceinte que je n'arrivais pas à localiser, et elle cuisinait quelque chose dont l'odeur m'a soudain frappé, me rappelant combien j'avais faim.

— Es-tu à un moment où tu peux faire une pause ? demanda-t-elle.

J'ai acquiescé et me suis étiré. — Oui. Désolé de ne pas te prêter attention.

— Je ne t'ai pas invité ici pour que tu me prêtes attention. Je te le promets. Ma meilleure amie est une femme puissante. Elle travaille constamment et s'enferme dans sa tête. Elle se concentre tellement que le monde entier disparaît, y compris son mari et ses enfants. Elle m'a dit, avant de rencontrer Wyatt, qu'elle ne pensait jamais trouver un homme qui comprendrait comment elle fonctionnait. Cette façon singulière dont son esprit se fixait sur une chose et le reste du monde disparaissait.

— Et il comprend ?

Laura rit et hocha la tête. — Tout à fait. À tel point qu'il a quitté son poste de maire de la ville pour devenir père au foyer à plein temps. Il voulait qu'elle ait l'opportunité de se concentrer sur son travail sans avoir l'impression qu'elle ne pouvait pas faire son job parce qu'elle a aussi une famille. Ça marche pour eux, et je sais que ça ne marcherait pas pour tout le monde, mais je veux juste que tu comprennes que je comprends.

— Merci, dis-je. Je l'ai attirée près de moi et j'ai pressé mes lèvres contre les siennes. Un baiser ne suffisait pas et en a entraîné d'autres. J'ai gémi et j'ai exploré sa bouche avec ma langue, oubliant complètement le dîner qu'elle avait préparé pour pouvoir l'avoir elle à la place.

Elle me repoussa légèrement. — Tu dois manger. Nous devons tous les deux manger. Je sais que tu t'inquiètes pour Marie, alors j'ai besoin de savoir que tu as mangé quelque chose.

— Je ne peux pas simplement manger plus tard ?

Elle rit doucement. — Non. D'abord la nourriture. Parce que si on fait l'amour maintenant, tu vas sauter le dîner et retourner directement à tes recherches. Mange quelque chose. Ça t'aidera.

Je lui ai lancé un regard renfrogné, mais elle s'est contentée de rire. Je savais qu'elle avait raison. Je n'allais pas l'admettre, mais je savais qu'elle avait raison.

Le dîner était aussi bon qu'il sentait bon. Je n'avais pas réalisé à quel point j'avais faim jusqu'à la première bouchée. Avant même de m'en rendre compte, j'avais vidé mon assiette et j'en redemandais.

Quand je me suis finalement adossé à ma chaise et que j'ai fermé les yeux, Laura a demandé : — Tu te sens mieux ?

J'ai hoché la tête. — Oui. Merci. Je n'aurais pas dû discuter avec toi.

Elle rit. — Tu ne vas pas discuter ? Impossible. Je te connais depuis trop longtemps pour penser que tu pourrais être d'accord sans essayer de me dire toutes les raisons pour lesquelles ton opinion est la bonne.

— Suis-je vraiment aussi pénible ?

Elle a souri. —Ce n'est pas grave. C'est qui tu es. Tu réfléchis aux choses. Tu te formes une opinion quand tu estimes en avoir besoin et une fois que tu as décidé quelque chose, rien ne peut te faire changer d'avis. Tu n'es pas influencé, peu importe à quel point l'autre côté est convaincant, parce que tu as envisagé toutes les options. La plupart du temps, je finis par comprendre ton raisonnement et par être d'accord avec toi avant même que tu ne termines ton argumentation."

—Wow, j'ai vraiment l'air d'un dictateur."

Laura a ri doucement. —Tu as tes moments."

J'ai hoché la tête. Mon regard a dérivé vers mon ordinateur.

—Tu veux qu'on parle de quelque chose concernant

Marie ? Je sais que je n'ai pas fait autant de recherches que toi, mais je peux au moins être une bonne caisse de résonance."

J'ai réfléchi et acquiescé. —C'est probablement une bonne idée. Ce cas me déstabilise vraiment. Je ne sais pas si c'est à cause du type de cancer ou si c'est parce qu'il est particulièrement complexe, mais ce n'est pas un cas facile pour moi."

—Le cancer du pancréas n'est pas simple. Je sais que c'est particulièrement difficile pour toi à cause de ta mère. Tous les cas que j'ai lus parlent de sa complexité. C'est dur, mais tu prends toujours la meilleure décision possible pour tes patients. Je sais que tu le feras cette fois aussi. Et sinon, tu apprendras et tu feras mieux pour le prochain cas, et celui d'après. Il y aura toujours un autre cas."

J'ai acquiescé. Elle avait raison. J'étais émotionnellement impliqué parce que ce n'était pas seulement pour Marie que je me battais. C'était pour ma mère. Je n'arrivais pas à séparer les deux et à voir Marie comme n'importe quel autre patient. Elle était différente, et je ne voulais pas échouer. Je ne pouvais pas échouer. Mais je ne savais pas comment gagner.

21

Je me suis étiré et j'ai bâillé. Je me sentais...reposé, ce qui était très inhabituel pour moi. Une main a glissé sur ma poitrine et j'ai souri.

—Bonjour.

—Bonjour, a dit Laura. Tu veux un petit-déjeuner ?

J'ai attrapé sa main et l'ai tirée sur moi. Elle avait pris soin de moi la veille, s'assurant que je mangeais et me donnant l'espace pour réfléchir. Je n'avais jamais été avec une femme qui comprenait ma façon de fonctionner, mais Laura, si. Elle ne faisait pas semblant pour que je ne rompe pas. Elle comprenait vraiment.

—Je veux quelque chose.

Elle a souri tandis que nous nous rapprochions l'un de l'autre. Nos lèvres se sont effleurées alors que mes mains caressaient son dos. Elle a écarté les cuisses et a gémi doucement quand mon érection s'est alignée avec son centre.

—Tu n'auras pas de résistance de ma part, a-t-elle chuchoté.

Nous nous sommes dépêchés de nous déshabiller. J'ai enfilé un préservatif et j'ai replacé Laura sur moi en moins d'une minute. Elle s'est redressée et s'est positionnée pour me prendre en elle, un centimètre incroyable à la fois.

Observer son visage tandis que nos corps s'unissaient était une expérience érotique à part entière. Ses yeux se sont fermés, me laissant étudier la courbe de ses lèvres et la rougeur de sa peau. Elle s'est soulevée avant de redescendre, me prenant plus profondément. Son corps s'est affaissé avec le mouvement. Le mien pulsait d'anticipation.

J'ai tenu ses hanches jusqu'à ce qu'elle soit prête à bouger. Elle a pris tout ce dont elle avait besoin et tout ce qu'elle voulait de moi sans aucune plainte de ma part. La regarder se perdre était mieux que n'importe quel fantasme que j'aurais pu imaginer. Elle était magnifique. Ses seins rebondissaient au rythme de ses mouvements, sa bouche se tordant de plaisir. Ses mains s'étalaient sur ma poitrine, m'utilisant comme point d'appui. Et à chaque fois qu'elle s'enfonçait, elle contractait son intimité et me rapprochait de l'extase.

Elle a joui avec un gémissement et un cri qui m'ont stimulé. J'ai donné des coups de reins et j'ai lâché prise, explosant en elle. Elle s'est effondrée sur moi, toujours sans un mot, et nous sommes restés là, nos corps liés.

—Mieux qu'un petit-déjeuner, ai-je chuchoté à son oreille.

Elle a pouffé de rire et soupiré. —Merci pour ça. Je ne voulais pas me perdre comme ça.

—C'était parfait, lui ai-je dit honnêtement. Tout chez toi est parfait.

Elle a ri mais n'a rien dit d'autre. Elle est sortie du lit et est allée dans la salle de bain. Quand j'ai entendu la douche s'allumer, je me suis demandé si ça la dérangerait que je la rejoigne.

Après notre douche, nous avons pris un rapide petit-déjeuner et j'ai rassemblé toutes mes affaires. J'avais un costume de rechange au bureau, alors nous sommes partis tôt pour que j'aie le temps de me changer avant l'arrivée de tout le monde.

La journée a semblé passer à toute vitesse. J'ai à peine eu le temps de manger mon déjeuner, et encore moins de prendre des nouvelles de Marie tout en voyant mes autres patients.

Dr Elliott m'a laissé un message concernant Marie, disant qu'elle semblait s'améliorer. Il était trop tôt pour dire si le nouveau traitement aidait, alors elle recommandait de garder Marie quelques jours, peut-être jusqu'à une semaine pour la surveiller.

—Quels sont tes plans pour ce soir ? a demandé Laura depuis l'entrée de mon bureau.

J'ai secoué la tête. Ce que je voulais faire, c'était conduire jusqu'à Syracuse et rendre visite à Marie. Voir de mes propres yeux qu'elle allait mieux. Mais elle n'était pas ma seule patiente. Partir signifiait manquer des rendez-vous le lendemain.

—Tu vas aller voir Marie ?

—Je ne sais pas, ai-je répondu. Je ne peux pas y aller et revenir ce soir. Et revenir assez tôt demain est un défi.

—Quels rendez-vous as-tu demain matin ? Y a-t-il quelque chose que tu peux manquer ? Ou quelque chose que quelqu'un d'autre peut gérer pour toi ?

J'ai secoué la tête. Je ne pouvais jamais manquer de rendez-vous. J'étais le seul oncologue. Ce ne serait pas responsable de ma part de ne pas me présenter.

—Je sais que tu ne veux pas, a dit Laura, mais je sais aussi que tous les autres patients comprendraient et seraient rassurés de savoir que tu leur es aussi dévoué. Si ça te fait te sentir mieux de voir Marie, alors tu devrais y aller.

—Je veux juste...

—Regarde ton planning, Nico, a insisté Laura.

J'ai consulté le planning du lendemain et j'ai découvert

qu'il était plus léger que je ne l'avais prévu. Mon premier rendez-vous était à onze heures, et avant cela, j'avais du temps réservé pour...Veronica et du travail administratif.

—Je ne me souviens pas de ça.

—Qu'est-ce qui ne va pas ?

—As-tu réorganisé mon emploi du temps ?

Laura a secoué la tête. —Non. Je ne ferais jamais ça.

—Ally, ai-je dit en riant. Elle pense qu'elle sait ce qui est le mieux pour moi.

Laura a souri. —On dirait bien qu'elle le sait. Maintenant, tu n'as aucune raison de ne pas y aller. Tu pourrais peut-être rester chez Veronica ce soir. Comme ça, tu auras un peu plus de temps demain avec Marie.

J'ai acquiescé et commencé à ranger mon bureau. — Bonne idée. Je dois passer chez moi prendre quelques affaires. Ensuite, je partirai. Merci.

Elle sourit. —Tu es un médecin extraordinaire, Nico. Nous avons tous de la chance de t'avoir.

J'ai arrêté ce que je faisais et me suis dirigé vers elle d'un pas déterminé. Je ne me suis arrêté que lorsqu'elle était dans mes bras et ses lèvres sur les miennes. Je l'ai embrassée comme un soldat partant à la guerre, comme si je ne devais jamais la revoir. Je voulais qu'elle sache ce que je ressentais, même si je ne pouvais toujours pas prononcer ces mots.

Quand je me suis finalement reculé, ses joues étaient rouges et elle était essoufflée. J'avais envie de la ramener contre moi et de ne plus jamais reprendre mon souffle, mais j'avais un travail à faire. J'avais une vie à sauver. Et pour la première fois de ma vie, je croyais qu'elle comprenait cela et me soutenait.

—Je te verrai demain, a dit Laura quand nous nous sommes arrêtés près de sa voiture. —Conduis prudemment. Et si tu as un moment, fais-moi savoir comment va Marie quand tu y seras.

—Je le ferai. Merci. Passe une bonne soirée.

Elle a souri et est montée dans sa voiture. Je l'ai regardée s'éloigner puis je me suis concentré sur ce que je devais faire.

L'HÔPITAL d'East Syracuse était calme quand je suis arrivé à l'étage de Marie. Le personnel prenait excellent soin d'elle, et elle se reposait. J'ai consulté son dossier puis je suis allé la voir. Elle avait meilleure mine que lorsqu'elle s'était retrouvée dans mon cabinet, mais son teint était encore altéré et elle avait visiblement perdu du poids.

—Dr Allison, a dit Marie avec un faible sourire. —Je ne savais pas que vous veniez ce soir.

J'ai hoché la tête et me suis approché d'elle. J'ai souri à la femme assise sur la chaise à côté d'elle et j'ai su que ce devait être sa mère. —Je voulais voir comment vous alliez, Marie. Vous sentez-vous mieux ?

Elle a acquiescé. —Je pense que oui. Dr Elliott a commencé le nouveau traitement aujourd'hui. Elle pense que c'est une meilleure option à ce stade.

—Oui, nous en avons discuté. J'étais d'accord avec elle.

—Pourquoi n'avez-vous pas commencé par celui-là ? a demandé Mme Kaufman.

—Maman, a sifflé Marie. —Je suis désolée, Dr Allison.

J'ai secoué la tête. —Ne vous excusez pas. C'est une question légitime. s Je me suis tourné vers sa mère. —Le cancer de votre fille est agressif. Quand il a été découvert, il était déjà à un stade où nous savions qu'il serait difficile à traiter. Le traitement que j'ai choisi est le protocole standard. C'est celui qui a été le plus efficace avec le moins d'effets secondaires pour la majorité des patients. Malheureusement, tous les patients ne réagissent pas de la même façon aux traitements. Dans le cas de Marie, le traitement n'a été que partiellement efficace, mais les effets secondaires étaient nombreux. Changer de traitement est le meilleur choix, mais ce traitement peut être beaucoup plus dur pour l'organisme. Les effets secondaires seront plus graves. Elle aura besoin de plus de soins pour fonctionner. Elle sera faible et aura du mal à mener des activités normales. Commencer par ce traitement n'est pas courant en raison de sa dureté pour les patients. Nous abordons chaque cas en espérant perturber la vie d'un patient le moins possible, mais ce n'est pas toujours une option.

Mme Kaufman a difficilement avalé sa salive et s'est tournée vers Marie. Elle a pris la main de sa fille tandis que des larmes coulaient sur ses joues. —Tout est de ma faute. J'aurais dû prendre un congé pour pouvoir rester avec toi.

—Maman...

—C'est la faute du cancer, ai-je dit fermement. —Le cancer est le coupable. Il était impossible de savoir que le traitement initial ne suffirait pas avant de l'essayer. Même si Marie avait eu quelqu'un vivant avec elle, nous aurions commencé par le traitement que nous avons fait. Je vous en prie, ne vous blâmez pas.

Mme Kaufman a acquiescé, mais il était évident qu'elle doutait encore d'elle-même. Elle a essuyé une larme et forcé un sourire.

Les yeux de Marie se fermaient peu à peu et il était déjà tard. Je leur ai dit bonne nuit et leur ai annoncé que je repasserais le matin avant de retourner à L'anse MacKellar, puis j'ai conduit jusqu'chez Veronica.

Veronica et Jeff vivaient dans une maison mitoyenne au centre-ville de Syracuse. Le quartier avait connu un renouveau au cours de la dernière décennie, et ils avaient acheté au bon moment pour profiter de cette vague ascendante. Leur maison était chaleureuse et confortable, mais pouvait aussi accueillir un dîner élaboré si nécessaire. Jeff adorait cuisiner et avait fait de la cuisine digne d'un chef la pièce maîtresse de la maison.

—Tu as l'air affreux, a dit Veronica quand elle m'a ouvert la porte. Elle portait encore un chemisier et une jupe crayon, mais ses pieds étaient chaussés de pantoufles bleues et pelucheuses et ses cheveux étaient attachés en queue de cheval.

—Content de te voir aussi, ai-je répondu.

—Long trajet ?

J'ai secoué la tête. —Ce n'était pas trop mal.

—La patiente ?

J'ai hoché la tête.

—Jeff est déjà en train de cuisiner et t'a préparé un verre. Viens.

Je l'ai suivie dans l'escalier jusqu'au premier étage. Le salon avait de grandes fenêtres donnant sur la rue bordée d'arbres. Il se prolongeait dans la cuisine, avec la salle à manger à l'arrière de la maison. Le premier étage comprenait également une salle d'eau pour les invités et le bureau de Veronica, puisqu'elle travaillait principalement de chez elle.

—Nico, content de te voir. Tu as faim ? a demandé Jeff. Il semblait être rentré récemment, portant encore son pantalon habillé et sa chemise. Ses manches étaient retroussées, révélant les tatouages sur ses avant-bras.

J'ai acquiescé et me suis assis au comptoir. Il a sorti un pichet de quelque chose du réfrigérateur et m'a versé un verre bien rempli. Je l'ai levé en signe d'appréciation et j'ai bu une longue gorgée.

—Hé, doucement. Il y a comme quatre sortes d'alcool làdedans, a dit Jeff en riant. Il a remis le pichet dans le frigo et a secoué la tête.

—Je lui ai dit qu'il aurait dû en mettre cinq pour qu'on sache qu'il ne faut pas boire si vite, a dit Veronica.

—Thirsty Teddy's, avons-nous dit en même temps.

—Vous deux et vos histoires de fac de médecine. Jeff a ri.

Il s'était habitué à nos histoires au fil des années et les avait tellement entendues qu'on aurait presque dit qu'il y était lui-même.

—Si tu veux que les gens boivent lentement, a dit Veronica.

—Tu as deux options, j'ai poursuivi.

—De l'alcool bon marché ou beaucoup d'alcool, avons-nous terminé ensemble.

Teddy tenait un bar miteux près de notre appartement. Nous y allions souvent pour étudier car il proposait aussi les meilleurs macaronis au fromage de la ville, le plat préféré de Veronica. Nous avons appris à le connaître et il nous a partagé son secret. Il utilisait toujours des alcools de qualité et les rendait si savoureux que les gens en voulaient davantage. Ils continuaient à boire, et lui continuait à faire de l'argent. Les chauffeurs de taxi du coin attendaient devant Thirsty Teddy's pour s'assurer que tout le monde rentrait chez soi en sécurité.

C'est là que j'ai développé mon goût pour les boissons sucrées. Elles m'ont aidé à traverser la fac de médecine.

Jeff riait en nous regardant, Veronica et moi, rattraper le temps perdu. Quand la conversation a tourné autour de Laura, Jeff s'est montré plus qu'intéressé par ce qui se passait.

—Je ne savais pas que tu voyais quelqu'un, a dit Jeff.

J'ai regardé Veronica. —Tu ne lui as pas dit ?

—Tu m'as parlé d'elle pendant une séance. Je ne vais pas partager ça. Même si je pensais que ça ne te dérangerait pas.

J'ai levé les yeux au ciel. —Tu aurais pu lui dire. Bref, oui. Laura est l'une de mes infirmières. Elle travaille pour moi depuis des années, mais ce n'est que récemment que—

—Il a sorti sa tête de son cul et lui a dit à quel point il la voulait, a précisé Veronica.

—C'est mon employée, ai-je dit fermement.

Veronica a ouvert la bouche pour protester, mais Jeff l'a

interrompue. —Non, je comprends. Si tu lui avais fait des avances, elle aurait pu se sentir obligée de dire oui pour ne pas risquer de perdre son emploi. Et dans un endroit comme le tien, où il n'y a pas de RH, c'est un risque énorme. C'est nul, mais tu la protégeais.

—Exactement.

—Je pense qu'il aurait pu dire quelque chose sans que ça pose problème. Et elle est aussi attirée par lui qu'il l'est par elle, donc évidemment ça aurait été bien. Sauf qu'il n'a absolument aucune technique.

—Nico ? Pas possible, a dit Jeff.

—Pas du tout. Il a fait le m'as-tu-vu pour leur premier rendez-vous et a failli tout gâcher. Elle est authentique. Elle n'aime pas ce genre de choses. Mais il a eu de la chance et a trouvé des amis qui lui ont donné d'excellents conseils, et il a eu une seconde chance.

—Oh, c'est toi cette amie ? a taquiné Jeff.

Veronica a ri. —Non. Mais je suis celle qui a été assez intelligente pour lui dire de contacter ces amis. Il a besoin de gens. Il n'a que nous, et jusqu'à ce que je puisse te convaincre de déménager au milieu de nulle part, il a besoin de plus de personnes autour de lui.

—Vous déménagez ? ai-je demandé, plein d'espoir.

—Non, a aboyé Jeff en lançant un regard noir à sa femme.

Veronica lui a souri et a secoué la tête. —Non, nous ne déménageons pas. Mais j'aime taquiner mon merveilleux mari à ce sujet. Peut-être une maison d'été.

Jeff a levé les yeux au ciel. —Le dîner est prêt, mais je ne suis pas sûr de vouloir t'en donner.

Veronica a souri et s'est déhanchée jusqu'à son mari. Elle l'a distrait avec un baiser et n'a eu aucun mal à voler une assiette derrière lui.

Il a simplement ri.

Nous nous sommes assis pour discuter et nous mettre à

jour sur le travail. Jeff faisait face à une crise majeure qui le frustrait. Veronica a dit qu'il n'y avait rien de nouveau pour elle, mais qu'elle allait être interviewée pour un segment local. Je leur ai parlé de mon travail et des progrès de l'expansion.

Nous avons parlé et bu, laissant les heures passer sans autre préoccupation que la soirée. Quand Jeff a annoncé qu'il devait se lever tôt et allait se coucher, Veronica a dit qu'elle monterait bientôt. Il l'a embrassée en passant et m'a dit bonne nuit avant de monter les escaliers vers la chambre principale à l'étage.

—Est-ce que ça va vraiment avec celle-ci ? a demandé Veronica.

Elle avait été là pour moi lors du cinquième anniversaire de la mort de ma mère. Les précédents ne m'avaient pas touché, mais étant en fac de médecine et étudiant tout ce qui peut mal tourner, j'ai réalisé que la mort de ma mère aurait pu être évitée si on l'avait prise au sérieux. Pas une garantie, mais c'était possible.

—Je ne sais pas. Marie me rappelle ma mère, mais c'est difficile quelle que soit la personne. Je l'observe et je me demande si les médecins de ma mère essayaient toutes les choses que j'essaie. Je sais que le cancer arrive, mais...

—Tu veux en empêcher autant que possible. Comment Laura gère-t-elle ça ?

J'ai haussé les épaules. —Elle va bien. Elle a aussi perdu sa mère, mais elle a également perdu son père et elle dit qu'elle ne veut pas que quiconque éprouve la douleur qu'il a traversée, alors elle choisit d'être heureuse. De voir le bon côté de tout.

—Wow. C'est très...

—Folle ?

Veronica gloussa. —J'allais dire rare. Ou impressionnante. La plupart d'entre nous se laissent emporter dans les profondeurs du désespoir. Même quand la douleur n'est pas la nôtre. Si elle arrive à voir le bon côté des choses, c'est peut-être exactement ce dont tu as besoin dans ta vie.

J'ai pouffé. —À condition que je ne gâche pas tout.

—Est-ce que tu l'as laissée entrer dans ta vie ? Comme je te l'ai conseillé ?

J'ai secoué la tête. —Tout ça est arrivé et...

—Quand tu reviendras, invite-la sur ton île pour le week-end. Vous avez tous les deux besoin de vous éloigner de tout ça, d'après ce que j'entends.

—Ouais, peut-être.

—Tu restes ici ce week-end ?

J'ai levé les yeux vers elle. —Je devrais.

Veronica a secoué la tête et s'est levée. —Non, en fait, tu ne devrais pas. La plupart des médecins ne restent pas au chevet de leurs patients quand ils sont à l'hôpital. Tu dois aussi vivre ta vie, et les gens le comprennent. Elle a soupiré profondément. —Je sais que tu te considères comme une île, Nico, mais tu ne devrais pas. Tu as des gens qui tiennent à toi. Ton île est magnifique, mais elle ne devrait pas être une forteresse où tu te caches pour ne pas affronter les choses que tu ne veux pas voir.

—Qu'est-ce que ça veut dire ? ai-je demandé.

Elle a souri et dit, —Ça veut dire que je t'aime et que je m'inquiète pour toi. Ça veut dire que je veux te voir heureux, et je pense que Laura te rend heureux, mais je ne veux pas que tu gâches tout parce que tu te retiens avec elle. Les femmes ont besoin de se sentir connectées. Nous avons besoin de savoir que la personne avec qui nous sommes est sur la même longueur d'onde. Si elle donne plus à la relation que toi, elle va penser que c'est à sens unique. Tu dois être prêt à la laisser entrer dans ta vie.

—Je le ferai. J'ai juste besoin de clôturer cette affaire.

Veronica a froncé les sourcils. —Il y aura toujours une

autre affaire, Nico. Il y aura toujours un autre patient, un autre traitement, une autre conférence. Tu me dis tout le temps que le cancer et la santé mentale, c'est la même chose. C'est une bataille constante pour réussir. Si tu repousses le moment de laisser Laura entrer dans ta vie, ou une autre femme si les choses ne fonctionnent pas avec Laura, alors tu la perdras. J'essaie simplement de t'aider.

Elle est partie avant que je puisse formuler une réponse, me laissant seul dans le salon brillamment éclairé. Elle avait raison. Si je voulais Laura dans ma vie, je ne pouvais pas me cacher d'elle. Je lui devais au moins ça. Je nous le devais à tous les deux.

Tu as des projets ce week-end ?

Non. Tout va bien ? Tu as besoin que je
vienne à Syracuse ?

Marie va bien. J'ai besoin que tu rentres avec
moi pour le week-end. Je veux te montrer
mon île.

Merci.

22

LAURA

En quatre ans de vie à L'anse MacKellar, je n'avais jamais mis les pieds sur l'une des îles privées. Ça semblait ostentatoire de se rendre sur une île privée, mais c'était l'île de Nico. Doc Rock. C'était...

J'essayais de ne pas penser à tout ce que j'espérais que cela signifiait. Nico n'était pas le genre d'homme à laisser les gens entrer dans sa vie, mais il m'invitait chez lui. Je savais qu'il avait un logement en ville, mais je savais aussi que son île était l'endroit où il se sentait le plus à l'aise.

Ce qui expliquait en partie pourquoi j'étais si nerveuse.

J'ai fait un sac pour le week-end et l'ai laissé dans ma voiture au cas où il voudrait partir directement après le travail. Je ne savais pas combien de temps il faudrait pour se rendre à son île, alors j'essayais d'être prête à tout.

Je n'avais pas beaucoup vu Nico de la journée. Il est arrivé au travail vers midi et a vu des patients tout l'après-midi pendant que j'administrais la chimiothérapie. Il était dans son bureau quand je l'ai cherché en fin de journée, les yeux rivés sur son ordinateur, la bouche crispée en une grimace.

J'ai frappé sur le cadre de la porte et attendu qu'il lève les yeux. Il m'a fait signe d'entrer et a repoussé son ordinateur, se calant dans son fauteuil et tendant la main vers moi alors que je m'approchais. Il a tiré sur ma main, m'a fait asseoir sur ses genoux et m'a serrée fort contre lui.

J'ai caressé ses cheveux et me suis accrochée à lui, ayant autant besoin de cette connexion qu'il semblait en avoir besoin. Il a embrassé mon épaule et a tourné mon visage pour embrasser mes lèvres. Un baiser doux et rapide.

—Ça va ? ai-je demandé.

Il a hoché la tête. —Je vais mieux maintenant.

—Le voyage ?

Il a encore hoché la tête. —Marie va mieux, mais c'est difficile pour moi.

—Je comprends. Lucas a un cancer du poumon comme ma mère, et ça m'affecte parfois. S'il n'allait pas aussi bien qu'il va, ce serait plus dur. Mais il y a eu beaucoup de progrès dans les traitements du cancer du poumon. Le cancer du pancréas est différent, même aujourd'hui.

Il m'a souri et a hoché la tête.

—Si tu as besoin de temps ce week-end, nous n'avons pas à... Je veux dire, je n'ai pas besoin de venir avec toi.

Il a secoué la tête. —Je te veux là-bas. Je te veux dans ma maison et dans mon lit et avec moi tout le week-end. Si tu es toujours d'accord.

Une vague de chaleur m'a traversée tandis que j'acquies-çais. Sa voix était rauque à cause du manque de sommeil et de trop d'émotions, et ses bords déchiquetés raclaient tous mes nerfs à vif, me donnant envie de le réparer de la seule façon que je connaissais.

—Tu as besoin de passer chez toi ? a-t-il demandé.

J'ai secoué la tête. —J'ai préparé quelques affaires au cas où tu voudrais qu'on parte directement d'ici.

—Merci. Ce serait parfait. Je dois monter voir l'avance-ment de la clinique, mais sinon, je suis prêt.

—Je peux venir avec toi ?

Il a laissé échapper un petit rire. —J'espérais que tu le proposerais.

Nico m'a tenu la main pendant le trajet en ascenseur. Quelques personnes travaillaient encore quand nous sommes arrivés à l'étage, mais l'endroit était presque désert.

—Wow, ai-je murmuré. L'endroit s'était vraiment transformé depuis ma dernière visite. Les pièces du fond avaient été divisées et étaient fermées à l'exception des portes manquantes. Les murs avaient été peints dans un doux ton bleu. Des lumières pendaient du plafond. Des fils sortaient du sol à l'endroit où chaque poste serait installé. Ce n'avait plus l'air d'un simple espace de bureau. C'était paisible et apaisant. Un bon endroit pour se blottir avec un livre.

—Peter, a dit Nico, m'entraînant à travers la pièce vers l'autre homme. —Tout a l'air superbe.

Peter a hoché la tête. —Ils font du bon travail. Est-ce que cela correspond à votre vision ?

Nico a secoué la tête. —Non, c'est définitivement mieux. Merci.

—Je vous en prie. Nous devrions avoir terminé au plus tard fin de semaine prochaine. Nous pourrions finir en milieu de semaine, mais je ne veux pas encore m'y engager.

—C'est toujours plus tôt que prévu, a dit Nico. —C'est incroyable.

J'ai regardé vers l'ascenseur pour embrasser tout l'espace depuis notre position près de la fenêtre et j'ai vu le grand panneau au-dessus de l'ascenseur. —Nico.

Il m'a regardée puis a suivi mon regard. Il a serré ma main quand il a vu l'enseigne. —C'est...

—Elle est arrivée en début de semaine. Eddie l'a commandée pour vous. Un de mes amis l'a réalisée. C'est bien ?

Nico a souri et acquiescé, incapable de former des mots en voyant le nom de sa mère sur le mur.

—C'est parfait, Peter. Merci. Et merci à Eddie aussi.

Peter a acquiescé et a finalement compris. Il a donné une tape sur l'épaule de Nico et s'est éloigné pour parler à l'un de ses gars. Nico continuait de fixer l'enseigne.

—Elle ira bien.

—Qui ça ? ai-je demandé.

—Marie. Je dois avoir confiance en cela. Ma mère veillera à ce qu'elle aille bien.

J'ai souri tout en me demandant si elle s'assurerait que Marie aille bien sur terre ou au paradis.

—Allons-y. Laissons ces gars terminer. On peut partir.

J'ai hoché la tête et dit au revoir à Peter avant de suivre Nico hors du bâtiment jusqu'à son véhicule utilitaire sport. Nous avons laissé ma voiture à la clinique et avons parcouru la courte distance jusqu'à la marina où son bateau était amarré. Il a pris mon sac et le sien et m'a repris la main pendant notre marche vers son bateau.

Le trajet jusqu'à son île s'est fait en silence. J'admirais les vues et m'émerveillais du calme sur l'eau. Une brise légère faisait voler mes cheveux, mais je laissais les mèches piquer mes joues en respirant l'air frais et en savourant le voyage. Je comprenais parfaitement pourquoi quelqu'un voudrait vivre ici.

Nico a accosté à un quai du côté ouest d'une petite île rocheuse. Il a amarré le bateau et jeté nos sacs sur le ponton avant de me tendre la main pour m'aider à garder l'équilibre en sortant. Il a repris nos sacs et s'est dirigé vers la porte coulissante en verre de la grande terrasse.

—Cet endroit est magnifique, Nico.

Il a acquiescé. —J'adore être ici. C'est... c'est chez moi.

Je lui ai souri et j'ai attendu qu'il déverrouille la porte pour nous laisser entrer. Il a désactivé l'alarme puis ouvert grand les portes coulissantes et allumé les lumières en traversant sa maison. J'ai pris mon temps, absorbant tout ce que je pouvais apprendre sur cet homme.

Sa cuisine était élaborée mais semblait à peine utilisée. Des placards longeaient un mur et se courbaient pour former un L dans un coin de la maison. Le salon était ouvert sur la cuisine, séparé par un îlot. Trois canapés formaient un U dans le salon, tous orientés vers une cheminée et un grand téléviseur éteint accroché au mur. De l'autre côté de la pièce ouverte se trouvait une bibliothèque avec des étagères allant du sol au plafond. Les étagères étaient principalement remplies de livres aux tranches colorées, souvent très usés et cornés. Une méridienne était placée dans le coin de la pièce avec une lampe, formant le coin lecture parfait.

Nico est ressorti d'une pièce au fond de la maison et s'est arrêté. Il m'a regardée. Il a jeté un coup d'œil autour de sa maison et a attendu.

—J'adore... cet endroit. C'est magnifique, ai-je dit.

—Je t'aime, Laura, a-t-il répondu. Il a inspiré profondément, comme s'il n'avait pas voulu prononcer ces mots. —Je... je ne devrais peut-être pas te dire ça si tôt, mais je n'ai jamais invité une femme ici. Je n'ai jamais voulu de femme ici. Mais en te voyant là... je ne pouvais plus le garder pour moi.

Je me suis avancée lentement vers lui. Il m'observait, sans reculer mais sans venir non plus à ma rencontre. Il s'était déjà exposé à moi, cependant. Je devais aller vers lui. —Je t'aime, Nico. J'ai voulu te le dire depuis un moment, mais—

Il m'a attirée dans ses bras et a pressé tout son corps contre le mien. Je pouvais à peine respirer tant il me serrait fort, parfaitement. Il a pivoté et nous a conduits vers la pièce d'où il était sorti. Sa chambre.

Un grand lit dominait l'espace. De larges fenêtres sur le mur en face du lit offraient une vue imprenable sur l'anse de MacKellar et la côte. Mais la ville était bien loin de mes préoccupations avec l'homme que j'aimais qui me regardait comme si j'étais la chose la plus belle dans son paradis.

—Laura, a-t-il gémi.

J'ai pris une inspiration et compris ce qu'il demandait. Il avait besoin de moi autant que j'avais besoin de lui. Nos regards se sont croisés et ne se sont plus quittés tandis que nous enlevions rapidement tous nos vêtements pour nous retrouver sur son lit. Il a écarté largement mes cuisses et m'a rendue folle avec ses mains et sa langue avant de finalement s'enfoncer en moi, répétant *je t'aime* jusqu'à ce que nous explosions tous les deux et nous effondrions nus sous la douce lueur du soleil couchant qui dansait sur notre peau.

Quand je me suis réveillée, la chambre était sombre et le lit vide. J'entendais Nico s'affairer dans la cuisine. J'ai trouvé sa chemise et l'ai enfilée, souriant pour moi-même quand j'ai vu qu'elle couvrait mes fesses et qu'elle était ample sur moi.

Nico portait un pantalon de survêtement gris bas sur les hanches, le torse nu. De la musique jouait doucement depuis la télévision et à travers des enceintes que je ne voyais pas. On aurait dit qu'elle venait de l'extérieur.

—Salut, a-t-il dit quand il m'a vue marcher vers lui. —J'essayais de ne pas te réveiller.

—Tu ne l'as pas fait, lui ai-je dit. Je me suis approchée et me suis glissée dans ses bras, le laissant me tenir. —Qu'est-ce que tu fais ?

Il a ri doucement. —J'allais préparer le dîner. Je ne cuisine pas beaucoup, mais j'aime faire des grillades. Ça te va, un steak ?

J'ai acquiescé. —J'adore le steak. Je peux t'aider ?

Il a secoué la tête. —Non. J'allais sortir sur la terrasse si tu veux me rejoindre.

—Bien sûr.

Je l'ai aidé à porter des choses sur la terrasse et me suis assise sur une chaise en regardant l'eau. Des lumières clignotaient au loin. Une lueur entourait son île, et j'ai réalisé que cette lueur provenait des lumières qui aidaient les bateaux à repérer les îles.

Nico a fait griller des steaks et des légumes tout en sirotant la boisson qu'il avait sortie d'une pochette dans le congélateur. J'ai savouré mon verre et souri intérieurement. Je ne l'avais jamais vu aussi détendu.

Quand le dîner a été prêt, nous nous sommes installés sur les chaises longues pour manger. J'ai interrogé Nico sur la vie sur une île.

—J'ai aussi un logement en ville. C'est là que je vivais d'abord, mais j'avais du mal à me détacher du Dr Allison. Je croisais des patients en ville et des familles et... je devais être le Dr Allison. Ici, je suis juste Nico.

J'ai souri. —Je pense que les deux sont des hommes formidables. Quand j'ai découvert ta clinique, j'ai été impressionnée par ta façon de fonctionner. Je ne connaissais pas grand-chose à l'oncologie, mais de ce que je savais, je pouvais dire que tu étais différent. Tu parlais de traiter le patient dans sa globalité, pas seulement le cancer. J'ai pu le constater. C'est ce qui m'a fait t'aimer.

—Te sens-tu parfois coupable ? a-t-il demandé.

—Coupable de quoi ?

Il a haussé les épaules et regardé l'eau. —Veronica m'a dit que je devais te laisser entrer dans ma vie. C'est elle qui m'a encouragé à t'inviter ici. Je le voulais, donc je ne veux pas que tu penses qu'elle m'a forcé, mais j'avais peur. Notre premier rendez-vous... je me demandais si tu ressentirais la même chose qu'à ce moment-là.

J'ai secoué la tête. —C'était différent. C'était me tenir à l'écart. Ça, c'est... tout le contraire.

—Non, ce n'est pas le cas, dit-il. Il se leva de son transat et vint vers moi. Il s'allongea à côté de moi, me poussant sur le côté et nous faisant rire tous les deux alors que nous tentions de tenir ensemble sur le même fauteuil.

—Je ne suis pas sûre qu'on puisse tenir.

—On va y arriver, insista-t-il. Il se mit sur le dos et m'attira contre lui de façon à ce que je sois sur le côté. Il enroula son bras autour de moi et me serra contre lui. Je posai ma jambe sur la sienne et blottis ma tête contre sa poitrine. Tu vois ?

—Je suis contente que Veronica ait suggéré ça.

Il gloussa. —Elle va être ravie que tu dises ça.

Je souris et passai ma main sur sa poitrine. —À propos de quoi te sens-tu coupable ?

Il inspira brusquement et expira lentement. —Chaque jour, nous voyons des gens qui sont malades. Des gens qui sont en train de mourir. Des gens qui doivent se concentrer sur les choses les plus élémentaires pour vivre. Je possède deux maisons grâce à ces personnes. Je t'ai rencontrée grâce à ces personnes. J'ai des choses que beaucoup de gens n'ont pas, et pas seulement les gens atteints de cancer, mais les gens en général. C'est juste...

—Je ne pense pas qu'on puisse traverser la vie en pensant que c'est un jeu à somme nulle. Il y aura toujours des gens qui ont plus et toujours des gens qui ont moins. Je crois qu'il faut faire tout ce qu'on peut pour aider, que ce soit avec mon argent et des dons financiers, mon temps ou mon travail. Mais l'argent n'est pas la seule chose qui compte dans le monde. J'ai perdu mes parents il y a très longtemps. Je n'ai jamais eu de relation sérieuse ni été mariée. Je n'ai jamais eu d'enfants. J'ai des dettes, même si pas autant que certaines personnes. Nous vivons tous notre propre vie, et il y a des gens qui n'ont pas eu les mêmes opportunités que moi. J'ai travaillé pendant mes études, mais j'ai eu la chance d'y aller. Mes parents sont tous les deux morts, mais je les ai eus pendant mon enfance. J'ai toujours vécu dans des endroits où je me sentais en sécurité. Je sais que j'ai des privilèges que tant d'autres n'ont pas. Je ne peux pas régler ça toute seule, mais j'en suis consciente et j'essaie de faire ce que je peux pour changer les choses. Ça ne devrait pas être comme ça, et oui, je me sens coupable d'avoir des opportunités qui devraient être accessibles à tous. Je me sentirai toujours coupable de ça. Mais je ne peux pas me sentir coupable de t'aimer aujourd'hui parce que quelqu'un d'autre est en train de perdre l'amour de sa vie. Ça arrivera à tout le monde un jour. Et ce sera toujours horrible, mais je ne voudrais jamais que quelqu'un choisisse d'être malheureux parce qu'il se sentait coupable que je ne le sois pas.

Il me serra plus fort contre lui et m'embrassa sur le dessus de la tête. —J'oublie que tu vois toujours le bon côté des choses. J'ai du mal à laisser entrer cette lumière. À accepter qu'être malheureux un jour ne signifie pas qu'une personne est malheureuse tous les jours. Nous voyons des gens dans leurs pires moments. Je leur annonce les pires nouvelles de leur vie. Et même quand je peux leur dire que tout va bien, je sais que rien n'est jamais normal pour eux. Ils reviennent me voir année après année, attendant que l'autre chaussure tombe. C'est difficile pour moi de penser aux bonnes choses dans leur vie entre-temps.

—Surtout si tu restes fermé aux autres, dis-je doucement. —Je sais que mes amis m'aident à me rappeler qu'il y a toujours de bonnes choses. Ma mère était une personne positive, et ça a détruit mon père, mais j'ai essayé de garder son souvenir. Pour lui, il n'y avait plus rien de bon sur terre sans elle. Pour moi, je cherchais le bien. Certains jours, c'était une fleur qui poussait à travers une fissure du trottoir. D'autres jours, c'était un sourire d'un étranger. Parfois, c'était une pièce trouvée sur un parking. Le bien est partout, mais nous devons être prêts à le voir. Être entourée des autres m'aide toujours à voir le bien.

—Tu penses que je devrais vendre mon île ? demanda Nico doucement.

—Non. Cet endroit fait partie de toi. C'est toi. Pourquoi la vendrais-tu ?

—Tu viens de dire que je suis fermé.

—Ça ne veut pas dire vendre ta maison. Ça veut dire inviter des gens ici. Ça veut dire te lier d'amitié avec Ian et les autres gars. Ça veut dire t'ouvrir aux gens pour qu'ils sachent qui tu es. Sois Nico quand tu es en ville, et montre aux gens que tu n'es pas seulement Dr Allison. Parce que Dr Allison est génial, mais Nico... j'aime beaucoup plus Nico.

Je me redressai et grimpai sur ses genoux. Il se décala sur le fauteuil pour que je puisse m'asseoir à califourchon sur ses hanches. Il glissa ses mains le long de mes cuisses et gémit quand il réalisa que je ne portais rien sous sa chemise.

—Putain de merde, Laura.

Il durcit sous moi, pressant contre mon intimité, son pantalon de survêtement étant la seule barrière entre nous. —Y a-t-il une chance que tu aies apporté un préservatif ici ?

Il sourit et en sortit un de sa poche avant de m'attirer pour m'embrasser. Il poussa ses hanches contre moi, me faisant gémir. Il glissa sa main entre mes cuisses et enfonça un doigt profondément en moi.

—Tu es mouillée, dit-il avec un gémissement. —Tu es si bonne.

—Tu me fais me sentir bien. Je me contractai autour de ses doigts et laissai les sensations me traverser. Il ajouta un deuxième doigt puis passa son pouce sur mon clitoris et me fit crier. —Quelqu'un va m'entendre.

—Je m'en fiche. Je réclame mon bonheur ici et maintenant. Avec la femme que j'aime sur ma putain d'île.

Je gloussai et gémis quand il caressa à nouveau mon clitoris. Mes hanches ondulèrent et tout mon corps se tendit puis je lâchai prise, jouissant violemment dans ses bras.

Il embrassait et léchait mon cou tout en me tapotant la cuisse pour que je me décale. Il baissa son pantalon et déroula le préservatif, puis me positionna de nouveau au-dessus de lui.

—Nico, soupirai-je en m'abaissant sur lui.

—Je t'aime, Laura, dit-il. Il écarta les cheveux de mon visage et soutint mon regard pendant que nous bougions ensemble. Chaque coup à l'intérieur m'envoyait de plus en plus haut. Il serra la mâchoire et tendit ses muscles, m'attendant. —Laura.

—Je t'aime, dis-je, abandonnant toutes mes peurs et laissant mon orgasme et mon cœur prendre le dessus. Je lui appartenais. C'était le cas depuis longtemps, mais je n'allais plus lutter contre ça une minute de plus. J'étais à lui, et il était à moi, et nous allions avoir notre fin heureuse.

23

NICO

Je ne me souvenais pas de la dernière fois où je m'étais senti aussi bien. La dernière fois que j'avais autant ri et souri. Avoir Laura chez moi, c'était comme ouvrir une porte qui était restée fermée depuis toujours et découvrir à l'intérieur tout ce qui m'avait manqué.

Nous sommes allés faire un tour en bateau samedi, mais sinon, nous sommes restés sur mon île tout le week-end. Nous avons cuisiné, bu, fait l'amour et je lui ai répété que je l'aimais encore et encore. Elle m'a retourné ces mots. J'ai ri doucement en faisant nos bagages dimanche après-midi pour le voyage de retour. Je ne savais pas que la vie pouvait être ainsi.

—J'ai l'impression qu'il me manque une culotte, a dit Laura. Elle se tenait au milieu de la bibliothèque et regardait autour d'elle. —Je suis pourtant certaine que je la portais avant d'entrer ici.

Je me suis approché et j'ai passé mon bras autour de sa taille. Elle a souri et a interrompu ses recherches pour se blottir contre moi.

—Salut, a-t-elle dit avec un sourire.

—Salut.

—Tu sais où est ma culotte ?

J'ai secoué la tête. —Tu pourras la récupérer la prochaine fois si tu l'as vraiment laissée ici.

—La prochaine fois ? On dirait que tu as l'intention de m'inviter à nouveau.

J'ai acquiescé. —Je te veux ici quand tu voudras y être.

Elle a souri et posé sa tête contre ma poitrine. Nous sommes restés là, simplement enlacés, pendant un très long moment. L'idée de partir n'était pas celle que je voulais envisager. Je voulais rester ici avec Laura, la serrer fort contre moi et oublier qu'un monde existait au-delà de mon île.

—Combien de temps penses-tu qu'on pourrait survivre sans quitter cet endroit ? a demandé Laura.

J'ai ri doucement. —Je me demandais justement quelque chose de similaire.

—Je ne suis pas encore prête à faire éclater la bulle.

—La bulle ?

Laura a hoché la tête. —Oui, tu sais. Quand une relation commence et que tu es dans cette petite bulle où rien ne peut t'atteindre et où tu as l'impression que rien ne peut mal tourner. Nous avons été ici, coupés du monde extérieur, pendant deux jours. Nous avions notre propre petite bulle. Mais dès que nous retournerons à L'anse MacKellar, tu seras à nouveau mon patron et nous aurons d'autres responsabilités que les orgasmes.

J'ai ri et l'ai serrée plus fort. —Je pourrais quitter mon travail et juste te donner des orgasmes pour toujours.

Elle a retenu son souffle et s'est figée, juste une seconde. J'ai réalisé ce que je venais de dire et j'ai envisagé de me rétracter, mais je n'en avais pas envie. Je renoncerais à tout pour Laura.

—Je t'aime, Laura. Rien ne va changer quand nous rentrerons.

Elle a acquiescé. —Je t'aime, Nico.

Je l'ai embrassée doucement, maîtrisant mon désir et la laissant simplement ressentir mes émotions. Ce que nous avions n'était pas seulement une question de sexe. C'était une question d'amour. Je ne voulais pas qu'elle en doute jamais.

Nous avons fini de rassembler nos affaires en silence et fermé la maison. Elle n'a jamais retrouvé la culotte qu'elle pensait avoir perdue. Je lui ai promis que nous pourrions en perdre d'autres la prochaine fois.

Nous étions sur le point de démarrer le bateau quand mon téléphone a sonné. Le service de réponse. Mon estomac s'est noué. C'était toujours le cas quand je recevais un appel d'eux. —Dr Allison à l'appareil.

—Bonjour, Dr Allison. Nous avons un message pour vous de l'hôpital d'East Syracuse concernant une patiente, Marie Kaufman. Le message indique que sa situation est critique et qu'elle pourrait ne pas passer la nuit. Ils font tout ce qu'ils peuvent.

Je me suis effondré sur un siège et j'ai baissé la tête. —Merci. Y a-t-il autre chose ?

—Non. C'est le seul message. Je suis désolée, monsieur.

—Merci

J'ai raccroché et je suis resté assis là. Marie. Elle devait être ma seconde chance. Elle devait être celle que je sauverais. Elle devait être mon histoire à succès, celle qui prouverait que si j'en avais été capable, j'aurais pu sauver ma mère.

Mais elle était en train de mourir.

—Nico ? dit Laura en posant sa main sur mon bras.

Je sursautai. J'avais oublié qu'elle était là. Témoin de mon effondrement. Cause de cette douleur. Si je ne m'étais pas autant attaché à elle, j'aurais peut-être sauvé Marie. Peut-être que tout se serait terminé différemment.

Mais non, j'avais égoïstement décidé qu'il était temps pour moi d'avoir un peu de bonheur.

—Il faut qu'on parte, dis-je brusquement, sans la regarder. J'attrapai le dernier sac sur le quai et détachai le bateau. Je démarrai et partis à une vitesse bien plus élevée que d'habitude, l'eau et le vent me giflant sans relâche. Me punissant.

Nous arrivâmes à la marina en un temps record. Mes pensées tournoyaient autour de Marie et de la façon dont je l'avais laissée tomber pendant que j'amarrais le bateau. Je n'aurais jamais dû quitter Syracuse jeudi. J'aurais dû y rester pour le week-end et la surveiller moi-même. Je savais que les infirmières étaient débordées et qu'un médecin de garde ne saurait pas toujours quoi chercher. Ils étaient bons, mais ils ne me remplaceraient jamais.

—Nico, dis-moi ce qui s'est passé, dit Laura. Elle posa sa main sur mon bras. Je la repoussai.

—Marie va mourir.

—Oh, Nico, je suis tellement désolée.

—Désolée ? Vraiment ?

—Oui, je suis désolée. Je sais qu'elle comptait beaucoup pour toi. Et je suis désolée pour sa famille.

—Tu ne ressens rien de plus que ça ?

Elle haussa les épaules et m'étudia attentivement. —Nous savons tous les deux que son cancer était agressif et avait un faible taux de réussite. Nous savions que c'était probablement l'issue qui nous attendait. Je sais que ce n'est pas ce que nous voulons, mais nous pouvons en tirer des leçons. Peut-être que la mort de Marie aidera un jour quelqu'un d'autre à vivre.

Je ricanai. —C'est ce que tu penses ? Vraiment ? Tu vas dire à sa mère que ce n'est pas grave que sa fille soit morte parce qu'un jour nous pourrons peut-être sauver la fille de quelqu'un d'autre grâce à la mort de Marie ? Tu crois que ça lui apportera du réconfort ?

Laura secoua la tête. —Je ne dirais jamais ça à la famille d'un patient. Ce serait insensible et cruel. Mais tu sais qu'il faut avancer. Tu sais que nous avons d'autres patients à sauver. Nous ne pouvons pas laisser un échec mettre fin au combat.

—Tu veux savoir ce que je pense ?

Laura hocha la tête. —Bien sûr.

—Je pense que c'était une erreur. Nous. Ce week-end. Si nous n'avions pas été ensemble, j'aurais été avec Marie. J'aurais pu la sauver. Mais au lieu de ça, j'étais avec toi. Et une jeune femme va mourir à cause de ça.

Laura ouvrit et ferma la bouche. Elle la garda fermée et me lança un regard noir. Elle hocha une fois la tête puis se retourna et s'éloigna.

Et je la laissai partir parce qu'être avec elle n'apportait que de la souffrance.

Lorsque j'arrivai à Syracuse, Marie était à peine accrochée à la vie. Sa mère m'aperçut et se précipita vers moi.

—Merci d'être venu, Dr Allison. Je sais que vous avez une vie, mais ma fille est toute ma vie. C'est le seul enfant que j'ai jamais eu et je ne peux pas rester là à la regarder mourir. Merci. Je sais que vous allez la sauver.

—Je... Je ferai de mon mieux, Madame Kaufman. Je vous le promets.

Je trouvai l'infirmière en chef qui me mit en contact avec le médecin de garde. Dr Elliott n'était pas disponible, c'était donc le médecin de garde qui avait pris toutes les décisions concernant Marie pendant le week-end. Il ne savait pas ce qu'il faisait. Il avait suivi le protocole, mais le protocole changeait constamment avec les patients atteints de cancer.

Tandis qu'ils m'expliquaient tout ce qu'ils avaient fait au

cours des dernières quarante-huit heures, je compris qu'ils avaient fait tous les bons choix. J'aurais voulu leur trouver des torts, mais sans avoir été présent pour voir les choses par moi-même, je ne pouvais pas savoir si j'aurais vu ou fait quelque chose différemment.

—Merci, leur dis-je à tous les deux. Je pris la tablette de l'infirmière pour examiner tout ce qui concernait le cas de Marie et lui demandai de me montrer un bureau inoccupé.

Je restai là pendant des heures, épluché tout. Mes dossiers, les dossiers hospitaliers de Marie, les études de cas, tout. Je me disais qu'il devait y avoir une réponse, mais je n'en trouvais pas. J'ai tout examiné, mais il n'y avait pas de solution.

—Putain ! Je lançai un dossier à travers la pièce. Il s'ouvrit et les papiers volèrent partout. Je fixai le désordre, regardant les feuilles flotter et se poser sur la table, le sol et contre le mur.

Ce n'était pas juste. Rien de tout cela n'était juste. Marie était censée aller bien. Elle était jeune et en bonne santé avant tout ça. Son médecin de famille a ignoré ses plaintes. Ou ne les a pas comprises. C'était déjà si tard quand elle est venue me voir.

Mais j'aurais dû pouvoir la sauver.

J'ai ramassé tout ce qui s'était éparpillé dans la pièce et l'ai remis dans le dossier tout en me détestant. Je n'aurais jamais dû écouter Veronica. Je n'aurais jamais dû laisser Laura entrer dans ma vie. J'aurais dû rester comme une île. J'aurais dû tenir tout le monde à distance parce que j'étais à mon meilleur quand j'étais seul.

Mes émotions n'avaient pas leur place ici, alors je les ai refoulées et j'ai fourré tous les documents dans mon sac avant de quitter la pièce. Je voulais parler à la mère de Marie. Essayer de l'aider. À défaut d'autre chose, être là pour elle, parce qu'elle aurait besoin de quelqu'un à blâmer.

Marie souriait quand je suis entré, mais c'était un sourire rêveur, celui que les gens ont quand ils oscillent entre la vie et la mort. Elle voyait des choses que le reste d'entre nous ne pouvait pas voir. Des choses qui n'étaient pas de notre monde.

—Où étiez-vous passé ? m'a demandé Mme Kaufman quand je suis entré. Je pensais que vous alliez l'aider.

J'ai pris une inspiration et j'ai hoché la tête. —Malheureusement, nous avons fait tout ce qui était possible pour Marie.

—Quoi ? Non. Vous ne pouvez pas être sérieux. Vous n'avez même pas été là. Elle est restée dans ce lit pendant des jours et vous êtes passé dix minutes. Vous ne pouvez pas abandonner. Elle disait que vous saviez ce que vous faisiez.

J'ai acquiescé et j'ai absorbé ses paroles. J'en avais besoin. Je les voulais. Je les méritais. —Je suis désolé, Madame Kaufman. J'aurais dû être là pour Marie. Je n'aurais pas dû partir vendredi.

—Non, vous n'auriez pas dû. Ma fille est en train de mourir parce que vous avez été égoïste. J'espère que ce que vous aviez à faire ce week-end était suffisamment important pour tuer ma fille, parce que c'est ce que vous avez fait. Vous l'avez tuée !

Un homme s'est précipité dans la chambre et nous a regardés. Il a regardé Marie, qui souriait dans le vide, puis Mme Kaufman. Il s'est approché d'elle et l'a prise dans ses bras. —Je pense que vous devriez partir, m'a-t-il dit.

—Il a tué notre petite fille, a sangloté Mme Kaufman. Il l'a tuée. Il aurait dû être là, et maintenant il est trop tard.

L'homme, de toute évidence son mari, s'est tourné vers elle et l'a serrée contre lui. J'ai lentement quitté la pièce, sachant que chaque mot qu'elle avait dit était juste.

Je suis retourné dans le bureau abandonné et je me suis assis. J'ai fixé le mur et j'ai attendu. Il n'y avait rien d'autre que je puisse faire qu'attendre. Je voulais être dans la chambre avec Marie, mais je ne méritais pas d'y être. Je méritais d'être seul. Et je l'étais.

MARIE EST morte à quatre heures trois le lendemain matin. Ses parents étaient avec elle. Pas moi.

Une infirmière m'a trouvé et m'a parlé de Marie. Elle m'a demandé si je voulais la voir, elle ou sa famille, avant que son corps ne soit emmené. Je lui ai dit que non et j'ai demandé si les parents de Marie étaient toujours là.

—Oui, ils sont là. Nous faisons venir un conseiller pour leur parler. Ils ont besoin de quelqu'un pour les aider à comprendre tout cela.

—Pourriez-vous demander au conseiller de venir me trouver avant de les voir ?

—Bien sûr.

L'infirmière m'a de nouveau laissé seul. Peu après, il y a eu un coup à la porte et Veronica a passé sa tête par l'entrebâillement.

—Qu'est-ce que tu fais ici ?

—Je suis la conseillère de garde. Je ne savais pas que tu étais là.

—La famille est celle de Marie.

Veronica a haussé les sourcils. —Ta patiente que tu es venu voir jeudi ? Celle avec-

—Ouais. Je voulais parler au conseiller pour le mettre au courant de tout, mais je suppose que tu sais déjà. Tu ne devrais pas leur parler, cependant.

—Pourquoi pas ?

—Parce que tu es en partie responsable de la mort de Marie.

Veronica a reculé comme si je l'avais giflée. —Pardon ?

—J'aurais été là si tu ne m'avais pas dit de partir. J'aurais été à son chevet à surveiller tout et à faire des changements dès qu'il en fallait. Au lieu de cela, je l'ai laissée entre les mains de personnes qui ne vérifiaient son état que toutes les quelques heures.

—Nico, soupira-t-elle.

—Non. Tu sais que j'ai raison. Tu sais qu'elle aurait dû survivre. J'aurais pu la sauver. J'aurais dû la sauver.

—On ne peut pas tous les sauver.

—Celle-ci, on aurait pu.

Veronica prit une inspiration. —C'est facile de nous blâmer quand nous avons l'impression d'avoir échoué. Quand nous plaçons notre bonheur au-dessus des autres. Mais nous ne pouvons pas laisser l'obscurité du monde l'emporter sur la lumière. Nous devons laisser entrer la lumière. Nous devons trouver la joie.

J'ai laissé échapper un rire amer. —Pourquoi ? La joie est éphémère. La joie est inutile. La joie ne peut pas ramener Marie d'entre les morts.

—Non, mais c'est la joie qui donne un sens à la douleur. Nous avons perdu la joie. Tu dois la retrouver. As-tu vu Laura ce week-end ?

Je lui ai lancé un regard noir.

—C'est pour ça que tu es comme ça ? Parce que pour une fois, tu as pris ce que tu voulais ?

—Une femme est morte, Veronica. Une jeune femme en bonne santé et gentille est morte. Et elle est morte parce que j'étais trop occupé à baiser mon infirmière pour que l'un de nous deux fasse attention à elle. C'est ma faute.

—Nico—

—Non. Juste...Arrête, Veronica.

Son téléphone vibra dans son sac et elle le sortit. —Je dois y aller. Reste ici, Nico. Parlons après que j'aurai vu les parents de Marie. S'il te plaît.

Je me suis levé en secouant la tête. —Je dois partir. Je dois foutre le camp d'ici. Je ne peux pas rester une minute de plus. Je...je dois partir.

J'ai ouvert la porte violemment et je suis parti à grands pas, ignorant ses appels pour que je m'arrête. Veronica avait un travail à faire, et je savais qu'elle le ferait sans me courir après, ce qui m'a permis de partir. Quitter l'hôpital. Quitter Syracuse. Tout quitter.

J'ai envoyé un message à Ally pour lui dire que je prenais le reste de la semaine et que je serais indisponible. Je lui ai dit que je vérifierais les résultats de laboratoire et les examens, mais que je ne viendrais pas au bureau et ne prendrais pas d'appels. Je lui ai aussi dit que c'était fini avec Laura, au cas où Laura lui poserait des questions.

J'ai amarré le bateau à mon quai. J'ai levé les yeux vers ma maison, ce qui était autrefois mon sanctuaire, et j'ai vu Laura. Je n'aurais jamais dû l'inviter là. Nous aurions pu passer du temps ensemble en ville, dans mon autre appartement ou chez elle. J'aurais pu la laisser entrer sans lui donner accès à chaque parcelle de moi-même.

Mais je ne pouvais pas revenir en arrière. Je devais accepter que Laura avait été là.

J'ai ouvert les portes coulissantes et j'ai cru entendre son rire. J'ai secoué la tête et je suis entré. Son parfum flottait dans l'air. Elle était une présence vivante et respirante dans ma maison.

La première chose que j'ai faite a été d'enlever les draps du lit et de les remplacer par des propres qui ne sentaient pas comme elle. La deuxième chose a été de me préparer un grand verre. Peu importait qu'il ne soit même pas encore l'heure du déjeuner. J'avais besoin d'un verre.

J'ai ouvert toutes les fenêtres de la maison pour l'aérer. Je devais me débarrasser de son parfum. Les chaises dehors finiraient par sentir l'eau plutôt que Laura, je devais juste éviter de m'y asseoir et de me souvenir comment elle s'était mise à califourchon sur moi et s'était abandonnée.

J'ai repoussé les souvenirs de Laura et me suis concentré sur Marie. Je l'ai déçue, et j'ai déçu sa famille. Je leur ai dit de me faire confiance et j'ai promis de faire tout ce qui était en mon pouvoir pour l'aider. Au lieu de cela, je l'ai laissée mourir.

Tout comme les médecins de ma mère l'avaient fait avec elle.

La lumière du soleil entrait à flots par toutes les portes et fenêtres ouvertes, rendant ma maison brillante et joyeuse. Il n'y avait rien de brillant ni de joyeux dans cette journée. C'était un jour de perte.

La bibliothèque était le seul endroit qui n'était pas lumineux. Le seul endroit où les fenêtres qui mettaient en valeur la vue ne dominaient pas. Peut-être que je pourrais me perdre dans un livre.

J'ai secoué la tête sachant que ce ne serait pas le cas. J'avais besoin de faire le point. Chaque perte fait mal, mais celle-ci...celle-ci, j'avais besoin de l'assimiler. De trouver un moyen d'avancer et de me souvenir de Marie.

Je me suis affalé sur la chaise longue dans la bibliothèque. Un éclat de bleu vif a attiré mon regard. J'ai fouillé entre l'accoudoir et le coussin et l'ai sorti.

Une culotte bleue. La culotte de Laura. Celle qu'elle jurait avoir perdue.

Le souvenir de la lui enlever alors qu'elle se prélassait dans le fauteuil m'a assailli. Le sourire sur son visage et la façon dont elle a gémi quand elle a joui sous ma langue.

J'ai porté la culotte à mon nez et j'ai respiré profondément, puis je l'ai jetée à travers la pièce et j'ai hurlé.

Je me détestais de la désirer encore, mais c'était le cas.

Laura.

LAURA

Les jours passaient sans nouvelles de Nico. Ally disait qu'il allait bien et qu'il prenait quelques jours de congé, mais elle avait une lueur dans le regard qui indiquait qu'elle savait autre chose, quelque chose qu'elle ne pouvait pas, ou ne voulait pas, me dire.

Je l'ai appelé, lui ai envoyé des messages et j'ai attendu, mais je n'ai reçu que le silence radio en réponse. Il me faisait le coup du fantôme. Mon petit ami, mon patron, me faisait le coup du fantôme.

La partie égoïste de moi se demandait si cela signifiait que j'allais perdre mon emploi. La partie humaine se demandait si la famille de Marie allait bien. Et la partie émotionnelle, vulnérable et amoureuse se demandait si Nico se remettrait de cette épreuve.

Dès le premier jour où Marie est venue, j'ai su que son cas allait être difficile. Les jeunes patients, autrement en bonne santé, l'étaient toujours. J'ai fouillé dans mes souvenirs pour essayer de me rappeler une autre fois où Nico avait disparu comme il l'avait fait, et j'ai compris que cette fois-ci était différente des autres. Celle-ci lui faisait plus mal. Je n'étais pas sûre si c'était parce qu'il s'agissait du même cancer que celui de sa mère ou si c'était autre chose.

Il me blâmait visiblement aussi pour la mort de Marie. Nous n'avions jamais été proches lorsque nous avions perdu un patient, mais j'avais pensé qu'il s'appuierait sur moi. Qu'il m'appellerait. Qu'il me laisserait être là pour lui. Au lieu de cela, j'étais forcée de souffrir en silence, me demandant comment il allait.

J'ai forcé un sourire et j'ai rappelé Damien pour son rendez-vous. Son dossier indiquait qu'il était approuvé pour le traitement, alors j'ai poursuivi, bavardant avec lui pendant que je préparais tout.

—Est-ce que Lucas vient aujourd'hui ? m'a demandé Damien.

J'ai hoché la tête. —Il sera là bientôt.

—Merci encore de nous avoir présentés. Il m'a vraiment aidé à surmonter toute cette histoire avec Beth.

—Bien sûr. Heureuse d'avoir pu aider. C'est déjà assez difficile avec du soutien. Sans cela, c'est... Ma voix s'est éteinte alors que je pensais à Marie. Damien aurait pu finir de la même façon. Cancer différent, situation similaire. Seul. Vaincu.

—Est-ce que ça va ?

J'ai souri à nouveau. —Oui. Nous avons perdu une patiente ce week-end. C'est toujours difficile.

—Wow, je suis désolé. C'était une de vos patientes ?

—Oui, c'était la mienne. Dans la vingtaine, ce qui est toujours plus difficile pour une raison ou une autre.

—Aïe. Quand quelqu'un meurt, c'est toujours dur, mais il semble y avoir une ligne quelque part qui dit trop jeune et assez vieux. Elle n'existe pas vraiment parce que nous allons tous partir à un moment donné, et personne ne sait quand ce sera son tour, mais ça semble différent. Je suis désolé.

—Merci. Je suis contente de l'avoir connue un peu, et j'espère que ce que nous avons appris de son traitement nous aidera avec d'autres cas similaires, mais c'est difficile de savoir que nous avons échoué.

Damien m'a serré la main. —Vous n'avez pas échoué. J'espère que vous le savez. Si je ne survie pas à cela, je ne vous blâmerai pas, ni le Dr Allison, ni personne d'autre qui a essayé de me sauver. Quand c'est notre heure, c'est notre heure.

—Merci, Damien. D'habitude, j'arrive à m'en souvenir, mais cette fois-ci, c'est particulièrement difficile.

—Est-ce pour ça que le Dr Allison n'est pas là ?

Ma poitrine me faisait mal à cause de ma brusque inspiration. Je me suis dit que j'avais juste aspiré trop d'air, mais même moi je pouvais admettre que c'était un mensonge. C'était la mention de Nico. Comme si ce n'était pas grave qu'il ne m'ait pas parlé depuis des jours. Depuis qu'il avait reçu l'appel disant que l'état de Marie s'était aggravé et qu'on avait besoin de lui.

—Je suppose que oui. Il... c'était difficile.

—Désolé. J'ai pu voir que vous êtes proches tous les deux. Il reviendra.

J'ai forcé un autre sourire, mon visage si tendu qu'il me faisait mal. Mes joues étaient douloureuses à force de prétendre que tout allait bien. Et le reste de moi... j'étais un être humain horrible. Une femme était morte, et je m'inquiétais davantage de l'état de ma relation.

Peut-être que ce serait mieux si je perdais mon travail. Je le méritais.

J'ai fait semblant pour le reste de ma journée, souriant et parlant aux patients comme si mon cœur ne débordait pas comme un fondant au chocolat. J'ai survécu. À peine, mais j'ai survécu.

Je me suis effondrée sur une chaise dans la salle de repos et je suis restée assise là pendant une minute. J'avais besoin d'une minute. Peut-être plus, mais une minute était tout ce que j'allais m'accorder. Je devais me ressaisir. L'homme que j'aimais m'avait quittée. C'était fini. Terminé. Et ça faisait un mal de chien, mais je savais. Je savais ce que c'était d'être aimée par lui, de l'aimer. Passer le reste de ma vie sans cela serait douloureux, mais je ne pouvais pas, je ne voudrais pas regretter le temps que nous avions passé ensemble.

—Tu as un appel téléphonique.

J'ai levé les yeux et j'ai trouvé Ally devant moi. Elle m'observait comme si elle était là depuis plus de quelques secondes. Ses sourcils étaient plissés et ses yeux avouaient toutes les choses qu'elle ne pouvait pas dire à voix haute.

—Tu sais ce qui se passe entre nous, n'est-ce pas ?

Elle a traîné des pieds et a hoché la tête. —Il me l'a dit il y a un mois.

—Wow. D'accord.

—J'ai été harcelée dans mon précédent emploi, et... c'était grave. Il le savait, et il voulait s'assurer que tout était documenté... pour te protéger. C'est un homme bien. Il souffre en ce moment et le fait qu'il mette fin aux choses avec toi—

—Il t'a dit ça ?

Elle mâchonnait l'intérieur de sa lèvre, ce qui me disait tout ce que j'avais besoin de savoir. Je ne voulais pas croire que c'était fini, même après ce qu'il avait dit, mais je ne pouvais plus me mettre la tête dans le sable.

Ça faisait mal.

—Je suis désolée, a dit Ally.

—Ce n'est pas grave. Je vais prendre l'appel.

Je me suis levée de la chaise et j'ai suivi Ally dans le couloir. Elle a tourné au bout vers son bureau au lieu de me conduire à la réception.

—Je vais te laisser un peu d'intimité, a dit doucement Ally. Elle a indiqué le téléphone sur son bureau puis est sortie en fermant la porte.

J'ai fixé le téléphone comme si c'était un serpent prêt à frapper. Je savais qu'il était à l'autre bout. J'étais tentée de lui raccrocher au nez. Je ne voulais pas entendre ce qu'il avait à dire parce que s'il m'appelait par l'intermédiaire d'Ally, cela signifiait qu'il se dégonflait. Me virant sans explication.

J'ai pris une inspiration et redressé ma colonne vertébrale. J'étais douée dans mon travail, mais je ne voulais pas être ici s'il ne voulait pas de moi, alors j'accepterais le licenciement et exigerais une référence élogieuse. Ou peut-être que j'appellerais simplement Peyton pour lui demander si je pouvais travailler à nouveau pour elle. Retourner à Winterville et lécher mes blessures loin de Nico Allison.

J'ai éclairci ma gorge et décroché le téléphone. —Allô ?

—Laura Kempis ?

—Euh, oui ? Je ne m'attendais pas à une voix de femme.

—Je m'appelle Veronica Charles. Je suis—

—La thérapeute, ai-je lâché.

Elle a marqué une pause, le silence s'étirant entre nous même si j'étais sûre qu'il n'avait duré que quelques secondes.

—Oui, et son amie.

—Désolée, oui. Je sais cela aussi. Euh, il n'est pas ici.

—Je sais. C'est pourquoi je vous appelle. J'essaie de le joindre depuis des jours. Il ne répond pas à mes appels. Ally m'a dit qu'il examinait les dossiers des patients et répondait par e-mail, donc je sais qu'il est en vie, mais il s'est enfermé sur sa fichue île et ne parle à personne.

J'ai hoché la tête même si je savais qu'elle ne pouvait pas me voir.

— J'ai besoin de ton aide, Laura.

— Je... je ne suis pas sûre de ce que je peux faire.

— Je suis au courant de votre relation. Il me l'a dit. Il m'a aussi dit qu'il se sent responsable de la mort de Marie. J'étais la conseillère de sa famille après son décès, donc je connais la situation. Nico... Tu es au courant pour sa mère ?

— Oui.

— Bien. Tu sais que ça l'a durement touché. J'ai besoin que tu ailles lui parler. Force-le à comprendre que ce n'était pas sa faute. Des patients meurent. Ces choses arrivent. C'est terrible, mais ça ne changera jamais.

— Je suis désolée, mais il ne veut pas me voir. Il n'a répondu à aucun de mes messages et il a dit à Ally que c'était fini entre nous.

— Nico croit que l'amour peut lui être enlevé. Il le voit comme un privilège, pas un droit. Il pense qu'il peut être un bon médecin ou avoir de l'amour dans sa vie. Il n'a jamais essayé d'avoir les deux, jusqu'à toi. Et il pense que t'aimer a causé la mort de Marie.

— Alors je suis la dernière personne qu'il voudra voir.

— Je pense que c'est tout le contraire. Je pense que tu es la seule qui pourra l'atteindre. La seule qu'il écoutera. Tu as déjà perdu des patients. Vous avez tous les deux perdu vos mères. Des gens meurent chaque jour. Et aucun d'entre eux n'est mort parce que quelqu'un d'autre a vécu. Ça ne fonctionne pas comme ça. Mais Nico a l'impression d'avoir déçu tout le monde. Surtout Marie et sa famille.

— Veronica, je...

— Laura, écoute. Tu ne me connais pas. J'ai l'impression de te connaître parce que Nico parle de toi depuis des années. Au début, c'étaient de petites choses. Il mentionnait ton nom et souriait. Il me racontait quelque chose que tu avais fait en passant, comme si c'était juste une partie de sa journée. Mais depuis un an environ, il parle de toi de plus en plus. Il est amoureux de toi. Il l'est depuis longtemps. J'aime beaucoup Nico. C'est mon meilleur ami depuis de nombreuses années. Je ne l'ai jamais vu comme ça. Je te demande beaucoup, mais je ne le ferais pas si je ne pensais pas connaître sa réaction. Il a besoin de toi, Laura. Il a besoin de savoir qu'il n'est pas seul en ce moment. Il repousse tout le monde, et si tu arrêtes d'insister, il se persuade que c'est parce que tu ne t'es jamais vraiment souciée de lui.

— Je l'aime, ai-je lâché, les mots jaillissant de moi comme une brique de jus dans les mains d'un enfant.

— Je m'en doutais. Ne le laisse pas te repousser. Résiste.

J'ai ouvert la bouche pour dire autre chose, mais elle était déjà partie. J'ai fermé les yeux et ressenti la douleur de mes poumons qui se dilataient. Tout me faisait mal. Tout me faisait mal depuis des jours. Il m'avait repoussée, comme Veronica l'avait dit, et je l'avais laissé faire.

C'était terminé.

J'ai remercié Ally de m'avoir laissé utiliser son bureau et je suis retournée au salon. Je me suis changée tout en envoyant un message et je me suis sentie mieux quand j'ai reçu une réponse. Nico Allison avait fini de se cacher de moi.

Le bateau que Ian m'avait prêté était rapide. Il filait sur la rivière, projetant de l'eau derrière moi tandis que je volais vers l'île de Nico. La lumière du jour s'estompait, mais je n'étais pas inquiète. Pour la première fois depuis des jours, je savais exactement ce que je faisais et je n'étais pas du tout inquiète.

D'accord, c'est vrai. J'étais terrifiée, mais je n'allais pas me concentrer sur cette partie. J'allais faire confiance à Veronica et croire que Nico serait heureux de me voir.

J'ai amarré à son quai et garé le bateau. Ce n'était pas quelque chose que j'avais fait souvent, alors il m'a fallu plusieurs essais pour y arriver. Au moment où j'ai tendu la main pour attacher le bateau au quai, il se tenait au-dessus de moi.

— Qu'est-ce que tu fais ici ? a-t-il exigé. Sa voix a glissé le long de ma colonne vertébrale et s'est installée dans toutes mes parties exposées.

—Je suis venue te voir. J'ai gardé ma voix légère comme si c'était normal pour moi d'emprunter un bateau et de passer sur son île privée comme si j'étais dans le quartier.

—Je ne t'ai pas demandé de venir.

—Je suis venue quand même. J'ai fini d'attacher le bateau comme Ian me l'a montré et j'en suis descendue. Nico me barrait le chemin vers sa maison. Les bras croisés, les jambes écartées. Le froncement de sourcils sur son visage m'aurait fait fuir vers la rive si ce n'était pas pour l'encouragement de Veronica qui m'assurait qu'il avait besoin de moi.

J'ai hésité un instant. Se trompait-elle ?

J'ai secoué la tête et redressé ma colonne vertébrale. Je n'allais pas reculer. Pas maintenant. Les ombres dans ses yeux et la crispation de son visage me disaient qu'il n'allait pas bien.

—Pourquoi es-tu là, Laura ?

—Parce que je t'aime. Et tu me détestes peut-être en ce moment, et tu me détesteras peut-être pour toujours, mais je t'aime. Je t'aime depuis longtemps, et t'aimer ne m'a jamais coûté un patient. T'aimer a été une bénédiction pour moi. Ça a été frustrant parfois parce que tu es têtu et un vrai casse-pieds, mais tout ça en valait la peine pour le temps où tu m'aimais en retour.

—Aimer t'a coûté la vie de Marie.

Ses mots m'ont transpercée. Sa colère s'enfonçait profondément. Ce serait une bataille pour lui faire comprendre que l'amour n'était pas responsable de la mort de Marie.

—Le cancer a coûté la vie à Marie. Tout comme il a coûté celle de ta mère, de la mienne et d'innombrables autres.

—J'aurais dû être avec Marie.

—Tu n'es jamais présent vingt-quatre heures sur vingt-quatre pour les patients. Ce n'est pas réaliste.

—J'aurais dû l'être ! Marie n'aurait pas dû mourir.

—Je ne vais pas argumenter sur ce point avec toi. Je ne vais pas te dire qu'elle le méritait, parce que ce n'était pas le cas. Elle n'aurait pas dû mourir. Ce que nous faisons chaque jour est difficile. Nous ne les sauverons jamais tous. C'est nul, mais c'est la vérité. Et si nous ne pouvons pas trouver un moyen d'avancer, pourquoi faisons-nous ce métier ?

—Pour en sauver autant que possible, cracha-t-il.

Je me suis reculée et j'ai croisé les bras. Je savais qu'il comprendrait dans une seconde. J'ai attendu.

—Marie n'aurait pas dû mourir, souffla-t-il.

J'ai hoché la tête. —Je sais. Mais toi et moi savons qu'elle avait besoin de plus de soutien. Ce n'est pas la faute de ses parents, ni de ses amis, ni de Marie. Elle était très malade quand elle est venue nous voir. Si nous avions commencé son traitement il y a un an...

—Nous devons éduquer les médecins de premiers recours pour qu'ils voient ces signes plus tôt, dit Nico.

—Oui, c'est vrai.

—Pour que nous puissions sauver plus de personnes.

—Je suis d'accord.

Il a soupiré. —Elle n'aurait quand même pas dû mourir.

—Je sais.

—Je me blâme.

—Tu ne peux pas. Nous avons un cabinet plein de patients qui ont besoin de toi. Qui ont besoin de ton aide. L'un d'eux m'a dit aujourd'hui que s'il ne survit pas, il sait que c'est son heure et non notre faute.

—C'est pour ça que tu es venue ici ? Pour me dire ça ?

J'ai secoué la tête et me suis rapprochée de lui. Ma poitrine s'est appuyée contre ses bras, le tentant de les décroiser. Il a inspiré profondément. —Je suis venue ici pour te dire que je t'aime. Et pour te dire que je ne vais nulle part. Sauf chez moi parce que techniquement je suis en train de violer une propriété privée et tu pourrais me faire arrêter. Mais je serai là pour toi, quand tu en auras besoin.

—Laura...

—Et si tu n'as pas besoin de moi, et que tu as besoin de quelqu'un d'autre, je m'écarterai. Je veux que tu sois heureux, Nico. Tu mérites d'être heureux. Si je ne te rends pas heureux, je vivrai avec ça, mais t'aimer m'a rendue heureuse.

—Tu es la seule chose qui me rende heureux. Sa voix était gutturale, douloureuse, comme si admettre cela lui prenait toutes ses forces. Je l'ai regardé, m'attendant presque à le voir s'effondrer. —Je déteste t'aimer autant parce que ça veut dire que tu pourrais me détruire. Si tu partais—

—Je ne vais nulle part. Je te l'ai déjà dit. Tu peux me repousser autant que tu veux, mais je ne vais nulle part. J'ai essayé pendant des années d'arrêter de t'aimer. Ça n'a pas encore fonctionné. Ça ne fonctionnera pas. J'abandonne. Je t'aime. Toi seul. Et je dois simplement accepter le fait que tu es tout pour moi.

Il a grogné et a finalement baissé les bras, uniquement pour les enrouler autour de moi. —Tu es tout pour moi aussi. Je n'ai jamais désiré une autre femme comme je te désire. Tu as surmonté tous les obstacles que j'ai mis sur notre chemin. Tu... Tu me donnes envie d'arrêter de me cacher.

—Alors arrête de te cacher. Arrête de te blâmer. Arrête de te punir pour quelque chose qui échappe à ton contrôle. Et améliorons les choses ensemble.

—Tu es vraiment une optimiste, n'est-ce pas ?

J'ai souri. —Non. J'ai simplement beaucoup de foi en les personnes que j'aime.

—Personnes ?

—Mes amis et collègues.

—Lequel suis-je ?

J'ai secoué la tête. —Ni l'un ni l'autre. Tu es quelque chose de complètement différent. Tu es l'homme que j'aime. Le seul homme que j'ai jamais aimé.

—Je ne sais pas comment j'ai pu avoir autant de chance.

—Tu as été assez malin pour m'embaucher. C'est comme ça.

Il a ri doucement. —Dieu merci pour ça.

J'ai souri et j'ai reculé. —D'accord, maintenant que tout est réglé, je te verrai demain. Je me suis déplacée pour remonter sur le bateau d'Ian.

Nico m'a attrapée par la taille. —Où penses-tu aller comme ça ?

J'ai haussé les épaules. —Tu ne m'as pas encore invitée à rester. Je me suis dit qu'avant que tu n'appelles la police, je devrais partir.

—Tu ne quitteras jamais mon côté. Tu es à moi, Laura. Et je suis à toi.

—Ça veut dire que tu veux que je reste ?

—Si tu veux bien de moi.

J'ai souri et me suis tournée dans ses bras. —Comme si tu avais besoin de demander.

Il a souri en approchant son visage du mien. Nos lèvres se sont effleurées et toute la douleur de la semaine s'est dissoute dans l'eau autour de nous. Il y aurait toujours des pertes dans nos vies, mais ensemble nous trouverions un moyen de leur donner un sens.

Pour l'instant, nous allions célébrer la vie. Nus.

ÉPILOGUE

SEBASTIAN

J'ai levé ma bouteille avec les autres et dit : —À Mme Georgia. Tout le monde s'est déplacé autour du groupe, entrechoquant bouteilles et verres. J'ai participé, faisant semblant de faire partie de la foule puisque j'étais là.

J'avais connu Mme Georgia avant sa mort, comme tout le monde en ville, mais je ne faisais pas partie de la célébration par le passé. Je restais au phare où était ma place, loin de l'agitation de la foule.

J'ai ri intérieurement. L'agitation n'était pas un mot qui décrivait L'anse MacKellar. Nous comptions à peine deux mille résidents permanents. Mais quitter la solitude de mon phare et de ma cabane pour me retrouver chez O'Kelley's avec quelques centaines de personnes me donnait l'impression d'être en pleine effervescence.

—Oh, hé, j'ai une bonne nouvelle, a dit Gavin.

Il a attiré l'attention du reste de l'assemblée. La bague qu'il avait achetée il y a des mois lui brûlait les doigts, j'étais donc sûr qu'il allait nous annoncer qu'il avait enfin trouvé le courage de demander Piper en mariage.

—Ma sœur s'installe ici pour l'été !

Putain. Merde. Bordel. Si ce n'était pas pour le rugissement de la foule, j'aurais juré que j'étais tombé raide mort à cet instant précis. Mais pas de chance. J'étais toujours debout.

Putain. Merde. Bordel.

La sœur de Gavin était Zoey Holbrook, la première et unique femme que j'aie jamais aimée. Elle était tout pour moi il était une fois. Même quand je savais qu'elle était hors limites, elle alimentait mes désirs. J'ai essayé de l'oublier, putain j'ai essayé, mais elle n'était pas le genre de femme qu'on oublie en une vie ou deux.

Quand elle est revenue pour Noël l'année dernière, je voulais la détester. Je voulais me réjouir que son mariage ait implosé et l'ait laissée mère célibataire. Je voulais célébrer le fait qu'elle soit blessée et seule comme je l'avais été pendant tant d'années.

Jusqu'à ce que je la voie.

Alors j'ai voulu la revendiquer comme mienne à nouveau.

Quelques semaines pour Noël, c'était une chose. C'était temporaire. Je me suis tenu à l'écart d'elle autant que possible. Mais l'été ?

—Elle vient juste pour l'été ? a demandé Blake. Blake et Zoey avaient une connexion. Ce qui ne me surprenait pas. Tout le monde était lié à Zoey. Elle était...Zoey.

—Pour l'instant. Il m'a fallu beaucoup d'efforts pour la convaincre de venir pour l'été. J'espère que quand elle sera là, on pourra la persuader de rester, a dit Gavin. Il m'observait, jugeant mon expression. Je n'avais rien à lui offrir. Je pouvais prétendre que ça ne me dérangeait pas, mais ça ne servirait à rien. J'étais furieux. Pas contre Gavin ou Piper. Pas même contre Zoey. J'étais furieux contre son mari. Ce connard qui avait eu le culot de tomber amoureux d'elle, de lui promettre la lune, et de l'abandonner quand il en avait fini avec elle.

Putain. Merde. Bordel.

Je voulais tuer ce mec. Il n'avait aucune idée de ce qu'il avait. Il l'avait laissée partir. Et maintenant elle n'était pas seulement libre de lui, elle partait en emmenant ses enfants. Il ne l'avait pas seulement rejetée, il avait rejeté ses enfants. Sa chair et son sang. Des personnes pour lesquelles il aurait dû donner sa vie pour les protéger. Mais ce connard a eu le droit d'aimer Zoey et ces enfants pour ensuite se barrer quand il en avait fini.

La mort était trop douce pour lui. Non pas que j'allais vraiment le tuer, mais je ne verserais pas une larme si un immeuble lui tombait dessus ou un truc du genre.

La pièce se gonfla autour de moi et le besoin d'air frais me cloua sur place comme si un lutteur de sumo s'était assis sur ma poitrine. Je devais sortir. Maintenant.

J'ai posé ma bière sur la table et forcé mes pieds à me porter dehors. L'air était comme de la soupe, trop épais pour le faire entrer dans mes poumons. J'ai commencé à marcher, m'appuyant contre les bâtiments pour me soutenir tandis que je quittais la scène du crime.

—Sebastian !

Le mot était étouffé, comme si j'étais sous l'eau.

J'ai fermé les yeux et j'ai attendu qu'elle arrive.

—Qu'est-ce que tu fais ? a demandé Sofia.

Je devais sortir de là.

—Tu vas bien ?

—Pas le moins du monde.

—Merde. Je suis désolée. Tu veux que je te ramène ?

J'ai hoché la tête et j'ai suivi Sofia jusqu'à son camion. Elle m'a observé du coin de l'œil pendant tout le trajet, mais je me suis contenté de m'appuyer contre la vitre, priant pour que la porte s'ouvre et que je roule dehors sans avoir à penser à cette journée plus longtemps.

Sofia s'est garée devant ma maison et a coupé le moteur.

—Tu as besoin d'aide pour entrer ?

J'ai pris une profonde inspiration et me suis adossé au siège. —Je ne sais pas si je peux le faire.

—Je sais. Si j'avais su...

—Merci, Sof. Je pense que je n'aurais pas survécu à ces derniers mois sans toi.

Elle a ri. —C'est à ça que servent les amis.

Amis. Elle rendait ce mot si simple, mais Sofia n'était pas juste une amie. Elle était plus. Comme une partie de moi que je n'avais jamais su qu'elle me manquait. Elle était devenue ma plus proche amie au monde. Je lui ai confié des choses que je n'avais jamais admises à personne d'autre. Et elle a gardé ma confiance. Je lui devais tout.

—Tu es sûre ?

—Si tu me demandes encore une fois si je suis sûre que tu peux me parler de Zoey, je pourrais verrouiller ces portières et pousser le camion dans l'eau. Je t'ai dit que ça ne me dérange pas. Ce n'est pas différent de Piper qui me parle de Gavin. Elle a levé les yeux au ciel et secoué la tête.

—Je suppose que je m'habitue encore à cette histoire d'amitié avec une femme.

Sofia gloussa. Nous avions souvent parlé du fait que nos amis communs supposaient qu'il y avait plus que de l'amitié entre nous. Nous étions également d'accord pour dire qu'ils étaient fous. —Je sais que cet été va être difficile.

—Tu n'en connais pas la moitié, ai-je admis entre mes dents serrées.

—Que veux-tu dire ? Sofia s'est tournée vers moi sur son siège, les sourcils froncés.

—Gina m'a coincé hier. Elle a un projet spécial sur lequel elle veut que je travaille.

—Quel projet ?

—Elle veut que je répare le jardin.

—Euh, d'accord ?

—Ce jardin... c'est là que Zoey et moi...

—Oh. Tu penses qu'elle est au courant ?

—Tu l'as déjà rencontrée ? Gina sait tout.

—Et merde.

Oui, ça résumait bien la situation.

MERCI D'AVOIR LU l'histoire de Laura et Nico ! Je voulais raconter cette histoire depuis longtemps, et je savais que ce serait difficile pour moi. Ma propre bataille contre le cancer a été difficile mais très, très facile comparée à celle de beaucoup de personnes, et j'espère que cette histoire contribue à honorer ceux qui n'abandonnent jamais et ne cessent jamais de se battre pour sauver des vies.

Le prochain livre de la série est celui de Zoey et Sebastian. Elle est tombée amoureuse de lui quand elle était à peine assez âgée pour comprendre l'amour, mais elle est partie avant de donner une vraie chance à leur relation. Maintenant, elle est de retour à L'anse MacKellar avec ses deux enfants et une confiance en elle brisée qu'elle ne pourra peut-être jamais réparer. Zoey et Sebastian luttent contre leur attirance, mais quand deux personnes sont faites l'une pour l'autre, rien n'empêchera l'amour de triompher. Lisez *Son Ex aux Courbes Généreuses* dès aujourd'hui !

VOUS VOULEZ en savoir plus sur Laura et Nico ? Ils doivent encore célébrer l'ouverture de la Clinique Commémorative Margaret Allison ! Épilogue bonus disponible uniquement pour les abonnés. Inscrivez-vous maintenant !

À PROPOS DE L'AUTEUR

Auteure à succès classée au *USA TODAY*, Mary E Thompson a passé la majeure partie de son enfance à souhaiter avoir quelques courbes en moins. Elle se cachait dans les pages des livres parce que ses personnages préférés ne se souciaient jamais de sa taille de vêtements. Aujourd'hui, Mary non plus, et elle écrit des histoires qui célèbrent les femmes comme elle. Des femmes réelles qui ont des courbes, poursuivent leurs rêves et trouvent l'amour, parce que nous devrions tous être heureux, quelle que soit notre taille.

Mary passe son temps hors écriture avec son mari et ses deux enfants, à regarder trop de télévision, à encourager l'équipe de football de sa ville natale (Allez les Bills !) et à cacher du chocolat à sa famille.

Inscrivez-vous maintenant à la newsletter de Mary. Les abonnés reçoivent des ebooks gratuits et d'autres choses amusantes, comme du contenu exclusif réservé aux membres et des concours, et sont les premiers à connaître les nouvelles parutions et les promotions !